Karin Schickinger

Mord am Stilfser Joch

Motorrad-Krimi

1. Auflage 2009

Foto: Italienische Zentrale für Tourismus ENIT
Lektorat und Korrektorat: Martin Schempp
Gestaltung: Sylva Harasim
Druck und Bindung: Ebner & Spiegel, Ulm

ISBN 978-3-933385-48-2

Karin Schickinger

Mord am Stilfser Joch

Motorrad-Krimi

HIGHLIGHTSVERLAG

Unbeschreiblich das Gefühl,
die verhaltene, donnernde Kraft
unter sich zu spüren und nur
mit einem leisen Händedruck
entfesseln zu können.
Ilse Thouret, 1936

1.

Nebel hing über den Bergen. Es war saukalt. Die feuchte Kühle drang am Hals in Richtung Nacken und von dort den Rücken hinunter. Er stellte fest, wie seine Muskeln mit Anspannung reagierten, und gab mehr Gas. Die Maschine reagierte nicht nur mit mehr Geschwindigkeit, sondern auch mit mehr Vibrationen. Endlich hatte er den Pass erreicht und es ging wieder bergab. Er zog die Maschine durch lange Serpentinen ins Tal. Die Luft wurde lau, dann warm und plötzlich kamen die ersten Sonnenstrahlen. Ein wohliger Schauer begann, über seinen Körper zu kriechen und sein Bedauern über das zu frühe Aufstehen legte sich. Die morgendliche Stunde hat ihre Vorteile. Zum Beispiel, dass er ganz alleine unterwegs war.

Er legte sich in die nächste Kurve, spürte, wie die linke Fußraste den Asphalt berührte und ein Grinsen machte sich auf seinem Gesicht breit. Dann hörte er ein leises Plaff, sein Vorderrad kippte weg, das Motorrad zur Seite, er schleuderte in Richtung Straßenrand, die Maschine hinter ihm her. Instinktiv zog er das linke Bein an die Brust und versuchte, mit dem rechten Fuß sich von dem rutschenden Bike wegzutreten. Und dann war da Gras, ein Graben, er fiel, schlidderte einen Hang hinunter, bis er in einer Kuhle landete, das Motorrad mit einem hörbaren Platsch neben ihm.

Einen Augenblick blieb er liegen, atmete durch, während der Motor neben ihm erstarb. Vielleicht wäre er auch noch einen Moment länger liegen geblieben, hätte darüber nachgedacht, was gerade passiert war, wenn nicht jetzt ein leichtes

Vibrieren an seiner linken Brust kurze Panik in ihm auslöste, bis ihm einfiel, dass es sein Handy sein musste, das sein Klingeln ankündigte und wirklich, ein, zwei Sekunden später Tina Turner mit *Goldeneye* loslegte. Er stand auf, öffnete das Helmschloss, zog mit der rechten Hand das Mobiltelefon aus der Innentasche seiner Jacke und mit der linken den Helm vom Kopf.

„Guten Mor…"

„Verdammt, wo bleiben Sie?"

„Ich nehme gerade ein Bad", antwortete er.

„Das glaube ich jetzt nicht. In einer Stunde sollen Sie hier ein Sicherheitstraining abhalten und Sie liegen in der Badewanne?"

„Das habe ich nicht gesagt", berichtigte er die Stimme am anderen Ende der Verbindung. Dabei klopfte er mit wenig Erfolg Gras und Schlamm vom Anzug.

„Machen Sie, dass Sie in Ihre Klamotten kommen und bewegen Sie Ihren Arsch hierher."

„Das mit den Klamotten" – und das sagte er mit einem leicht pikierten Unterton – „ist nicht das Problem. Meinen – Ähem – zu Ihnen zu bewegen, ein wohl größeres."

Er hörte ein Schnauben in der Leitung. „Sie sind wohl ein ganz Spitzfindiger, was?"

„Auch das ist eine Frage der Betrachtungsweise", konnte er sich wieder die kleine Korrektur nicht verkneifen. „Hören Sie, wenn Sie wollen, dass ich in einer Stunde mit dem Training beginne, müssten Sie eine Kleinigkeit dafür tun. Haben Sie einen Transporter?"

„Was glauben Sie denn?"

„Gut", sagte er und watete zu dem im Graben liegenden Motorrad, „dann gebe ich Ihnen jetzt meine Koordinaten durch." Er las die Ziffern-Buchstaben-Kombination vom GPS ab und unterbrach die Verbindung.

* * *

Mercy schäumte. Die Zusammenarbeit mit dem neuen Tourguide fing ja prächtig an. Seit gestern Abend wartete sie im Hotel auf den Typ, hatte seine Aufgaben übernehmen müssen. Dazu gehörte beispielsweise, die Gäste zu begrüßen, was sie ausgesprochen ungern tat. Noch schrecklicher fand sie, dass sie auch die Auftaktansprache hatte halten müssen, außerdem ein Abendessen lang smalltalken, Benzin reden, wie der Motorradvolksmund so sagte.

Dabei konnte sie ihr Leid nicht einmal in Bier ertränken, denn ihr Job war es, sich um die Motorräder zu kümmern. Diese kamen von einer Leihfirma. Die Gäste durften sich aus einem Paket ihre Lieblingsmaschinen wünschen, doch weil der Chef – wie immer – sparte und den Verleiher im Preis wahrscheinlich an das unterste Limit gedrückt hatte, waren die Mopeds in einem erbarmungswürdigen Zustand. Also konnte sie vor dem Tourenstart jedes Mal nachts an die zehn Motorräder checken, damit kein Gast beim Sicherheitstraining am ersten Tag von der Wippe kippte.

Mercy hatte also heute Nacht kein Auge zugetan, bis die drei BMWs, zwei Hondas, jeweils eine Ducati, Suzuki, Kawa, Triumph und Harley-Davidson im morgendlichen Sonnenlicht glänzend vor der Hoteltür standen. Drumherum wuselten erste aufgeregte Gäste, die sich auf das Sicherheitstraining freuten und erfahren wollten, wer sie anleiten würde.

Genau das würde Mercy auch gerne wissen. Die Zentrale hatte sich bedeckt gehalten, nur etwas von „glänzender Motorradfahrer" gelispelt, von „genau der Richtige für den Job" geschwärmt und „der Chef weiß, was er tut" hinzugefügt. Das wagte Mercy zu bezweifeln, wenn sie an den Vorgängerguide dachte. Der hatte meist bis morgens um fünf mit den mehr oder weniger alleinstehenden Damen in der Hotelbar Cocktails und anschließend die verschiedenen Matratzen getestet. Tags drauf war er übermüdet mit einer Grundgeschwindigkeit von dreißig Stundenkilometern die Pässe hochgeeiert. Aus reinem Joberhaltungstrieb hatte Mercy die aufgebrachten Männer in einer eigenen Gruppe gebündelt und deren Gehirne beim Berge Rauf- und Runterjagen in Adrenalin ertränkt, bis die Herren ihr gekränktes Ego vergessen hatten. Dieses Erlebnis gedachte sie, nicht zu wiederholen.

Vielmehr gedachte sie, dem Chef einmal zu sagen, was sie von seiner Personalpolitik hielt, wenn sie ihn denn jemals zu Gesicht bekommen würde. Das war ihr bis heute nicht gelungen, er war unsichtbar, für Mercy zumindest. Sie hegte den leisen Verdacht, dass er, kaum hatte sie ihren Besuch in der Zentrale angekündigt, das Weite suchte.

Mercy sprang in den Transporter, einen orangeroten Sprinter 210 D mit knapp dreihunderttausend Kilometern auf dem Buckel, ein ehemaliges Baustellenfahrzeug der Stadt Braunschweig, was das typische weißrote Band um die Nase belegte. Immerhin hatte der Chef dem Fahrzeug ein aufgeklebtes Firmenlogo – Bikinger & Motorowski, Motorradtouren – gegönnt, allerdings nur auf der rechten Fahrzeugseite, weil diese laut Zentrale am ehesten vom Straßenrand zu lesen sei.

Schnell gab Mercy die Koordinaten ins Navigationsgerät ein. Das musste man dem Neuen lassen, mit langwierigen Ortserklärungen hielt er sich nicht auf. Überhaupt hielt er sich mit keinerlei Erklärungen auf. Warum sollte sie ihn – überhaupt – abholen? Hatte er eine Panne? Warum rief er dann nicht den ADAC?

Sie rammte den Schalthebel in den ersten Gang, ließ die Kupplung abrupt kommen, so dass der Sprinter fast einen Fünf-Meter-Sprung nach vorne machte und schoss vom Hotelparkplatz. Der Pfeil des GPS schickte sie in Richtung Hahntennjoch. Sie mobilisierte die ganzen 75 KW des Diesels, um fluchs durch die Kurven zu zirkeln.

Eine Viertelstunde später – fast ganz oben auf dem Hahntennjoch – behauptete das Navi, Mercy hätte den Koordinatenpunkt erreicht, doch sie sah weder Mensch noch Fahrzeug. Sie fuhr in eine kleine Bucht am rechten Straßenrand und griff zu ihrem Handy, als sich in ihrem linken Augenwinkel etwas bewegte. Es stand auf einer Wiese und wedelte mit den Armen, so wie ein Überlebender auf einer einsamen Insel dem rettenden Flugzeug zuwinkte, das dann doch weiterflog.

Mercy stieg aus, schlug die Tür hinter sich zu und lehnte sich erst einmal an die logofreie Wand des Sprinters. Würde sie noch rauchen, hätte sie sich jetzt erst einmal in Ruhe eine Zigarette gedreht und den Mann auf der Wiese betrachtet. Jetzt sah sie auch ein Motorrad, das mit dem Vorderrad in einem Graben steckte. Und jetzt wurde ihr auch klar, was der Typ mit ‚ich nehme ein Bad' gemeint hatte. Sie musste grinsen. In ihrem Bauch begann es zu vibrieren, die Vibrationen wurden zu Wellen, die über den Brustkorb nach oben stiegen, bis sie in ein lautes Gelächter ausbrach. Das war also der neue Tourguide. Auf der Fahrt zum Sicherheitstraining von der Fahrbahn gerutscht. Welch ein erneuter Glücksgriff ihres Chefs.

Sie löste sich vom Wagen und überquerte die Fahrbahn. Der Mann war mittlerweile wieder bei seinem Motorrad angelangt, wo er mit Händen auf den Hüften leicht breitbeinig wartend stand.

„Tach", rief Mercy nach unten. „Was haben wir denn da?"

„Ich habe nasse Füße und hoffe, Sie haben ein Seil", antwortete der Mann.

„Aber keine Winde. Was glauben Sie, wie wir die Karre da rausbekommen?"

„Abschleppseil ans Motorrad und ans Auto und heraus damit", rief der Mann, während er sich mit einer schlammverschmierten Hand durchs dichte, schwarze Haar fuhr. Ganz schnuckeliges Kerlchen, dachte sich Mercy, wie er so dasteht in seinem dreckigen, grauschwarzen Lederanzug. Und: Ein bisschen zu glatt rasiert, leider nicht mein Typ. Aber wahrscheinlich der von den einsamen mitreisenden Frauen. Ich sollte ihn unten stehen lassen und einfach wieder verschwinden.

Sie schaute sich um. Das Motorrad am Rahmen aus dem Graben den feuchten Grashang hochzuziehen, hielt sie für keine gute Idee. Zum einen konnte sie schlecht mit dem Sprinter auf der anderen Seite in die nasse Wiese fahren, ohne Gefahr zu laufen, dort stecken zu bleiben. Zum anderen würde diese Aktion weder dem Hang noch dem Motorrad guttun. Sie machte sich an den Abstieg.

„Oha, was haben Sie denn da versenkt?", fragte sie, als sie unten angekommen war.

„Stellen Sie immer so viele Fragen? Ich heiße Julian", kurz wollte er ihr seine Hand hinstrecken, doch zog sie dann zurück, um sie am Oberschenkel sauber zu wischen.

„Mercedes", entgegnete sie, ohne ihn anzuschauen. Sie betrachtete das Motorrad.

„Das ist eine ...", begann Julian mit einem Anflug von Stolz in der Stimme.

„... Z1 oder Kawa Z 900, ich weiß", gab Mercy zurück. „Toller Motor, beschissenes Fahrwerk. Wie kann man nur mit so einem Bike ...?"

Ihr Gegenüber hob die Arme. „Ich ergebe mich. Wenn Ihnen etwas einfällt, wie wir hier herauskommen, dann bin ich den restlichen Tag Ihr Sklave, versprochen."

„Klopfen Sie nicht solche Sprüche. Wir brauchen einen Tourguide, keinen Sklaven, wir brauchen einen Leiter des Sicherheitstrainings, das", sie schaute auf ihre Uhr, „in fünfzehn Minuten beginnt. Helfen Sie mir, die Maschine aufzustellen."

Julian schaute verständnislos.

„Wir ziehen das Hinterrad nach unten in den Graben, dann stellen wir das Motorrad auf."

„In den Bach?"

„Selbstverständlich in den Bach, er ist ja nicht tief. Kommen Sie."

Sie packten die Kawa an Schwinge und Rad und wuchteten sie nach unten und ohne größere Probleme ließ sich die Z 900 aufstellen.

„Das Vorderrad ist platt", stellte Mercy fest.

„Stimmt", bestätigte Julian. „Haben Sie so ein Reparaturset dabei?"

Mercy nickte gedankenverloren. Sie betrachtete sich die weiteren Sturzschäden des Motorrads.

„Dann gehe ich mal ins Auto, das Set zu holen“, schlug Julian vor. Mercy schaute kurz hoch, sah, wie er seine Gepäckrolle einsammelte, die ein Stück weiter oben im Gras lag, und wandte sich wieder der Z 900 zu. Der Kupplungshebel war gebrochen, der Tank an der linken Seite verschrabbelt, sonst schien die Kawa den Sturz gut überstanden zu haben. Mercy fiel ein, dass sie den neuen Tourguide nicht nach seinen Verletzungen gefragt hatte. Aber wer in so einer einfachen Linkskurve auf die Nase fiel, dazu noch kurz bevor er ein Training geben sollte, verdiente ihrer Meinung nach kein Mitleid.

Leise drang ein Motorengeräusch an ihr Ohr, sie hob den Kopf und sah zur Straße. Ihr Transporter wendete gerade. Am Straßenrand stand der kleine Koffer mit dem Reifenreparaturset und schaute auf sie herab, ganz als wolle er sagen, nun sind wir zwei allein und können tun und lassen, was wir wollen.

2.

Es war nicht so, dass Julian sich darüber freute, Mercedes ausgetrickst zu haben. Er war nur ein sehr pflichtbewusster Mensch, der sich genau vorstellen konnte, wie die Tourgäste nervös um die Motorräder herumwanderten und sich fragten, wo ihre Reiseleitung geblieben war. Dass jemand schnellstmöglich zurück zum Hotel musste, stand außer Frage. Und auch, dass derjenige er sein würde, denn er war für das Sicherheitstraining zuständig, Mercedes für die Reparatur der Motorräder.

Soviel wusste er von der Dame in der Zentrale. Und dass Mercedes manchmal so tat, als wäre Bikinger & Motorowski ihre Firma, das hatte ihm die gesprächige Sekretärin auch geflüstert. Also hatte er gut daran getan, sein Vorgehen nicht mit Mercedes zu besprechen. Eine endlose Diskussion wäre die Folge gewesen mit dem Ergebnis, dass er neben ihr gestanden und zugeschaut hätte, wie sie den Reifen mit Hilfe des Reparatursets flickt, dann – ganz die coole Bikerin – durch den Bach aus dem Graben fährt. Alles während die Gäste schon am ersten Tag der Reise die Stornierungsbedingungen durchlasen. Mercedes würde prächtig allein zurechtkommen, dessen war er sich sicher. Und wenn nicht, dann gab es immer noch den ADAC.

Gemütlich rollte er in Richtung Standort. Sein Sturz war ihm ein Rätsel. Natürlich war das Fahrwerk der Z1 eine reine Katastrophe, „Frankensteins Tochter" hatte ein Tester das Motorrad 1972 genannt. Deshalb hatte Julian viel Geld investiert, um auf andere Dämpfer umzurüsten und seitdem lag die Kawa viel stabiler in den Kurven.

Vielleicht fiel dieser Mercedes etwas ein, um die Z1 noch mehr zu optimieren, eine gute Mechanikerin sollte sie sein, dieser Ruf ging ihr voraus. Sogar eine gewisse Attraktivität konnte Julian ihr nicht absprechen, wenn man von den struppigen Haaren einmal absah, die sie wahrscheinlich selbst mit dem Seitenschneider stutzte. Leider blitzte in den dunklen, grüngesprenkelten Augen nur dann Gefühl auf, wenn sie ein verwundetes Motorrad sah, sicherlich auch der Grund dafür, warum sie ihren schlanken Körper in einem weiten, total verdreckten Overall versteckte.

Julian bog auf den Hotelparkplatz ein. Ein kleiner Pulk von Menschen in Motorradoutfit stand um ein paar Maschinen herum und war sichtlich am Warten. Julian parkte, schnappte sich seine Gepäckrolle und stieg aus. Ihm war nach Dusche und frischer Kleidung zumute, doch daran brauchte er nicht eine Sekunde zu denken, wollte er seinen Job länger als diesen einen Tag ausüben. Noch unbemerkt von der Gruppe legte er seine Rolle neben eine BMW R 1200 R, als er eine aufgebrachte Stimme vernahm.

„Was willst du hier?", brüllte es. Julian reckte den Kopf und sah eine hagere Frau mit hochrotem Kopf, die wild mit den Armen vor einem korpulenten Mittfünfziger herumfuchtelte.

„Das ist meine Reise. Jedes Jahr komme ich hierher und jetzt tauchst du mit deinem Flittchen auf."

Julian wusste, hier war sein sofortiges Eingreifen gefragt. Er stützte sich mit einer Hand auf den Tank, stellte den linken Fuß auf die Raste, sprang mit dem rechten auf den Sattel, zog den linken nach, bis er von oben auf die Gruppe blicken konnte.

In Sekundenschnelle hatte er die Aufmerksamkeit der umstehenden Biker. Sogar das streitende Paar ließ voneinander ab. Sie zog ihre dünn gezupften und mit einem dunklen Stift nachgezogenen Brauen senkrecht nach oben, dass sich zwei kleine Matterhorns auf ihrer ansonsten erstaunlich faltenfreien Stirn bildeten. Der Mittfünfziger riss derart die Augen auf, dass Julian Angst bekam, sie könnten jeden Moment in dessen Klapphelm fallen. Der Gast schupste eine neben ihm stehende echte Wasserstoffblondine, die herumwirbelte und sofort ein Lächeln in ihre höchstens fünfundzwanzigjährigen Augenwinkel zauberte. Ohne Zweifel wartete eine interessante Gästemischung auf ihren Tourguide.

Nun war er da und hatte sich mit einem kleinen Mittel die uneingeschränkte Aufmerksamkeit aller verschafft. Und genau das war seine Absicht gewesen.

„Sehr geehrte Damen und Herren", begann Julian. „Mein Name ist Brandt, Julian Brandt, ich bin Ihr Tourguide für die nächste Woche. Ich bitte, meine unangemessene Bekleidung zu entschuldigen. Eine Streckentestfahrt hat sich als tückisch erwiesen, wie Sie sehen." Er machte eine kleine Pause. „Eine nicht gekennzeichnete Ölspur." Die Gruppe murmelte voller Mitgefühl. „Mercedes hat Sie gestern im Namen von Bikinger & Motorowski begrüßt. Ich hoffe, Sie konnten die erste Nacht in diesem speziell auf Motorradfahrerwünsche ausgerichteten Hotel Edelweiß genießen, Dinner und Frühstück entsprachen Ihren kulinarischen Anforderungen. Falls Sie diesbezüglich andere Vorstellungen haben, scheuen Sie sich nicht, diese zu äußern, das Hotel Edelweiß und wir von Bikinger & Motorowski sind bestrebt, offen alle Ihre Anregungen entgegenzunehmen und Ihre Wünsche, soweit im Bereich des Möglichen, zu erfüllen. Ja, bitte, die Dame!"

„Der Zimmerservice ist unmöglich, wir mussten gestern Abend zehn Minuten auf den Champagner warten, nicht wahr, Mausi?", beschwerte sich die Blondine und zupfte den Mittfünfziger am Ärmel seiner Textiljacke.

„Ich werde mich mit dem Serviceteam in Verbindung setzen", nahm Julian ihre Kritik auf. „Ich würde sagen, wir beginnen nun mit dem angekündigten Sicherheitstraining."

* * *

Mercy schwang sich auf den Sattel. Sie drückte den Anlasser und der Motor begann, seine Arbeit aufzunehmen. Sie zog die Kupplung, den abgebrochenen Hebel hatte sie gegen den der Handbremse ersetzt, und langsam rollte sie los. Sofort nahm sie ihre Füße auf die Rasten, um bequem und sicher im Graben ans Ende der Kurve zu tuckern; dahin, wo der Hang immer kleiner wurde, in einen Weg überging, der Bach in einer Röhre verschwand, und wo sie ohne weitere Probleme auf die Wiese und auf einen schmalen Weg fahren konnte, den wahrscheinlich der Bauer angelegt hatte, um mit seinen Mähfahrzeugen Heu machen zu können. Dort angekommen zog sie Julians Helm über, der ihr, sie fluchte laut vor sich hin, mindestens zwei Nummern zu groß war.

Anschließend machte auch sie sich auf den Weg ins Tal: nur in Overall und Sneakers gekleidet, mit zu großem Helm und ohne Handschuhe. Normalerweise hätte sie an ihre Klamotten auf dem Motorrad keinen Gedanken verschwendet. Auch dass sie nur mit dem Hinterteil der Maschine bremsen konnte, beunruhigte sie keineswegs, sie würde nicht stürzen, dessen war sie sich sicher. Allerdings hatte sie vor zwei Tagen ein Memo vom Chef gemailt bekommen, in dem ausdrücklich darauf hingewiesen wurde, dass alle beim Reiseveranstalter Bikinger & Motorowski Beschäftigten adäquate Sicherheitskleidung auf dem Motorrad zu tragen hätten. Der Vorbildfunktion gerecht werden, so nannte der Chef das.

Was er ihr wohl in so einer Notfallsituation geraten hätte? Wirklich den ADAC anzurufen? Das konnte sie nicht glauben. Ihrer Ansicht nach hätte genau das, sich nämlich Hilfe von außen zu holen, ihre Autorität als Mechanikerin in Augen der Reisegesellschaft untergraben. Sie musste der Gruppe beweisen, dass sie allen Situationen allein gewachsen war und dazu gehörte auch, notfalls sogar ohne Helm ein Motorrad ins Tal zu steuern.

Gleichzeitig hatte sie Mordgelüste. Nur weil dieser neue Tourguide auch wieder nicht Motorradfahren konnte, würde sie bei einer potentiellen Stippvisite des Chefs einen Anschiss kassieren. Gut, einen solchen Überraschungsbesuch hatte es in den zwei Jahren, die sie nun für Bikinger & Motorowski arbeitete, noch nie gegeben. Aber nur weil etwas bis dato noch nie geschehen war, hieß das noch lange nicht, dass so etwas nicht geschehen konnte. Sie würde diesem Julian … Mercys Magen begann laut zu knurren, dass sie es sogar unter dem Helm hören konnte und sie versuchte sich zu erinnern, wann sie das letzte Mal etwas gegessen hatte. Heute Morgen auf jeden Fall noch nichts. Als am Dorfanfang eine Bäckerei auftauchte, stoppte sie die Z1. Sie stieg ab und betrat den Laden. Ein herrlicher Duft strömte aus der Backstube. Wasser begann in ihrem Mund zusammenzulaufen, doch zwischen ihr und den Backwaren stand Tourgast Wolfgang Biedermann mit seinen zwei Kindern.

„Franka, Joschka, was wollt ihr nun?“, fragte der Vater seinen Nachwuchs, während er den Geldbeutel aus einer Baumwolltasche nestelte. Er war Teil des Familienangebots von Bikinger & Motorowski. Sie konnten für eine Person zahlen und abwechselnd an Touren teilnehmen, jeweils der andere Partner durfte auf die Kleinen aufpassen. Oder wollten beide Motorrad fahren, stand eine Kinderbetreuung vom Hotel zur Verfügung. Mercy nahm an, dass Ehefrau Jasmin das Sicherheitstraining absolvierte.

„Das sieht alles so anders aus als zu Hause“, sagte der ungefähr siebenjährige Joschka mit weinerlicher Stimme. „Ich will eine Schneckennudel!“

„Aber Joschka, du siehst doch, dass es hier keine Schneckennudel gibt, aber es gibt viele andere leckere Sachen!“ Der Papa strich Joschka über das hellblonde Haar und zeigte mit der anderen Hand auf die Süßstückchen, die in der Auslage auf Verzehr warteten.

„Das will ich aber alles nicht, ich will eine Schneckennudel!“ Joschka stampfte mit den Füßen auf den Boden und begann zu weinen.

„Papa, ich will das, und das, und das“, Franka, im besten Vorschulalter, war da nicht so wählerisch, sondern eher die Abteilung gieriges Kind.

„Franka, nein, es gibt nur ein Teil für jedes Kind, ihr habt doch gerade erst gefrühstückt, du musst dich schon entscheiden!“ Nun bekam Franka ihre Streicheleinheit, doch auch ihr war mit väterlichen Zärtlichkeiten nicht beizukommen.

„Ich will aber drei, ich habe Hunger, eines reicht mir nicht, das Frühstück war so eklig, ich habe gar nichts gegessen, frag doch die Mama, sie würde mir drei kaufen!“ Dann warf sich Franka auf die gläserne Vitrine und begann mit ihren Händen dagegenzuschlagen.

Die Bäckersfrau, die bis jetzt mit stoischer Ruhe dem Spektakel gefolgt war, kam hinter ihrer Theke hervor, packte Franka am Kragen und zog sie von ihrer Glasvitrine weg. Anschließend schnappte sie sich Joschka, der sich inzwischen auf dem Boden wälzte und „Nudel, Nudel“ schrie, und stellte ihn wieder auf die Beine. Sie legte je einen ihrer Arme, vom Teigschlagen und Verzehren der eigenen leckeren Mehlspeisen zu runden Mehrpfündern angewachsen, um die randalierenden Gören, und schob sie vor die Auslage.

„So ihr zwei, jetzt ist Schluss hier“, bestimmte sie und mit einem Schlag war Ruhe. „Ich hab' die Stückerl back'n und die sin' gut. Ihr könnt' euch eins aussuch'n oder ihr lasst's, eure

Entscheidung. Ich an eurer Stell'n täte die Schokimaus nehm'n, da macht ihr nix falsch."

Joschka und Franka nickten synchron, als hätten sie das Sprechen verlernt. Die Bäckersfrau ließ sie los, ging wieder hinter ihre Theke, packte zwei Schokimäuse ein und schaute den gestressten Vater an.

„Und für Sie, was darf's sein?"

„Ein Nussgipferl", stammelte der eingeschüchterte Wolfgang Biedermann. Und: „Bitte."

Die Bäckerin steckte ihm ein Nussgipferl in eine Tüte und reichte dem Vater das Gebäck über den Tresen.

„Vier fünfzig, bitte."

Biedermann reichte ihr einen Fünfeuroschein herüber und winkte ab, als sie ihm das Rausgeld geben wollte. Ohne weitere Worte verließ er mit seinen Bälgern den Laden.

„Auch wieder einmal da?", begrüßte die Bäckerin nun Mercy.

„Ja, wie jedes Jahr wieder", antwortete Mercy.

„Und wie immer ein Cremeweckli und eine Schokimaus?"

Mercy lachte. „Sie haben ein gutes Gedächtnis. Ja, bitte!"

„Wir hab'n selten hier Frauen, die im Overall auf der Maschin' sitzn", meinte die Bäckerin. „Wissen's, mein Mann fährt selbst und meine Tochter will auch. Ich bin ja dagegen, doch der Mann meint, warum net? Also sag ich halt auch, warum net? So ist das bei uns im Dorf. Aber wenn's scho fahrt, dann soll's was Anständiges anziehn, mein' ich, oder?"

„Da haben Sie vollkommen recht", bestätigte Mercy die Bäckerin. „Ich mache auch nur eine kurze Probefahrt."

„Weil wenn schon die Profis im T-Shirt auf der Maschin' sitzn, dann denkt die Tochter, das gehört so."

Sie reichte Mercy eine Tüte mit den süßen Teilchen.

Mercy nahm die Tüte entgegen und schüttelte den Kopf. „Nur noch bis zum Hotel!"

„Versprochen?", fragte die Bäckerin. „Nicht dass die Tochter Sie so sieht!"

Mercy hob die rechte Hand mit ausgestrecktem Zeige- und

Mittelfinger und machte, dass sie den Laden verließ. Draußen schien mittlerweile richtig die Sonne. Sie setzte sich rückwärts auf die Z1 und verschlang ihre beiden Teilchen, als sie ein junges Mädchen entdeckte, das am Eck des Hauses lehnte und ihr zuschaute.

Mercy winkte ihr und aß weiter. Das Mädchen kam herüber. Es mochte sechzehn, siebzehn Jahre alt sein, trug sein blondes Haar in einem Zopf gebunden, enge Röhrenjeans und ein rosafarbenes T-Shirt.

„Ist das dein Motorrad?", fragte es.

„Nein", antwortete Mercy wahrheitsgemäß.

„Warum sitzt du dann darauf?"

„Weil ich es repariert habe." Mercy kaute auf der Schokimaus.

„Fährst du auch damit?"

„Ja, ich muss schauen, ob die Reparatur gelungen ist."

„So darfst du aber nicht fahren, so ohne Jacke und Handschuhe und ohne Nierengurt und Protektor, sagt der Papa."

„Ja, der Papa hat Recht, so darf ich nicht fahren."

„Warum tust du's dann?", fragte das Mädchen weiter. „Ich habe dich gesehen, wie du vom Pass gekomm'n bist. Das bist du nämlich. Und das mit der Reparatur hat auch nicht geklappt, der Vorderreifen ist platt." Dann drehte sich das Mädchen um und ging davon, über den Parkplatz der Bäckerei zu einer blau gestrichenen Tür, trat hinein und verschwand.

Und Mercy wusste definitiv: Heute war nicht ihr Tag. Sie zog den Zündschlüssel von der Kawa und spazierte notgedrungen die letzten Meter zum Hotel zurück, um ein Transportfahrzeug zu holen. Als sie keinen Sprinter auf dem Parkplatz stehen sah, fiel ihr ein, dass dieser verfluchte Julian den Transporter mit zum Sicherheitstraining genommen hatte. Im Innenraum waren Pylone und andere Accessoires für die Übungen gelagert. Also konnte sie jetzt auch noch zwei Kilometer durch das gesamte Dorf wandern. Oder sie ließ die Kawa, wo sie war. Nicht ihr Motorrad, nicht ihr Problem.

3.

Julian verteilte Lunchpakete. Er war hochzufrieden. Nach dem rutschigen Start schien sich der Tag doch noch ganz annehmlich zu entwickeln. Von den zehn angemeldeten Tourgästen nahmen fünf am Training teil. Der Mittfünfziger und seine Blondine hatten sich verkrümelten, doch Julian war sich sicher, dass er in der Lage gewesen wäre, eine mögliche Konfliktsituation zu entschärfen. Warum die anderen drei Gäste fehlten, entzog sich Julians Kenntnis. Für ihn war es auf jeden Fall einfacher, nur die drei Frauen und zwei Männer zu trainieren, die sich allesamt als handzahm erwiesen, fand Julian. Zum Glück hatte der Portier ihm verraten können, wo das Sicherheitstraining stattfinden sollte – nämlich da, wo es immer stattfand: auf einem großen Parkplatz an der Talstation der Gondelbahn, die bei Schnee die Wintersportler ins Skigebiet brachte.

Julian musste vor sich selbst eingestehen: Viele Gedanken hatte er sich nicht gemacht, was an diesem Sicherheitsübungstag geschehen sollte. Die meisten Gäste, das wusste er von der Zentrale, hatten Leihmotorräder bestellt. Da fand er es in erster Linie einmal angebracht, diese Urlauber mit den ihnen unbekannten Maschinen vertraut zu machen. Also hatte er morgens mit Handling, Balance und Lenktechnik begonnen. Heute Nachmittag würde er sie Sitzposition und Blicktechnik im Slalomparcours üben lassen, anschließend stand noch der dosierte Einsatz von Vorder- und Hinterradbremse in allen Motorrad-Lebenslagen auf seinem Programm.

Während seine Zöglinge auf hartgekochten Eiern und Tomaten, Wiener Würstchen und Brötchen kauten, versorgte Julian sie mit dem seiner Meinung nach wichtigen Thema: Fit fürs Bike. Denn er gedachte, jeden Morgen vor dem Frühstück eine halbe Stunde Lauftraining anzubieten und dafür musste er Werbung machen.

„Warum ihr Sport treiben sollt? Ganz einfach, es wird euch guttun. Und es wird euch Spaß machen. Und das Motorradfahren wird euch leichter fallen, wenn der Körper vorher ordentlich auf Betriebstemperatur gebracht worden war. Wenn die Pumpe nicht nur durch die Adrenalinausschüttung beim Fahren angetrieben wird, sondern auch durch Bewegung." Auch Julian biss in eine Tomate. „Und der Unterschied zwischen einem untrainierten und einem trainierten Menschen ist enorm. Das Herz eines untrainierten hat ein Volumen von 600 bis 700 Kubikzentimeter, also eine Suzuki SV 650 zum Beispiel. Das Herz einer Sportlerin kann weit über 1000 Kubik erreichen, also eine Ducati Monster 1000 oder so. Die Folgen liegen auf der Hand: Um den Organismus ausreichend mit Blut, Sauerstoff und Nährstoffen zu versorgen, muss das untrainierte Herz öfter schlagen als das trainierte."

Bevor Julian erklären konnte, dass eine SV 650 mehr Drehzahlen braucht bei gleicher Geschwindigkeit wie eine 1000er Monster, tauchte in seinem Blickwinkel eine Gestalt auf, die er vor dem Abend nicht zu sehen erwartet hatte. Sofort stand er auf, entschuldigte sich bei seiner Gruppe und ging Mercedes entgegen. Angriff war noch immer die beste Verteidigung.

„Schön, dass du kommst, verehrte Mercedes!", begrüßte er sie. „Ich brauche unbedingt deine Hilfe."

„Hör mal, du glaubst doch nicht …", Mercy schnappte hörbar nach Luft.

„Du bist meine Rettung!" Julian legte Mercy ganz sachte seine Hand auf den Oberarm und zog sie beiseite, so dass die Trainingsteilnehmer nicht hören konnten, was er sagte. „Es ist eine Teilnehmerin dabei, die braucht spezielle Unterstützung. Sie kommt von einer kleinen Zeitschrift, wurde vom Chef höchstpersönlich eingeladen, ist aber das letzte Mal in ihrer Adoleszenz im Sattel gesessen. Und da wahrscheinlich auf einem Achtelliter. Ist heute Morgen mit der tiefergelegten F 650 schon fast umgefallen. Könntest du sie heute Nachmittag speziell trainieren? So von Frau zu Frau? Sie ist ein wichtiger Multiplikator, weißt du?"

„Das ist nicht dein Ernst! Ich soll hier einen Teil des Trainings übernehmen? A) Ist es nicht mein Job! B) Hast du mich heute Morgen schon mitten in den Alpen mit einem unfahrbaren Moped stehen lassen und C) ist es nicht mein Job, sondern deiner!" Mercy drehte sich um und wollte davongehen, als ihr einfiel, warum sie überhaupt zu dem Parkplatz gekommen war. Die Z1! Sie war zu dem Schluss gelangt, dass die Kawasaki nichts dafür konnte, dass ihr Besitzer ein egoistischer, nichtsnutziger Schönling war und hatte deshalb beschlossen, das Motorrad zumindest in die sichere Hotelgarage zu befördern. Reparieren konnte sie dann ihr Halter höchst selbst.

Also stoppte Mercy und streckte ihre rechte Hand nach Julian aus. „Den Schlüssel!", forderte sie.

Julian nahm ihre Hand in seine linke und hielt sie einen Moment und warf ihr einen Blick voller Wärme zu, wie er fand, ein Blick, der normalerweise jeden Eisblock zum Schmelzen brachte. Doch Mercy zog sofort wieder ihre Hand weg und schüttelte den Kopf.

„Spar dir diese Charmeattacke für deine weiblichen Gäste, ich will nur den Autoschlüssel!"

Julian griff in seine Jackentasche und reichte Mercy das Ledermäppchen mit dem Benz-Logo. Während Mercy davoneilte, freute er sich. Obwohl sein Charme bei ihr nicht landen konnte, hatte er doch erreicht, was er wollte. Sie hatte ihn nicht vor allen Leuten mit Vorwürfen bombardiert, sondern sich mit einem kurzen Statement zufrieden gegeben. Und wenn sie den Sprinter wollte, dann würde sie auf jeden Fall seine Z1 nicht irgendwo in der Pampa stehen lassen. Er hatte wohl Recht, Mercys Herz gehörte Motorrädern, nicht Männern.

* * *

Mercy fuhr zur Bäckerei. Dass dieser Julian eine Pfeife war und seinem Job nicht gewachsen, das wusste sie seit seinem Ausrutscher auf der Passstraße. Kurz winkte sie einer Frau aus ihrer Tourgruppe, die ihr mit einem Mountainbike entgegen kam. Dass Julian nicht einmal in der Lage war, fünf (in ihren Gedanken machte sie ein Ausrufezeichen hinter der Zahl) Teilnehmern so weit den Umgang mit einem Einzylindermotorrad beizubringen, dass sie nicht an der nächsten Ampel umkippten, das war schon mehr als ein Armutszeugnis. Sie musste sich einmal bei der Zentrale erkundigen, woher der Chef diesen Julian hatte. Das wusste die Zentrale bestimmt, denn die Zentrale wusste alles.

Mercy parkte vor der Bäckerei, stieg aus, holte die Schiene aus dem Wagen und schob die Kawa ins Innere des Transporters. Nachdem sie die Z1 festgezurrt hatte, kehrte sie ins Hotel zurück. Sie lud die Maschine wieder aus und schob sie in die Garage, als eine Stimme sie ansprach.

„Was ist das?"

Mercy drehte sich um.

„Wer fragt?", wollte sie wissen.

„Erkennen Sie mich nicht wieder?", fragte der Mann zurück. „Kevin Meier. Ich fahre bei der Tour mit. Kann ich Ihnen helfen?" Er legte beide Hände um das Heck des Motorrads. Dabei blickten seine blauen Augen durch metallummantelte Brillengläser wenig liebevoll auf die waidwunde Kawa, so dass sich Mercy genötigt fühlte, diesen Kevin Meier einmal näher anzuschauen. Er trug sein dunkelblondes Haar sehr wuschelig, war unrasiert und die linke Spitze seines blauen Hemdkragens lugte oben aus dem grauen Softshell, ganz so als hätte sie die Nase davon voll, immer nach unten gezwungen zu werden.

„Okay", meinte Mercy versöhnlich. „Sie können hinten schieben."

Als sie an der Hebebühne angekommen waren, stellten sie das Motorrad auf den Hauptständer.

„Wir wollten uns doch duzen", sagte Mercy. Sie pumpte die Hebebühne nach oben. „Ich heiße Mercedes, Mercy."

„Kevin", strahlte Kevin und streckte seine rechte Hand aus. Mercy nahm sie mit rechts und musste feststellen, A) dass Kevins Hand leicht feucht war und B) Julians Hand sich angenehmer angefühlt hatte. Diese Feststellung gefiel ihr ganz und gar nicht, also hielt sie Kevins Hand ein paar Sekunden länger als nötig.

„Warum bist du nicht beim Sicherheitstraining?", fragte sie, während sie begann, die Schrauben des Schutzblechs zu lösen.

„Ich musste arbeiten", antwortete Kevin. Er lehnte sich an die Werkbank und schlug die Beine übereinander.

„Aber du bist doch hier in Urlaub." Mercy lockerte die Schrauben der linken Bremsbacke, dann die der rechten.

„Ich bin Robert Baldaus Assistent. Da gibt es so etwas wie Urlaub nicht." Er lachte kurz auf.

„Also du bist zum Arbeiten hier im Hotel Edelweiß, das ist doch cool. Besser als im Büro zu sitzen." Mercy zog die Bremsbacken von der Scheibe.

„So cool wie dein Job ist meiner nicht", Kevin schüttelte den Kopf. „Außerdem musste ich Urlaub nehmen."

Mercy hob den Kopf und grinste leicht. „Eine Arbeits-Urlaubsmischung also."

„So kann man es auch ausdrücken. Herr Baldau …"

„… Robert …", korrigiert Mercy. „Auch für Chefs gibt es hier keine Ausnahme."

„… Robert …" Kevin schluckte hörbar. „Mein Chef erwartet, dass ich als sein persönlicher Assistent ihn bei dieser Tour begleite und die laufenden Arbeiten erledige. Dafür zahlt er das Hotel. Wenn es die Zeit erlaubt, darf ich an einzelnen Touren teilnehmen. Dafür muss ich Urlaub nehmen. Das ist der Deal."

„Und ist dieser Deal okay für dich?" Mercy zog die Tachowelle aus der Tachoschnecke.

„Wenn ich wirklich Freizeit bekomme, dann schon."

„Gibt es da Erfahrungswerte?" Mercy suchte den passenden Schlüssel für die Steckachse des Vorderrads.

„Du meinst, ob wir schon einmal so eine Reise gemeinsam unternommen haben? Nein, Baldau hat erst diese Saison angefangen, wieder Motorrad zu fahren. Nachdem er mit fünfundzwanzig seine BMW zerlegt hatte, ist er auf Porsche umgestiegen."

„Und jetzt?"

„Wieder BMW. K ...?"

„Die K 1200 S", mutmaßte Mercy.

„Soll ich dir helfen?", fragte Kevin und stand schon neben Mercy.

„Danke, das schaffe ich normalerweise allein", Mercy zog mit der rechten Hand die Achse und mit der linken das Rad aus den Gabelholmen. Sie trug das Rad zur Reifenmontiermaschine. Kevin folgte ihr.

„Oh mein Gott, was ist das?", stammelte er und griff ihr an die Schulter.

„Was? Wo?", fragte Mercy.

„Da, neben der Maschine, ein Fuß!"

4.

Julian stand neben dem Pylonenparcours und beobachtete seine Gruppe. Annabel, die Frau, die heute Morgen ein nicht ungeringes Konfliktpotential in Bezug auf den abwesenden Mittfünfziger angedeutet hatte, fuhr erstaunlich gut Motorrad. In angemessener Schräglage umzirkelte sie mit der Bandit 1200 die Hütchen, leitete die Kurvenwechsel mit gekonnter Lenktechnik ein und ließ das ganze Manöver von einem nonchalanten Lächeln begleiten, das ihm bedeutete: Das hier, das ist etwas für ganz kleine Jungs.

Nachdem Annabel die Übung absolviert hatte, zog Freddie den Helm über seinen rasierten Kopf und begann den Slalom. Wie er beim Mittagessen zum Besten gegeben hatte, entstammte seine Motorradkleidung einer eBay-Ersteigerung und Julian konnte sich einen innerlichen Kommentar nicht verkneifen: So sah sie auch aus! Die einteilige Kombination war aus schwarzen, weißen und neongrünen Lederstücken zusammengesetzt und hatte Schleifer an den Knien, die Freddie, soviel war sich Julian sicher, nie in seinem ganzen Leben gebrauchen würde. Falls Freddie überhaupt wusste, wozu die Teile an der Schutzhaut angebracht waren. Denn als Motorrad hatte er sich eine Honda Shadow ausgesucht, deren gepflegter Low-Rider-Look kaum zur Kurvenhatz aufrief. So wunderte es Julian kein bisschen, dass sich Freddie als einer der untalentiertesten Fahrer herausstellte, den er jemals in einem Training gesehen hatte. Julian glaubte nicht, dass Freddie die Reise gebucht hatte, weil er den Spaß am Biken suchte. Aber in diesem Outfit eine neue Partnerin zu finden, das würde ebenfalls nicht einfach sein.

Julian hob die Hand, bevor Birgit ihre Fahrt aufnehmen konnte. Entgegen seiner Annahme hatte die Reisejournalistin schnell dazugelernt. Sie war mit voller Konzentration bei der Sache und gab sich erdenklich Mühe, eine gute Figur auf der tiefergelegten F 650 GS zu machen. Täte Julian an ihrer Stelle allerdings auch, wenn ihm ein Fotograf so am Hinterrad hängen würde wie ihr dieser Sam. Oder Sam wälzte sich vor ihr auf dem Asphalt, immer auf der Suche nach einem ausgefallenen Motiv.

Jetzt ging Julian die Sache aber zu weit. Sam hatte sich auf Birgits Sozius gesetzt und gedachte offensichtlich, während der Fahrt über ihre Schulter in den Parcours hineinzufotografieren. Bei einer so ungeübten Fahrerin hielt Julian diese Aktion für keine so gute Idee. Er ging zu Birgit und Sam und überlegte, wie er seine Bedenken am diplomatischsten kundtun konnte.

„Birgit, ich finde, du machst das super. Denk immer daran, wo du hinschaust, da fährst du auch hin", sprach der die Reisejournalistin an. „Und Sam, ich habe einen Vorschlag. Wie wäre es, wenn ich hinter Birgit herfahren würde und du setzt dich auf meinen Sozius? Dann könntest du Birgit in gleicher Höhe schön von hinten in Schräglage fotografieren."

Julian glaubte, trotz Helm und Textiljacke ein Entspannen von Birgits Schultern wahrnehmen zu können. Sam stutzte einen Augenblick, dann stieg er ab.

„Gute Idee", sagte er, während er den Kradmelderhelm auf seinem Kopf ein Stück nach hinten schob. Er zog einen kleinen Pinsel aus einer der vielen Taschen, die seine Fotografenweste bestückte, und fächelte kurz über die Linse seines Objektivs.

Julian setzte seinen Integralhelm auf den Kopf und schwang sich auf die Ducati ST 2, die er sich als Ersatz für die Z1 ausgesucht hatte, falls diese technische Probleme haben würde, und lächelte Birgit an. Als Antwort zog sie mit der Hand das Kinnteil ihres Helms nach unten und spitzte die Lippen zu einem Luftkuss. Julian hatte sich also nicht getäuscht. Schön, wenn er bei ihr einen Stein im Brett hatte. Sie war sehr fotogen, wie ihr geflochtener Haarzopf hinten aus dem Helm im Wind wehte, über dem stark auf Taille geschnittenen Textilanzug neuester Damenkollektion. Oder war es gar eine Maßschneiderung? Diese Mercedes könnte sich bei Birgit auf jeden Fall ein paar Kleidungstipps abholen.

Julians Handy in seiner Jacke begann zu vibrieren. Er zog es aus der Innentasche, sah, dass diejenige anrief, an die er gerade gedacht hatte, und steckte das Mobiltelefon wieder weg. Mercedes konnte warten. Es gab nichts, was in seinen Augen wichtiger sein konnte, als dass dieser Übungstag mit Erfolg über die Bühne ging. Und dazu gehörte auch, dass Birgits Zeitschrift vernünftige Fotos bekam, damit sie einen vernünftigen Bericht über Bikinger & Motorowski schreiben konnte. Denn er gedachte, noch eine ganze Weile als Tourguide bei diesem Veranstalter zu arbeiten.

Julian spürte, wie die Hinterradfederung der Duc einsackte, als der Fotograf auf den Sozius kletterte. Er gab Birgit ein Zeichen, loszufahren, ließ ihr ein paar Meter Vorsprung und startete ebenfalls. Ein Teleobjektiv schob sich über seine Schultern. Er wusste nicht, wen er mehr bewundern sollte: Birgit, die trotz ihrer geringen Fahrpraxis mit einem herumturnenden Fotografen auf dem Rücksitz durch den Parcours gezirkelt wäre oder Sam, der sich vertrauensselig auf ihre Soziusrasten gestellt hätte.

Sie waren am Ende des Slaloms angelangt. Julian winkte den anderen Teilnehmern Annabel, Freddie und Jasmin zu, ebenfalls die Übung zu fahren, während ihm Sam ein „Mach's noch mal" ins Ohr brüllte. Julians Handy begann wieder zu vibrieren. Er ignorierte es erneut, fluchte leise, dass er es nicht ausgeschaltet hatte, denn er nahm an, die Mailbox wollte ihn über eine Nachricht von Mercedes informieren.

So drehten sie alle hintereinander mehrere Runden, bis Sam Julian auf die Schulter klopfte und mit erhobenem Daumen das Ende dieser Fotosession ankündigte.

„Hast du genug Motive?", fragte Jasmin, nachdem alle neben den Motorrädern standen und Energieriegel kauten. Ganz offensichtlich war Sam ihr besonderer Liebling. Julian hoffte nur, dass dieser ihre wachsende Zuneigung nicht erwiderte, denn Jasmin trug einen Ehering. Und wenn ihn nicht alles täuschte, hatte sie vorhin, als er die Pylone aufstellte, etwas von zwei Kindern und einem Wolfgang erzählt. Die drei ließen es sich angeblich im Schwimmbad gutgehen. Julian hoffte nur, dass Wolfgang am Abend einen Blick auf seine Gattin haben würde. Fremdgehende Beziehungspartner trugen selten zur Harmonie innerhalb einer Reisegruppe bei.

Zum Glück schien Sam sehr mit seiner Arbeit beschäftigt. Wenn er nicht fotografierte, zog er die Fotos von der Kamera auf ein Notebook, um zu kontrollieren, ob die Aufnahmen seinen Ansprüchen – oder denen der Redaktion – genügten. Jasmins Frage ließ er unbeantwortet. Ob diese überhaupt in das Beuteschema des Fotografen passte, konnte Julian nicht sagen. Die zwei Geburten hatten bei Jasmin deutliche Spuren hinterlassen, die schwarzen Lederhosen saßen im mittleren Körperbereich enganliegender, als es Julians Geschmack entsprach. Aber Jasmin hatte ein nettes, rundes Gesicht, ein bisschen zu buschige Augenbrauen vielleicht, unter denen lustige blaue Augen in einem Faltenmeer verschwanden, wenn sie einen ihrer zahlreichen Motorradfahrerwitze erzählte.

„Kennt ihr den?", fragte sie und ohne eine Antwort abzuwarten, legte sie los. „Zwei Motorradfahrer, Toni und Gerd, rasen bei einer Wüstenrallye durch den Sand. Als sie einen Busch am Wegesrand entdecken, halten sie an, um zu pinkeln. Plötzlich schießt eine Schlange hervor und beißt Toni in dessen bestes Stück. Kreidebleich sinkt dieser in den Sand, Gerd holt rasch das Funkgerät und funkt den Arzt um Hilfe an. Der Arzt fragt: ‚Welche Farbe hatte die Schlange?' Gerd zu Toni: ‚Der Arzt fragt nach der Farbe der Schlange!' Toni stöhnt zurück: ‚Schwarz mit rotem Muster.' Gerd funkt es dem Arzt durch. Der Arzt antwortet: ‚Die Schlange ist sehr giftig!' Toni fragt gepresst: ‚Was sagt der Arzt?' Gerd zögernd: ‚Der Arzt sagt, die Schlange ist sehr giftig.' Toni verzweifelt: ‚Frag ihn, was wir machen können.' Gerd funkt dem Arzt die Frage, was zu tun sei. Der Arzt: ‚Öffnet die Bissstelle mit dem Messer ein kleines bisschen.' Gerd gibt die Auskunft weiter und Toni, schon ganz schwach, führt den sehr schmerzhaften Schnitt aus. Er wird ganz blass und ringt um Luft. Gerd funkt wieder den Arzt an: ‚Was ist jetzt zu tun?' Arzt: ‚Sie müssen jetzt die Bissstelle aussaugen!' Toni röchelt: ‚Was sagt der Arzt?' Gerd langsam: ‚Der Arzt sagt, du musst sterben.'"

Alle lachten, sogar Julian konnte, obwohl die Pointe auf der Hand lag, sich ein Schmunzeln nicht verkneifen. Sein Handy begann wieder zu vibrieren. Es war Mercedes. Diesmal klappte er das Telefon auf.

„Wer stört?", sagte er.

„Pass auf", hörte er Mercedes Stimme atemlos im Hörer. „Tu jetzt genau, was ich dir sage."

„Wir sind mitten im ..."

„Hör mir zu!" Mercedes klang leicht hysterisch. Julian entfernte sich ein paar Schritte von der Gruppe, während er mit einem Ohr bei Jasmin war, die einen neuen Witz begann: „Drei Biker kommen in den Himmel und fordern Einlass, ein Yamaha-, ein Honda- und ein BMW-Fahrer."

„Okay ...", stimmte er zu, immer noch Jasmin lauschend.

„Der Torwächter zum Yamaha-Fahrer: ‚Du bist immer zu

schnell gefahren, hast rote Ampeln missachtet und dich nicht für den Himmel bewährt, du musst in die Hölle.'"

„Sprich, liebste Mercedes!"

„Ihr müsst sofort zurückkommen, alle, sofort."

„Und warum? Es ist erst halb drei Uhr, wir wollten noch Bremsübungen ..."

Und Jasmin erzählte: „Nun ist der Hondafahrer an der Reihe. Er tritt vor. Der Torwächter schaut ihn an und sagt: ‚Bei dir war's auch nicht besser, du bist immer zu schnell gefahren ...'"

„Verdammt, hörst du mir nicht zu?"

„‚... hast rote Ampeln missachtet und dich nicht für den Himmel bewährt, du musst auch in die Hölle.'"

„Und warum sollen wir zurück? Was ist passiert?" Julian konnte Jasmins Pointe schon erahnen.

„Das kann ich dir jetzt nicht sagen, wirklich nicht." Mercedes klang wirklich verzweifelt. Vielleicht war es ihr weder gelungen, einen neuen Vorderreifen noch einen Kupplungshebel für die Z1 zu finden, dachte sich Julian und schaute zu Jasmin, die gerade eine kleine Kunstpause einlegte, bevor sie zum Finale ansetzte.

„Mercedes, ich breche hier kein Training ab, bevor du mir nicht sagst, was passiert ist."

„Zum Schluss tritt der BMW-Fahrer ans Himmelstor ..." Jasmin sprach langsam und zog die Spannung in die Länge.

„Es hat, äh, einen, äh, Unfall gegeben ...", stotterte Mercedes ins Telefon.

„... und setzt an, sich zu rechtfertigen ..."

„Mach's nicht so spannend!", sagte Julian zu Mercedes.

„... doch der Torwächter zum BMW-Fahrer: ‚Sag nichts ...'"

„Einer der Teilnehmer ...", Mercedes brach kurz ab.

„‚... du darfst rein ...'", Jasmin genoss sichtlich jedes Wort.

„Robert Baldau ...", Mercedes' Stimme kippte kurz.

„‚... du hast die Hölle schon hinter dir.'" Gelächter.

„... ist tot."

5.

Hätte jemand Mercy gefragt, wie sie sich fühlte – was übrigens niemand tat – wäre sie, die sich sonst als nicht auf den Mund gefallen definieren würde, in ernsthafte Erklärungsnöte gekommen. Sie wusste einfach nicht, wie sie sich fühlte. Oder sie hatte sich noch nie so wie jetzt gefühlt, also hatte sie bisher auch nie Worte dafür finden müssen. Sie hatte noch nie einen Toten gefunden und schon gar nicht hinter einer Reifenmontiermaschine. Zu allem Unglück war Robert Baldau, das war selbst für Leichenlaien wie sie oder Kevin Meier offensichtlich, nicht eines natürlichen Todes gestorben.

Und dass Robert Baldau tot war, das hatte Kevin Meier diagnostiziert. Kaum hatte er die Beine in Motorradstiefeln entdeckt, die hinter der Reifenmontiermaschine hervorschauten, Mercy auf seine Entdeckung aufmerksam gemacht, hing er schon zwischen Maschine und Wand und versuchte, an Robert Baldaus Halsschlagader einen Puls zu fühlen. Mercy ihrerseits hatte ihr Handy aus der Tasche gezogen und die 112 gewählt, die Nummer des österreichischen Rettungsdienstes.

„Kein Puls", konstatierte Kevin, als er wieder neben Mercy stand.

„Rettungsdienst kommt", informierte ihn Mercy. „Und die Polizei. Willst du versuchen, ihn zu reanimieren?"

Kevin zuckte mit den Achseln. „Ich bin sicher, er ist tot. Schau dir doch seinen Hinterkopf an."

„Ich glaube, das will ich nicht", Mercy schüttelte den Kopf. Sie konnte kein Blut sehen. Sie wusste, warum sie Mechanikerin geworden war und nicht Krankenschwester. „Mit was ...?"

Kevin deutete auf einen am Boden liegenden Franzosen hin, dessen Doppelmaul rotbraune Flecken auswies. „Das Blut ist schon geronnen. Er liegt nicht erst seit fünf Minuten dort."

Mercy schauderte. „Und wir haben noch über ihn gesprochen."

„Ich glaube nicht, dass er uns gehört hat", meinte Kevin mit einem leichten Lächeln. Sehr unglücklich schien er nicht über den Tod seines Arbeitgebers zu sein.

„Wir gehen am besten aus der Werkstatt und warten draußen auf die Polizei, sonst zerstören wir hier Spuren", sagte Mercy und wandte sich ans Gehen. Sie wusste auch, warum sie keine Totenwächterin geworden war.

Kevin blieb unschlüssig stehen. „Irgendwie gruselig, ihn hier allein liegenzulassen", kamen ihm mit einem Mal die Bedenken.

„Irgendwie gruselig, hier bei ihm stehenzubleiben", meinte Mercy. Sie merkte, wie ihr Körper langsam anfing zu zittern. Als hätte er sich vom Kopf abgespalten und jeder Steuerung entzogen, eigenständig gemacht. Es drängte sie nach draußen ins Freie, an die Sonne, an die frische Luft. Andererseits war Kevin Meier Gast von Bikinger & Motorowski, es galt, ihn zu unterstützen, wo es nur ging. „Setzen wir uns zur Z1 auf die Hebebühne", schlug sie vor. „Bis die Polizei kommt."

Beide entfernten sich vom toten Robert Baldau, soweit es die Werkstatt zuließ. Beide lehnten sich an die Hebebühne und schwiegen ein paar Minuten.

„Hast du lange bei ihm gearbeitet?", fragte Mercy nach einer Weile.

„Du willst wissen, ob ich unglücklich über seinen Tod bin? Weil ich hier so gelassen herumstehe." Er stockte. „Während du zitterst, die du ihn kaum gekannt hast."

„Das hat nichts zu bedeuten", behauptete Mercy. „Eine anziehende Erkältung."

Kevin lachte leise. „Es ist so plötzlich. Er war kein guter Chef, zumindest kein netter." Er lachte wieder. „Ich mochte ihn nicht wirklich. Aber den Tod habe ich ihm auch nicht gewünscht. Nicht so. Nicht mit so einem Teil …"

„… Franzose …", ergänzte Mercy.

Kevin schaute irritiert.

„Das Werkzeug ist ein Franzose. Wird eigentlich nicht mehr hergestellt", erklärte sie, als ob es etwas ausgemacht hätte. Als ob Robert Baldau nicht ermordet worden wäre, wenn hier kein Werkzeug namens Franzose herumliegen würde.

In diesem Augenblick ertönte von weitem ein Martinshorn, dann zwei und drei und sie kamen immer näher und mit einem Mal war die ganze Welt um sie herum ein einziges Klanggetöse. Mercy schaute Kevin an und er nickte. Beide lösten sich von der Hebebühne und gingen nebeneinander durch die Werkstatt zur Tür, durch die – während eines der Martinshörner nach dem anderen erstarb – schon zwei Sanitäter stürmten, dicht gefolgt von einem Mann mit Notarzt-Aufschrift auf der Jacke, wiederum dicht gefolgt von zwei Männern in Polizeiuniform.

„Verlassen Sie sofort den Raum!", befahl einer der Letzteren.

Mercy und Kevin taten das, was sie sowieso vorgehabt hatten. Als sie vor die Tür traten, wurden sie von einem Meer an rotierenden Blaulichtern empfangen, so dass Mercy die Augen zu Schlitzen zusammenkneifen musste, um überhaupt sehen zu können.

Mercy erwartete Polizisten, die sie beide an den Armen greifen würden und zum Verhör abführen, doch nichts dergleichen geschah. Unbehelligt gingen sie und Kevin in Richtung Hoteleingang, schritten durch die sich automatisch öffnende Tür und als diese sich ebenso automatisch wieder geschlossen hatte, kam es Mercy einen Moment so vor, als wäre mit diesem Schließen auch das Geschehene verschwunden.

„Wir müssen Baldaus Frau benachrichtigen", holte Kevin Mercy in die Realität zurück. „Und Blondie."

Mercy nickte. „Annabel ist beim Sicherheitstraining. Und Blondie habe ich mit dem Mountainbike wegfahren sehen. Ich rufe unseren Tourguide an, sie sollen zurückkommen. Könntest du Blondie …"

„Sie wird begeistert sein. Hat er erst vor drei Monaten wegen ihr seine Frau verlassen und nun ist er tot", Kevin zog seinen linken Mundwinkel nach hinten, was ein seltsam schiefes

Grinsen erzeugte. „Ich suche ihre Handynummer, ich hoffe, ich habe sie irgendwo im Zimmer." Er verschwand in Richtung Lift.

„Mercy, was geht hier vor?" Der Wirt kam aus der Küche herbeigelaufen. „Weißt du, was die Polizei vor dem Haus soll? Und steht da nicht auch noch ein Krankenwagen? Und alle rennen in die Werkstatt, die ihr angemietet habt?" Er fuchtelte mit den Händen in der Luft herum, so dass Mercy Angst bekam, er könne aus Versehen sich oder jemand anderen verletzten.

„Otto, beruhige dich. Es hat einen Toten gegeben. Einer unserer Gäste, Robert Baldau ..."

„Robert Baldau? Der Mann von Annabel? Die jedes Jahr kommt? Der sich scheiden lassen will? Wieso ist der tot? Hatte er einen Herzanfall? Und warum in der Werkstatt? Der hat doch gerade erst wieder angefangen, Motorrad zu fahren. Was wollte er denn reparieren? An einer nagelneuen K 1200 S? In meiner Werkstatt, das ist ja fürchterlich. Weiß es Annabel schon? Und seine Neue? Diese Blondie?" Seine Fragen prasselten auf Mercy herab wie Hagelkörner bei einem Sommergewitter.

„Ich muss Julian anrufen. Sofort", wimmelte sie den Wirt ab. Mit raschen Schritten ging sie in die Bar, in der zu dieser Tageszeit keine Menschenseele saß und holte ihr Handy aus der Overalltasche.

„Sprich, liebste Mercedes!" Dieser Typ hatte echt Nerven, immer dieses Gesülze, Mercy musste sich zusammennehmen, um ruhig zu bleiben.

„Ihr müsst sofort zurückkommen, alle, sofort", sagte sie mit zugekniffenen Zähnen.

„Und warum? Es ist erst vier Uhr, wir wollten noch Bremsübungen ..."

„Verdammt, hörst du mir nicht zu?" Mercys Geduld hing an einem seidenen Faden.

„Und warum sollen wir zurück? Was ist passiert?", Julian ließ nicht locker, zumal es Mercy so vorkam, als habe sie nicht seine volle Konzentration.

„Das kann ich dir jetzt nicht sagen, wirklich nicht." Schreckliche Nachrichten am Telefon zu überbringen hielt sie für keine gute Idee.

„Mercedes, ich breche hier kein Training ab, bevor du mir nicht sagst, was passiert ist." Julian stellte sich stur, so verdammt stur, dass Mercy nur zwei Möglichkeiten sah: entweder zu schreien oder einzulenken.

„Es hat einen Unfall gegeben", berichtete sie kurz.

„Mach's nicht so spannend!", sagte Julian, als würde Mercy eine langatmige Geschichte erzählen.

„Robert Baldau ist tot." Dann legte sie auf, denn jemand hatte ihr von hinten auf die Schulter geklopft.

* * *

Das Handy verschwand in Julians Tasche. Er sah zur Trainingsgruppe hinüber. Alle lachten über Jasmins Witz. Ihm war klar, dass er nicht einfach zu seinen Gästen zurückkehren und Robert Baldaus Tod in die Runde werfen würde. Er wusste nicht einmal, inwieweit er dieser Mercedes trauen konnte. Viel hatte sie nicht erzählt. Wer weiß, vielleicht neigte sie zu Übertreibungen und Baldau war nur schwer verletzt. Schlimm genug, aber immerhin besser als tot. Und er hatte auch keinerlei Ahnung, in welchem Verhältnis die Anwesenden zum vermeintlich Verstorbenen standen. Dass Annabels ein eher kompliziertes war, nun gut, das bedeutete nicht zwangsläufig, dass ihr das Wohl- oder eben Nichtwohlergehen von Baldau gleichgültig war. Hier ohne genauere Informationen Angst oder gar Hysterie zu verbreiten, empfand Julian als kontraproduktiv. Er beschloss, zu einer Notlüge zu greifen.

„Entschuldigt bitte, aber wir müssen die Veranstaltung abbrechen", erklärte er, als er bei seinen fünf Schützlingen angekommen war. „Es wurde heute Nachmittag ein Dieb im Hotel erwischt. Wie es scheint, hat er ein wenig Geld und ein Notebook mitgehen lassen. Nun würde die Polizei gerne die gefundenen Wertsachen ihren rechtmäßigen Besitzern – und natürlich Besitzerinnen", er schenkte den anwesenden Frauen jeweils ein Lächeln, Birgit bekam ein extra Zwinkern, „zukommen lassen. Deshalb können wir die Bremsübungen, so leid es mir tut, nicht mehr durchführen. Wir wollen die Gesetzeshüter doch nicht warten lassen, oder?"

Die Runde nickte zustimmend. Alle gingen zu ihren Rucksäcken und packten die Sachen zusammen. Anschließend zogen sie ihre Helme über und fuhren im Konvoi, allen voran Julian, zum Hotel zurück.

Schon von weitem flackerten ihm die rotierenden Blaulichter entgegen. Er fluchte innerlich. Wenn er Gast einer Reiseveranstaltung in diesem Hotel wäre und nicht allzu naiv, dann würde er beim Anblick dieser staatlichen Armada seine eigene Diebesstory sofort anzweifeln. Und ihm wurde bewusst, dass Mercedes nicht zu Übertreibungen neigte. Im Gegenteil. Er nahm an, dass es sich hier um weit mehr als einen Unfall handelte.

Des Weiteren verfluchte er sich selbst; dass er es nicht geschafft hatte, gestern Abend anzureisen und sich einen Überblick über die Örtlichkeiten zu verschaffen, dass er nicht wusste, ob es einen Hintereingang gab, an dem sie die Motorräder parken konnten. So blieb ihm nichts anderes übrig, als auf den vorderen Parkplatz einzubiegen, der so voll mit Fahrzeugen stand, dass es ihm schwerfiel, überhaupt ein Eckchen für die sechs Bikes zu finden.

Er fuhr auf eine Art Fußgängerweg und hoffte, die anderen fünf würden ihm folgen. Ein Blick in den Rückspiegel bestätigte, dass sie ihm vertrauten. Doch Julian war sich sehr wohl bewusst, wo seine Grenzen lagen. Ein Tag Sicherheitstraining würde nicht ausreichen, dass sie ihn grundsätzlich als Leader akzeptierten angesichts dessen, was sie hier zu erwarten schien.

6.

Kaum hatten sie die Motorräder abgestellt, kamen Mercedes und der Hotelwirt in schnellen Schritten auf sie zu. Julian sah seine Kollegin fragend an, doch sie ignorierte ihn und sammelte von den Gästen die Motorradschlüssel ein. Anschließend wandte sie sich direkt an Annabel.

„Annabel", nahm sie den Tourgast am Arm und zog sie beiseite. Julian beobachtete die beiden. Obwohl er hier der Guide war, hielt er es für angebracht, dieses Gespräch den beiden Frauen zu überlassen. Er sah deutlich, wie Annabel ihre Augen zusammenkniff, dann versteifte sich ihr hagerer Körper, sie lehnte sich an die Wand einer der Hotelgaragen und öffnete den Mund. Julian glaubte schon, den Schrei zu hören, der nicht kam. Annabel stand da mit offenem Mund, die Arme an die Wand gedrückt mit den Handflächen an der rauen Mauer. Einen kurzen Moment hielt sie die Luft an, dann kam ihr Atem stoßweise, bis sie ihren Mund schloss, die Augen öffnete und Mercedes eine Frage stellte, die diese mit Kopfschütteln und Schulterzucken beantwortete: Mercedes wusste nicht, ob Annabel ihren Mann sehen durfte, hielt dieses Anliegen aber sowieso nicht für eine gute Idee.

„Meine Damen und Herren, kein Grund zur Aufregung", sagte unterdessen der Wirt zum Rest der Gruppe. „Die Kripo bittet Sie, in der Lobby zu warten. Wir vom Hotel Edelweiß haben dort eine Teatime vorbereitet, wovon echte Briten nur träumen können. Bitte!"

Freddie, Sam und Jasmin folgten ihm ohne große Widerworte. Birgit blieb bei Julian stehen.

„Für einen einfachen Hoteldieb wird hier ziemlich viel Aufhebens gemacht, finde ich", meinte sie zu Julian. „Kann es sein, dass du uns gewisse Informationen vorenthalten hast?"

„Ich denke, es ist am besten, wir überlassen die Weitergabe der relevanten Informationen der Kriminalpolizei", versuchte sich Julian aus der Affäre zu ziehen. „Ich weiß auch nur, was mir Mercedes mitgeteilt hat. Und das war nicht viel."

„Aha, aber es geht um mehr als nur den Diebstahl von einem Notebook?“ Birgit stieß Julian kumpelhaft mit ihrem Ellbogen an, als beide sich zum Hoteleingang begaben. „Wen hat es erwischt? Lass mich raten. Beim Training fehlten Jasmins Mann, der kann es nicht sein, weil sonst jemand Jasmin wegen der Kids angerufen hätte. Bleiben Robert, seine blonde Freundin und sein Assistent. Eine von diesen drei Personen ist nicht mehr am Leben, stimmt's? Ich tippe auf Robert“, sie machte eine Bewegung mit dem Kopf in Richtung Mercedes und Annabel. „War es Mord?“

Julian lachte. „Du liest zu viele Krimis“, sagte er entgegen seiner Vorahnung. „Warten wir ab, was die Polizei sagt.“

Nebeneinander schritten sie durch die Tür in die Lobby. Bevor sie ganz im Inneren des Hotels verschwunden waren, wandte sich Julian nach Mercedes und Annabel um und sah, dass die beiden Frauen langsam hinter ihnen herkamen.

Der Wirt führte die Tourengäste direkt zu einer Sofa-Sessel-Gruppe um einen Couchtisch, auf dem schon mehrere Gedecke, Kannen und angerichtete Kuchenstücke die Motorradfahrer erwarteten. Sam Weller stellte sofort seinen Fotografenrucksack neben einen Sessel und stürzte sich auf die Kuchenplatte, als hätte er heute noch nichts zu essen bekommen. Alle blieben neben dem Mobiliar stehen und warteten, was nun geschehen würde. Als auch Mercedes und Annabel sich dazugesellt hatten, erklang eine Stimme:

„Mein Name ist Kriminalinspektor Hektor Schorlau, ich bin hier der ermittelnde Beamte. Ich weiß nicht, inwieweit Sie über das heutige Geschehen informiert sind.“ Er schaute in die Runde, sah einige in der Runde nicken, andere den Kopf schütteln. „Es hat einen Unglücksfall gegeben. Einer der Hotelgäste ist heute zu Tode gekommen.“

Allgemeines Raunen ging durch die umstehenden Menschen. „Es besteht leider die Möglichkeit, dass Herr Robert Baldau“, und wieder gab es ein Rauen in der Runde, „dass Herr Robert Baldau einem Tötungsdelikt zum Opfer gefallen ist.“

Julian warf einen Blick auf Annabel, doch ihr Gesicht blieb unbeweglich.

„So werden Sie sicher verstehen, dass wir Sie alle zu einem Gespräch bitten müssen, um die letzten Stunden des Lebens von Robert Baldau genau zu rekonstruieren. Und Sie werden sicher verstehen", der Inspektor machte eine kleine Pause, „dass Sie nicht abreisen dürfen, solange der Fall nicht geklärt ist. Ich bitte Sie, sich jetzt zu unserer Verfügung zu halten und heute Abend das Hotel nicht zu verlassen. Wir werden Sie nacheinander aufrufen. Dürfte ich die Reiseleitung und Frau Grothe bitten, mit mir zu kommen?"

Blondie saß hinter einem Berg von zusammengeknüllten Tempotaschentüchern, Kajal und Mascara hatten sich in Tränen aufgelöst und weitläufig um ihre Augen verteilt, so dass sie aussah wie eine Kreuzung aus Pandabär und missratener Schminkschule. Sie erhob sich, ohne sich um den Taschentuchberg zu kümmern.

Mercy, Julian und Blondie trabten hinter dem Inspektor her, der kurz vor der Rezeption stehen blieb.

„Frau Grothe?"

Blondie nickte.

„Wenn ich richtig informiert bin", fuhr der Inspektor fort, „sind Sie die Begleiterin von Herrn Baldau gewesen, auch wenn hier eine Frau Baldau anwesend ist?"

Blondie schluchzte auf.

„Das soll wohl ein Ja bedeuten. Ist Frau Baldau die Schwester von Herrn Baldau?"

Blondie schüttelte den Kopf und schluchzte weiter.

„Aha", sagte der Inspektor. „Die Frau. Ex oder Noch?"

„Nohohoch", schluchzte Blondie.

„Und Sie waren alle zusammen hier im Urlaub? Hatten Sie eine dieser modernen Dreierbeziehungen? Haben Sie und Frau Baldau sich Herrn Baldau geteilt?"

„Herr Inspektor, das geht zu weit!" Diesen Satz sagte nicht etwa Blondie, nein, es war Mercy, die nun einschritt.

„Wer sind Sie?", fragte der Inspektor mit einem leichten Lächeln im Mundwinkel.

„Mercedes Kowalski, Tourleitung und Mechanikerin."

„Gut, Frau Grothe, ich nehme an, Sie haben mit Herrn Baldau das Zimmer geteilt?"

Und Blondie schluchzte noch lauter.

„Wir müssen dieses Zimmer durchsuchen. Sie werden also umsiedeln müssen. Herr Schneider hier an der Rezeption wird Ihnen ein neues Zimmer zur Verfügung stellen, mein Kollege Sander begleitet Sie."

Wie aus dem Nichts stand ein uniformierter Jüngling mit blondem Flaum als Haupthaar und Bartersatz neben Blondie.

„Und Sie", Schorlau deutete auf Julian, „würde ich bitten, mir als Erster zu folgen." Julian legte sein zuvorkommendstes Lächeln auf die Lippen und nickte. Als er dem Inspektor hinterher ging, warf er Mercy noch ein Zwinkern zu.

Schorlau führte Julian in einen Raum neben der Rezeption. Darin stand ein Schreibtisch, dem anzusehen war, wie eiligst er geräumt worden war. An den Rändern wie auch in dem Regal dahinter türmten sich unordentliche Berge von Akten, Ordnern und Papieren, der Mülleimer quoll über und selbst die Fensterbank musste als Ablage herhalten.

Der Inspektor deutete auf einen Sessel, während er selbst auf dem Schreibtischstuhl Platz nahm. Er zog eine Lesebrille aus dem Jackett, setzte sie auf die Nase und schaute auf ein vor ihm liegendes Blatt Papier.

„Name?", fragte er, ohne aufzublicken.

„Brandt, Julian Brandt", konnte sich Julian nicht verkneifen.

„Oh, ein ganz komischer", meinte der Inspektor, weiterhin ohne aufzublicken. Er machte mit einem Kugelschreiber einen Haken auf das Blatt. „Alter, Beruf, Familienstand?"

„43, Tourguide, ledig."

„Was tun Sie hier?"

„Ich bin der Tourguide."

„Das heißt?" Schorlau machte sich Notizen, ohne Julian anzusehen.

„Ich fahre voraus, die anderen hinterher." Julian schlug die Beine übereinander und wünschte sich eine warme Dusche.

„Das ist kein Beruf", behauptete der Inspektor. „Haben Sie auch etwas gelernt?"

„Banklehre, BWL-Studium", antwortete Julian brav.

„Und was tun Sie dann hier?"

„Ich bin der Tourguide."

„Und ich habe das Gefühl, wir drehen uns im Kreis", meinte der Inspektor und schaute zum ersten Mal Julian direkt an. Dann grinste er. „In Ordnung, Sie sind hier also der Tourguide. Wo waren Sie heute?"

„Ich war mit einer Gruppe von Gästen auf dem Parkplatz an der Talstation und habe ein Sicherheitstraining veranstaltet."

„Ab wann fand das Training statt?"

„Wir sind hier zirka 9 Uhr 30 gestartet und gemeinsam zum Parkplatz gefahren."

„Und wer ist wir?"

„Dabei waren Annabel, Freddie, Birgit, Sam und Jasmin."

Schorlau schaute bei Julians Aufzählung wieder in seine Liste. „Haben die Herrschaften auch Nachnamen?"

„Tut mir leid, damit kann ich nicht dienen. Wir duzen uns alle."

„Und Sie als Tourguide haben keine Teilnehmerliste? Die habe sogar ich." Der Inspektor nahm sein Blatt hoch und wedelte Julian Luft zu.

„Dann haben Sie mir etwas voraus", sagte Julian.

„Seit wann arbeiten Sie für ...", der Inspektor schaute in seine Liste.

„... Bikinger & Motorowski", half ihm Julian.

„Aha, den Namen Ihrer Auftraggeber wissen Sie also, das ist ja immerhin etwas. Seit wann arbeiten Sie für diesen Verein?"

„Seit heute", Julian merkte, dass er wohl etwas zu flapsig

angesichts der Situation reagierte. Deshalb setzte er hinterher: „Ich hatte mich verspätet und bin erst heute Morgen angereist. So konnte ich vor dem Hotel nur die Gruppe in Empfang nehmen, die am Sicherheitstraining teilnehmen wollte."

„Nehmen Sie einen Schluck Wasser", bot der Inspektor an und deutete auf ein Glas plus Flasche auf dem Schreibtisch. „Nicht dass Sie von zwei langen Sätzen noch einen ausgetrockneten Mund bekommen." Er trank selbst einen Schluck aus seinem Glas. „Fasse ich einmal zusammen: Sie sind Julian Brandt, 43 Jahre alt, haben eine Banklehre gemacht, Betriebswirtschaft studiert, sind nicht verheiratet und arbeiten bei der Firma Bikinger & Motorowski als Tourguide. An Ihrem ersten Arbeitstag sind Sie zu spät gekommen, so dass Sie nicht einmal wissen, wie die Gäste heißen, mit denen Sie auf dem Parkplatz der Talstation Kurven üben, können Sie mir da zustimmen?"

„Herr Inspektor, Sie sind ein kluger Mann", lachte Julian ihn an. „Und um Ihrer nächsten Frage zuvorzukommen: Ich kannte Robert Baldau nicht. Ich kann nur mutmaßen, dass es sich um den Herrn handelt, beziehungsweise handelte, der heute Morgen bei der Gruppe Motorradfahrer vor dem Hotel stand, sich dann aber aus mir nicht gekannten Gründen dazu entschloss, doch nicht am Training teilzunehmen."

„Nehmen Sie noch einen Schluck Wasser, das macht Sie ja richtig gesprächig", munterte der Inspektor Julian auf. „Wie sah dieser Herr aus?"

„Zirka Mitte 50, BMW-Klapphelm, Streetguard 2, K 1200 S." Julian dachte nach. „Und die Wasserstoffblondine von geradeeben, ungefähr dreißig Jahre jünger."

„Blondie Grothe", nickte der Inspektor.

„Sie heißt Blondie?" Julian goss sich Wasser nach.

„Ja, nach einer Band ..."

„Call me, you can call me anytime, call me ...", begann Julian zu summen.

„Das ist also Blondie. Die Titelmelodie von *American Gigolo*, die Mutter war wohl eher ein Fan von Richard Gere", der

Inspektor grinste. „Der im Film Julian Kaye hieß." Er sprach den Namen mit amerikanischem Akzent aus.

„Und Detective Sunday wurde von einem Schauspieler namens Hector Elizondo gespielt."

„Schon immer mein Vorbild", meinte der Inspektor. „Aber Richard Gere nicht unbedingt Ihres, Sie sehen eher aus wie ..."

„Bitte, Herr Inspektor!", flehte Julian und hob die Arme. „Sprechen Sie den Namen nicht aus. Dieser Fluch schwebt über mir seit *Remington Steele*."

„Gut, fürs Erste können Sie gehen. Ihre Kollegin hat ausgesagt, dass sie Sie am Pass aufgelesen hat heute Morgen, danach werden wohl die anderen Gäste Ihre Anwesenheit während der Tatzeit bezeugen." Julian stand auf. „Schicken Sie mir Ihre Kollegin Mercedes Kowalski herein. Ihre restliche Gruppe kann auf die Zimmer gehen. Oder wohin auch immer es die Damen und Herren gelüstet zu verschwinden. Ich muss mir den Tatort und die Räumlichkeiten ansehen. Die Vernehmungen haben Zeit bis morgen."

Julian ging zur Tür, öffnete diese, warf dem Inspektor noch ein „Auf Wiedersehen" zurück in den Raum und wandte sich zur Reisegruppe. Diese hatte sich vollzählig in die Sessel und Sofas vergraben.

„Und ich erzähle noch Witze", sagte gerade Jasmin zu einem Mann, der in einer exakt gleich gestylten Motorradkombination wie sie neben dem Tischchen stand und Schokoladentorte von einem verschnörkelten Teller gabelte. „Wo sind die Kinder?"

„Bei der Hotelbetreuung."

„Und da geht es ihnen gut? Wolfgang, du wolltest jetzt doch nicht Motorrad fahren? Willst du dich nicht ..."

„... nein, ich will mich nicht", antwortete Wolfgang mit vollem Mund. „Ich habe den ganzen Morgen auf sie aufgepasst, während du im Training warst. Dabei war das total unnötig, denn das Hotel bietet Betreuung an. Ich habe auch Urlaub."

„Aber zu Hause, da bin ich diejenige, die sich am meisten

um die Kinder kümmert. Sie sollen auch etwas von ihrem Vater haben, sie kennen dich …"

„Meine Damen und Herren", griff Julian ein. „Es tut uns leid, dass sich Umstände ergeben haben, die diese Tour beeinträchtigen. Als erstes möchten wir von Bikinger & Motorowski", er sah sich nach seiner Kollegin Mercedes um, konnte sie aber nirgends entdecken, „den Angehörigen des Toten unser allergrößtes Beileid ausdrücken." Julian erwartete ein lautes Schluchzen, doch Blondie war nirgends zu sehen. Wahrscheinlich war sie noch mit ihrem Umzug beschäftigt.

Annabel dagegen schien das Dahinscheiden ihres Gatten ohne größere Flüssigkeitsverluste zu verarbeiten, nahm Julian wohlwollend zur Kenntnis. Er nickte ihr zu.

„Wir werden versuchen, Ihnen trotz der laufenden Ermittlungen", setzte Julian seine Ansprache fort, „die hoffentlich bald zu dem Mörder führen werden, den Aufenthalt hier so angenehm wie möglich gestalten. Wir sind bestrebt, das Tourprogramm durchzuführen, solange es sich mit den Ermittlungen der Polizeibehörden in Einklang bringen lässt. Für heute können Sie sich gern in Ihre Hotelzimmer zurückziehen, wenn Sie per Telefon für Inspektor Schorlau erreichbar bleiben. Wir treffen uns um 19 Uhr zum Abendessen und werden dann die Tour für den morgigen Tag bekannt geben."

Die Gäste standen schnell auf und verschwanden sofort in ihre Zimmer. Nur Mercy, die aus dem Nichts aufgetaucht war, blieb stehen.

„Wie kannst du nur für morgen eine Tour ankündigen? Es ist völlig menschenverachtend, wir hatten einen Toten, wir müssen mindestens einen Tag Pause …"

„Liebste Mercedes", unterbrach sie Julian, nahm mit seiner rechten Hand ihren Ellbogen und zog sie fort in Richtung Aufzug. „Wie wäre es, wenn wir diese Unterredung in deinem oder meinem Zimmer fortsetzen würden?"

„Außerdem wartet Schorlau auf dich, wo warst du?“

„Ich habe Blondie beim Umzug geholfen. Das ist schon ein Abstieg. Von der Suite in ein“, Mercy schrieb mit den Fingern Anführungszeichen in die Luft, „normales Zimmer. Wobei sie nicht viel von der Suite hatte, die Essecke mit Panoramablick hat Baldau als Büro genutzt. Und das zweite Schlafzimmer als Ankleideraum.“

„Und wo wohnt sie jetzt?“

„Auf dem gleichen Stockwerk wie wir.“

„Du sollst zu Schorlau kommen“, wiederholte sich Julian.

Mercy warf einen Blick auf die geschlossene Tür von Schorlaus Büro, als ihr eine Frau mit Hut auffiel, die mit mehreren Koffern an der Rezeption stand.

„Mein Name ist Sophie Sonntag“, hörte sie die Frau sagen.

„Das ist ein neuer Gast von uns“, sagte Mercy und zupfte Julian am Ärmel.

„Dann sollten wir sie begrüßen ...“, Julian drehte sofort dem Aufzug den Rücken zu.

„... und vorwarnen“, schloss sich Mercy an.

„Sei nicht so negativ, liebste Mercedes“, Julian zwinkerte Mercy zu und wollte weitergehen.

„Pass auf, du Klugscheißer“, Mercy zog Julian an dessen Motorradjacke. „Du hast heute keine Leiche gefunden, sondern ich. Also markiere hier nicht den Sonnenschein!“

„Können wir uns gleich bei unserer Besprechung überlegen, wer hier bei der Veranstaltung welche Rolle zu spielen hat?“, versuchte Julian, Mercy zu beruhigen. „Vorher begrüße ich die Nachzüglerin und du gehst zu Schorlau.“

Bevor Mercy sich eine Entgegnung zurechtgelegt hatte, war Julian an Sophie Sonntag herangetreten.

„Guten Tag und Willkommen bei der Sommertour von Bikinger & Motorowski“, begann Julian und streckte Sophie Sonntag seine rechte Hand entgegen.

Die Frau mit dem Hut schenkte Julian dafür ein blasiertes Lächeln, überlegte kurz und nahm seine Hand sanft in ihre behandschuhten Hände.

„Danke", flötete sie. „Sie können mich zu meinem Zimmer begleiten, nach der langen Reise muss ich mich unbedingt erholen." Ohne einen weiteren Blick stolzierte sie in Richtung Aufzug, während der Mann hinter der Rezeption mit einem Zimmerschlüssel wedelte und auf die drei Koffer deutete, die noch auf dem Boden standen.

Mercy trat zwei Schritte beiseite und klopfte an Schorlaus Tür. Eine Viertelstunde später stand sie schon wieder in der Lobby. Schorlau hatte nur wissen wollen, wo sie sich an dem heutigen Morgen aufgehalten hatte. Wie es zum Leichenfund gekommen war. Dann erhielt er einen Anruf und verschob die weitere Vernehmung auf einen noch festzulegenden Termin.

Sie machte sich auf den Weg in ihre Ersatzwerkstatt. Mercy war alles andere als „amused". Ein Toter in ihrer Werkstatt war nicht unbedingt der Tourstart, den sie sich erwünscht hatte. Dazu noch ein ermordeter Gast. Nein, kein Hotelgast, sondern einer von Bikinger & Motorowski, ihrer Agentur. Statt endlich auszuschlafen, musste sie die Werkstatt der Spurensicherung überlassen. Mit Müh und Not hatte sie von der Hotelleitung eine Garage als Ersatz zur Verfügung gestellt bekommen, in die sie nun alle paar Minuten ein einzelnes Werkzeug tragen konnte, je nachdem, welches die kriminaltechnische Untersuchung herausrückte. Jetzt riskierte hier dieser neue Tourguide auch noch eine dicke Lippe, indem er den Gästen versprach, dass die Tourenwoche quasi wie geplant stattfinden würde. Das fand sie einfach schamlos. Nicht einmal eine Gedenkminute hatte er abgehalten. Gut, dafür würde sie wohl noch sorgen müssen.

Sie suchte sich einen Weg durch die weiterhin auf dem Hotelparkplatz stehenden Fahrzeuge der Kriminalpolizei und warf einen Blick in die Werkstatt. Kaum hatte er sie erblickt, kam einer der Techniker auf sie zu.

„Gut, dass Sie kommen. Ich hätte da noch eine Frage", sagte er.

„Deshalb bin ich eigentlich nicht hier", meinte Mercy und schloss einen Moment die Augen. Sie roch die frische Landluft, leichter Duft von Kuhdung wehte durchs Dorf, die Welt könnte so friedlich sein und sie dachte wie schon so oft in ihrem Leben, dass sie zur falschen Zeit am falschen Ort war.

„Weshalb sind Sie nicht hier?", fragte der Techniker in seinem weißen Overall, der im krassen Gegensatz zu Mercys ehemals rotem Overall stand.

„Um Ihre Fragen zu beantworten." Mercy grinste schief.

„Das glaube ich Ihnen gern", schlug er einen besänftigenden Ton ein. „Normalerweise stelle ich hier auch nicht die Fragen."

„Warum dann jetzt?"

„Nun, vielleicht weil Sie die Fachfrau sind?" Er blinzelte sie durch sein schwarzes Brillengestell an, das auf einem Meer von Sommersprossen saß wie ein Motorrad auf einer Wiese von Gänseblümchen, dachte Mercy und fand im gleichen Moment den Vergleich dünn, verdammt dünn sogar. Aber heute war kein Tag, an dem die Vergleiche klug und plakativ daherkamen und sie würde sich hüten, einen davon laut auszusprechen.

„Okay, fragen Sie."

„Sie wollten doch einen Reifen wechseln, oder?"

„Ich wollte den Reifen von der Felge holen, einen neuen zum Wechseln hatte ich noch nicht."

„Wie kam es zu dem Plattfuß, sind Sie gefahren?" Der Techniker öffnete den Frontreißverschluss seines Overalls und holte eine Schachtel Zigaretten aus der Brusttasche eines gestreiften Hemdes. Er bot Mercy eine an, sie schüttelte den Kopf, dann steckte er sich selbst eine Kippe zwischen die Lippen und zündete diese an.

„Nein, ich bin nicht gefahren. Mein Kollege. Ich nehme an, er kam von der Straße ab und kullerte einen Hang hinunter. Vielleicht der Aufprall auf einen Stein, ich weiß nicht, wie es zu dem Platten kam." Mercy schüttelte den Kopf.

„Ich will Ihnen etwas zeigen. Das darf ich wahrscheinlich nicht, aber vielleicht interessiert es Sie ja." Er machte mit dem Kopf eine Bewegung, die Mercy bedeutete, ihm zu folgen, und ging in die Werkstatt zurück.

„Hey, mach' sofort die Kippe aus", ertönte eine erboste Stimme, kaum hatte er den Raum betreten. Zwei Männer bearbeiteten mit Pinseln und Klebestreifen die Reifenmontiermaschine. Zum Glück lag der Tote nicht mehr dahinter auf dem Boden. Der sommersprossige Techniker zuckte mit den Achseln, tat ein paar Schritte zurück auf den Parkplatz und nahm einen tiefen Zug, bevor er seine Zigarette auf den Boden warf und sie mit dem Schuhballen austrat.

„Ist sowieso gesünder, nur die Hälfte zu rauchen", behauptete er, als er wieder bei Mercy in der Werkstatt stand. Er hob die Z1-Felge auf die Werkbank.

„Was mich zuerst stutzig gemacht hat, war diese Ausbuchtung hier zwischen den Speichen, sehen Sie?" Mercy sah eine kleine Beule. „Also habe ich, bevor die Kollegen sich auf die Montiermaschine gestürzt haben, schnell den Reifen demontiert. Und wissen Sie, was ich gefunden habe?"

Selbst Mercy konnte mittlerweile ahnen, dass kein Stein für die Beule verantwortlich gewesen sein konnte. Doch was immer es war, sie wollte es nicht wissen – jetzt nicht mehr. Es wurde ihr immer mehr egal, warum der neue Tourguide von der Straße abgekommen war.

„Hatten Sie nicht angedeutet, das dürfen Sie vielleicht nicht? Mir sagen, was Sie gefunden haben, meine ich." Mercy wandte sich zum Gehen.

„Sie hat Recht", rief einer seiner Kollegen. „Du darfst keine Ermittlungsergebnisse an potentielle Täterinnen verraten."

„Sind Sie eine potentielle Täterin?", fragte der Techniker Mercy.

Sie schüttelte den Kopf.

Er hielt ihr die Felge unter die Nase.

Sie schüttelte wieder den Kopf.

Dann legte er die Felge auf die Werkbank und zog ein Tütchen aus seiner Overalltasche. Mercy fühlte, wie Eiseskälte ihren Rücken hinaufkroch.

„Hören Sie, ich will das nicht ..."

„Das ist wahrscheinlich eine 5,6 Millimeter Kugel aus einem Kleinkalibergewehr."

„Scheiße", sagte Mercy.

„Ich werde damit jetzt gleich zu Inspektor Schorlau gehen, aber ich dachte, es würde Sie vielleicht auch interessieren, immerhin handelt es sich um Ihren Kollegen."

„Nein, es handelt sich in erster Linie um den Reifen einer Z1", Mercy schluckte tief. „Und das ist schlimm genug."

„Aha, Sie meinen, der Anschlag galt diesem Motorrad, nicht Ihrem Kollegen? Ist die Maschine denn so wertvoll?"

Mercy bekam das leichte Gefühl, der Techniker würde sie nicht ganz ernst nehmen. „Wenn die Kugel nicht das Rad, sondern den Fahrer getroffen hätte, was wäre dann passiert?"

„Ich bin kein Mediziner", antwortete der Techniker. „Aber schmerzhaft wäre es auf jeden Fall geworden."

„Tödlich?"

„Nicht tödlicher als ein schlecht verlaufender Sturz!" Er steckte das Tütchen wieder in seine Tasche. „Sie scheinen Ihren Kollegen nicht gerade ins Herz geschlossen zu haben."

Mercy dachte einen Augenblick nach. „Es geht hier nicht um den Einzelnen, sondern um das große Ganze, um die Veranstaltung, die Firma", meinte sie schließlich.

„Das hätte Stalin nicht besser sagen können", behauptete der Techniker. „Oder haben Sie einfach kein Herz für Männer?"

8.

Julian öffnete die Zimmertür, als es klopfte. Erwartungsgemäß stand seine Kollegin Mercedes davor. Ohne ein Wort stapfte sie an ihm vorbei und marschierte schnurstracks auf die Minibar zu. Sie riss die Kühlschranktür auf und zog eines der kleinen Schnapsfläschchen hervor. Sie drehte den Verschluss auf, setzte den Hals an den Mund und nahm einen kräftigen Schluck. Anschließend reichte sie das Fläschchen zu Julian herüber.

„Nimm einen Schluck, du wirst ihn brauchen!“, behauptete Mercedes.

Nun kam Julian selten in eine Situation, in der er Schnaps brauchte. Der Tote in der Werkstatt war bedauerlich für die Angehörigen und für sie beide als Tourverantwortliche bedeutete er einen organisatorischen Mehraufwand, doch deshalb gleich zu Hartalkoholika zu greifen, das fand Julian unangemessen. Er stellte das Fläschchen auf einen kleinen Tisch und bedeutete Mercedes, sich auf einen Sessel zu setzen. Er hatte sich einen Earl Grey kommen lassen und ein wenig Gebäck dazu, weil er im Gegensatz zu den Gästen noch keine Teatime gehabt hatte. Diese gedachte er während der Besprechung nachzuholen.

„Ich habe Inspektor Schorlau gebeten, seine Vernehmungen so zu legen, dass zumindest Halbtagestouren möglich sind“, begann er, während er an seinem heißen Tee nippte.

„Das ist jetzt nebensächlich“, sagte Mercedes, die sich auf die Lehne eines Sessel gesetzt hatte, aber sofort wieder aufsprang und zum Fenster ging.

„Da sind wir wohl unterschiedlicher Meinung“, konstatierte Julian und nahm ein Gebäckstück. Er war verwundert, wie schnell sich diese Mercedes hier aus der Ruhe bringen ließ. „Ich habe einen Blick auf die Karte geworfen und werde morgen früh den …“

„Nichts wirst du“, unterbrach ihn Mercedes. „Wir können nicht einfach so tun, als wäre nichts geschehen.“

„Wir können aber auch nicht nichts tun. Wir können hier nicht herumsitzen und abwarten, dass die Polizei den Mörder fängt“, Julian nahm noch einen Schluck. Der heiße Tee tat ihm gut. Ihm fehlte immer noch eine Dusche und er hoffte, die Besprechung mit Mercedes fand bald ein Ende. Er wollte vor dem

Abendessen endlich in saubere und bequeme Kleidung. „Und gemeinsam mit den Tourgästen Däumchen drehen."

„Wir können aber auch nicht mit den Gästen auf Motorradtour gehen, das ist einfach zu gefährlich." Mercedes sah, wie die Polizeifahrzeuge langsam den Hotelparkplatz verließen.

„Du meinst, dass der Tote in der Werkstatt die Hotelgäste so aufregt, dass sie nicht mehr in der Lage sind, vernünftig Motorrad zu fahren?" Julian zog den Reißverschluss seines linken Motorradstiefels auf. Er schaute kurz hoch zu Mercedes und lächelte. „Das liegt an mir, wie schnell wir unterwegs sind. Ich werde eine wohltemperierte Geschwindigkeit vorgeben, soweit ich es überblicken kann, ist sowieso keiner der vorwitzigen Sorte dabei. Zumindest seit heute Mittag ..."

„Das war geschmacklos", meinte Mercedes. „Außerdem kann immer etwas passieren, egal wie schnell ihr unterwegs seid. Ich bin absolut dagegen, morgen auf Tour zu gehen."

„Nach deiner Logik darf sich nie jemand auf ein Motorrad setzen. Nach deiner Logik darfst du kein Haus verlassen. Nach deiner Logik darfst du keinen Topf heißes Wasser aufsetzen."

„Du willst mich nicht verstehen". Mercedes nahm das Schnapsfläschchen vom Tisch und trank es leer. „Aber das ist auch egal. Bikinger & Motorowski wird morgen keine Tour fahren."

„Oho! Das ist ja interessant." Julian sah sich Mercedes genauer an. Ihr Haar stand wirr von ihrem Kopf ab, um ihre Augen hatten sich tiefe Ringe gebildet, die von den grauen Flecken in ihrem Gesicht noch unterstützt wurden. Auch Mercedes täte eine Dusche gut, stellte er fest. Wahrscheinlich wäre ein mehrstündiger Aufenthalt im Wellnessbereich des Hotels sogar noch angebrachter. „Liebe Mercedes, ich persönlich finde dieses Kompetenzgerangel mehr als unangebracht. Wir haben hier eine klare Aufgabenverteilung: Du bist für die Motorräder zuständig, ich für die Menschen."

„Das sah aber gestern Abend ganz anders aus", entgegnete Mercedes trotzig.

„Das tut mir auch leid. Aber du wusstest vorher Bescheid", Julian schaute sie fragend an. „Zumindest die Zentrale wusste Bescheid, sie sollte dich benachrichtigen."

Mercedes' Miene war undurchdringlich. Julian konnte nicht daraus ablesen, ob Mercedes sauer war, dass er nicht direkt mit ihr gesprochen hatte, oder ob es ein Kommunikationsproblem zwischen ihr und der Zentrale gab oder sie generell keine Lust auf zuviel Kontakt zu den Gästen hatte.

„Nun, das ist Schnee von gestern", fuhr er fort. „Wir haben hier eine außergewöhnliche Situation. Einer unserer Gäste ist tot, die Polizei ermittelt. Daran können wir nichts ändern. Aber wir können versuchen, den restlichen Gästen den Aufenthalt so angenehm wie möglich zu machen. Dazu gehört, ihnen das zu geben, was sie hier gebucht haben: kleine Fluchten mit dem Motorrad."

„Und ich sage, es ist zu gefährlich!" Mercedes blieb bei ihrer Meinung. „Es ist für niemand ein Nutzen, wenn noch jemand zu Schaden kommt."

„Mir scheint, dieses Hotel ist im Augenblick ein wesentlich gefährlicherer Ort als jede Tour." Julian wunderte sich über die Beharrlichkeit seiner Kollegin. Als so ängstlich hätte er sie nicht eingeschätzt. Oder sie zweifelte an seinen Fähigkeiten als Tourguide. Es wäre fatal, wenn sie diese Zweifel auf die Gäste übertragen würde. „Ich bin sehr wohl in der Lage, eine Handvoll Motorradfahrer gesund durch eine Tour zu geleiten."

„Das ist hier überhaupt nicht die Frage", sagte Mercedes. „Deine Kompetenz ist hier nicht das Thema. Dennoch bin ich absolut dagegen, dass du morgen mit den Gästen Motorrad fahren gehst."

„Entschuldige, aber das ist kein Argument", sagte Julian. Das Zimmertelefon klingelte. Er stand auf, ging zum Bett in der Mitte des Raums und griff nach dem Hörer.

„Brandt." – „Hallo, Herr Inspektor." – „Nein, das wusste ich noch nicht." – „Zusammenhang? Glaube ich nicht." – „Jetzt?" – „Selbstverständlich, ich komme."

Julian legte auf.

„So, liebste Mercedes", langsam drehte er sich zu seiner Kollegin um. „Inspektor Schorlau möchte sich mit mir über eine Gewehrkugel in meiner Z1-Felge unterhalten. Weißt du etwas davon? Hat diese Kugel etwas damit zu tun, warum du unbedingt die morgige Tour verhindern willst?"

9.

Was in sie gefahren war, konnte sie nicht sagen. Es entsprach überhaupt nicht ihrer Art, anderen Menschen Informationen vorzuenthalten. Doch dieser Tourguide mit seiner Lässigkeit, seinem Immer-genau-zu-wissen-was-getan-werden-musste-Getue ging Mercy ziemlich auf die Nerven. Sie hatte dauernd das Gefühl, ihm widersprechen zu müssen. Und dass sie nichts von der Kugel in der Felge erzählt hatte, hatte einen einfachen Grund: Sie gönnte ihm nicht die Delle in der Felge, aber die Delle im Selbstbewusstsein, die so ein Ausrutscher mit dem Motorrad unweigerlich – auch bei Typen wie Julian Brandt – zur Folge hatte, die gönnte sie ihm schon. Und sie gönnte ihm die fahrerische Rehabilitation nicht. Und sie war immer noch verärgert, dass er sie mit einem kaputten Motorrad – immerhin einer Z1 – hatte stehen lassen mitten in den Alpen.

Jetzt waren sie ihrer Meinung nach quitt.

Sie musste sich sammeln. Sie ging in ihr Zimmer, zog eine DVD aus ihrem Koffer und legte *Die Todeskralle schlägt wieder zu* in den Player.

Wahrscheinlich hatte dieser Julian ja Recht. Sie konnten morgen nicht einfach dasitzen und gemeinsam mit den Tourgästen Däumchen drehen. Sie mussten zeigen, dass sie die Situation unter Kontrolle hatten.

Mercy lümmelte sich in einen Sessel, spulte die DVD vor bis zu der Stelle, an der Bruce Lee Chuck Norris im Colosseum von Rom platt machte, und stellte den Ton ab – Chuck Norris tritt Bruce Lee an den Kopf, Bruce Lee geht zu Boden, steht wieder auf, beginnt zu tänzeln, Chuck Norris beobachtet ihn, eine Katze sitzt auf einer Mauer und spielt mit einem Ball, Bruce tritt Chuck Norris, Chuck Norris geht zu Boden – bis eine Idee in Mercys Kopf aufblitzte.

Es klopfte an der Tür. Mercy öffnete die Augen und blinzelte. Die Nacht ohne Schlaf und der nicht gerade aufregungsarme Tag hatten ihren Tribut gefordert. Sie war doch wirklich zum ersten Mal in ihrem Leben bei *Die Todeskralle schlägt wieder zu* eingeschlafen. Langsam schälte sie sich aus dem Sessel und schlurfte zur Tür. Sie öffnete. Davor stand Julian. Sie bedeutete ihm mit einem Kopfnicken einzutreten.

„Geschlafen?", fragte Julian.

Mercy schüttelte den Kopf. Nur keine Schwäche zugeben.

„Es ist kurz vor sieben. Wir müssen nach unten und den Leuten etwas erzählen", sagte Julian. Und seine im Gegensatz zu seinen sonstigen Gewohnheiten wenig elaborierte Sprechweise deutete Mercy an, dass dem Guten doch ein wenig der Arsch auf Grundeis ging, wie man so schön sagte. Wäre sie nicht so müde, hätte sie ihm jetzt einen dementsprechenden Spruch an den hübschen Kopf geworfen. Doch ihr Körper war in den Energiesparmodus gerutscht. Sie brauchte dringend Nahrung, Flüssigkeit und Schlaf.

„Wie war's bei den Bullen?", fragte sie.

„Sie wollten wissen, wo genau der Unfall passiert ist und ob ich Feinde hätte."

„Und hast du?"

„Sicher, viel Feind, viel Ehr."

„Dann hat die Kripo ja was zu tun."

„Das ist aber nicht unser Problem."

„Zumindest nicht meins."

Julian lachte. „Meins auch nicht. Ich gehe davon aus, dass es sich um einen Querschläger eines zu spät aufgestandenen Jägers handelte. Wer sollte wissen, dass ich um diese Uhrzeit über diesen Pass fahren würde?" Er zuckte mit den Achseln. „Unser Problem sind unsere Kunden. Wir müssen ihnen etwas bieten, damit sie zumindest für eine gewisse Zeit den Mordfall vergessen."

„Ich hatte eine Idee", sagte Mercy versonnen. „Kurz bevor der Kampf zu Ende war, hatte ich eine Idee ..."

„Welcher Kampf?", fragte Julian.

„Das tut nichts zur Sache", Mercy schüttelte den Kopf.

„Ich sehe was, was du nicht siehst", ulkte Julian, als er über Mercys Schulter schaute. Sie drehte sich um und entdeckte, dass auf dem Fernsehapparat das Menu der DVD zu sehen war: Bruce Lee stand mit nacktem Oberkörper und einem Kampfwerkzeug in der rechten Hand auf dem Bildschirm.

„Ich bin mehr ein Fan von Chuck Norris. Es gibt keine Evolutionstheorie, sondern nur eine Liste von Kreaturen, denen Chuck Norris erlaubt zu leben."

„So ...?" Mercy wirkte etwas geistesabwesend.

„Kennst du nicht die Chuck-Norris-Facts? Wenn Chuck Norris ins Wasser fällt, wird er nicht nass, das Wasser wird Chuck Norris?" Julian lachte. Mercys Gesicht blieb regungslos. „Außerdem ist er Kreationist, er glaubt nicht an die Evolution."

„Hilft uns das weiter?", fragte Mercy. „Ich hatte doch eine Idee ..."

„Wenn es eine Chuck-Norris-Idee ist, dann wird sie uns sicher weiterhelfen." Julian schaute auf die Uhr.

„Jetzt fällt es mir wieder ein", Mercy schlug sich auf die Stirn. „Wir lösen den Fall selbst."

„Das ist eine echte Chuck-Norris-Idee. Chuck Norris hat bis unendlich gezählt – zweimal!"

„Mach dich ruhig lustig. Es ist mein Ernst. Sie vertrauen uns, die Kunden, meine ich. Wir können sie ganz in Ruhe ausfragen. Sie werden uns die Wahrheit erzählen, das, was sie der Polizei nicht erzählen, weil sie Angst haben, sie könnten sich belasten. Und dann – schwuppdiwupp – haben wir den Mörder."

„Und wenn er sich bei der Überführung anstellt, dann trittst du ihm kurz in den Solarplexus und schon ist er schachmatt."

„Du nimmst mich nicht ernst …" Mercy fuhr sich mit den Fingern durch die Haare und registrierte, dass Julian sie dabei genau beobachtete. Erst jetzt stellte sie fest, wie schwarz ihre Hände waren. Schnell steckte sie sie in die Hosentaschen und beschloss, vor dem Abendessen doch noch schnell zu duschen. „Wir machen das so: Du lenkst die Gäste durch Touren ab und ich ermittle den Mörder."

„Chuck Norris ist vor zwei Jahren gestorben. Der Tod hat sich nur nicht getraut, es ihm zu sagen." Julian lachte.

„Du traust mir das nicht zu, nicht wahr?"

„Liebste Mercedes, genauso wie Motorräder reparieren gekonnt sein muss, sollten die Leute, die Mörder jagen, darin ausgebildet sein, meine ich."

„Du verstehst mich falsch, liebster Julian. Ich biete dir hier einen Kompromiss an: Du darfst von mir aus morgen Touren anbieten und ich darf dafür den Mörder finden. Wie findest du das?"

„In Ordnung, tu, was du nicht lassen kannst. Ich stelle mich auf jeden Fall jetzt unter die Dusche", er hielt kurz inne, räusperte sich, „was anderen Menschen auf diesem Planeten auch ganz guttun könnte. So ein wenig Wasser auf bestimmte Körperstellen, meine ich."

Dann drehte er sich um und ging, während ein Kissen neben ihm an die Wand flog, zur Tür hinaus.

10.

Zehn nach sieben Uhr an diesem Abend betrat Julian das Restaurant des Hotels und begab sich direkt in das Eck, in dem eine lange Tafel für die Gäste von Bikinger & Motorowski gedeckt war. Zwei Kinder rannten an ihm vorbei in die Lobby.

Die Teilnehmer seines Sicherheitstrainings waren mit Ausnahme von Annabel vollzählig versammelt, ebenfalls der zu Jasmin gehörende Mann, diesmal allerdings nicht im Partnerlook, sondern in brauner Strickjacke, während Jasmin einen grauen Blazer trug und schon wieder – oder immer noch – bei ihrem Lieblingsthema war.

„Und ich erzähle noch den Witz mit den Motorradfahrern und dem Himmel", sagte sie zu Birgit, Sam und Freddie.

„Welchen Witz?", fragte ein Mann mit ungekämmtem Haar und randlosen Augengläsern, die Julian gerne als Fußballtrainerbrille bezeichnete.

„Drei Biker kommen in den Himmel und fordern Einlass, ein Yamaha-, ein Honda- und ein BMW-Fahrer ...", begann Jasmin.

„Jasmin, hör auf!", unterbrach sie ihr Mann. „Das ist geschmacklos."

„Aber Wolfgang, der Kevin wollte den Witz doch hören. Der Torwächter zum Yamaha-Fahrer ...", fuhr sie fort, wurde aber sofort wieder unterbrochen, als Sophie Sonntag sich neben Julian stellte.

„Oh, bitte keine Witze", stöhnte sie und hielt sich den Handrücken an die Stirn. „Von Witzen bekomme ich Kopfschmerzen."

„Und von Jasmins Witzen bekommt man Migräne", stimmte ihr Wolfgang zu.

Wenn Julian nun gedacht hatte, Jasmin wäre beleidigt, weil ihr Mann ihr in den Rücken gefallen war, dann sah er sich enttäuscht. Jasmin gluckste, als hätte Wolfgang einen besonders originellen Joke gemacht.

„Und von deinen Witzen, Mausi, bekommt frau Hirnhautentzündung", erwiderte sie lachend. „Zumindest war das 1985 so, als du den letzten gemacht hast."

„Immerhin war das mein eigener", entgegnete Wolfgang, „ich musste ihn nicht aus dem Internet abschreiben und auf der Fahrt hierher auswendig lernen."

Bevor die zwei ihren Schlagabtausch weiter fortsetzen konnten, mischte sich Mercy ein, die nun ebenfalls an den Tisch getreten war.

„Guten Abend“, sagte sie in die Runde. „Ich hoffe, ihr habt euch von dem Schock erholt heute Nachmittag. Ich möchte euch zuerst, für die, die heute nicht beim Sicherheitstraining waren, also für die, die ihn noch nicht …“

„Ich bin Julian, euer Tourguide“, unterbrach sie Julian und setzte damit die allgemeine Gesprächstradition am Tisch fort.

„Danke“, sprang sofort wieder Mercy ein. „Wir haben uns gerade beraten und beschlossen, dass wir morgen …“

„… mit dem Programm fortfahren“, ergänzte Julian.

„Soweit es die polizeilichen Ermittlungen erlauben“, sagte Mercy.

„Um eben die polizeilichen Ermittlungen nicht zu gefährden, werde ich“, Julian spürte einen Tritt an seiner Wade, „werden wir die morgige Tour in zwei Abschnitte einteilen.“

„Warum?“, fragte Sophie Sonntag mit hochgezogenen Augenbrauen.

„Damit diejenigen, die morgens von der Polizei interviewt werden, nachmittags mitfahren können und umgekehrt“, erläuterte Julian. „Morgen früh um zehn starten wir die Ausfahrt über den Arlberg zur Silvretta-Hochalpenstraße. Wir werden zirka gegen zwölf Uhr dreißig wieder im Hotel eintreffen und bekommen um eins eine warme Mahlzeit. Um 14.30 geht's los zur zweiten Runde. Ich wünsche euch einen guten Appetit.“

Als hätte er einen Startschuss abgegeben, begann das Servicepersonal, Suppe zu verteilen. Nur Julian, Mercy und Kevin standen noch.

„Die Motorräder stehen noch vor dem Hotel“, sagte Mercy, „ich muss sie in die Garage bringen.“

„Ist das nicht Aufgabe unserer Gäste?“, fragte Julian leise. „Ich meine, sollen sie sich nicht selbst um die von ihnen gemieteten Maschinen kümmern?“

„Sicher, doch die Umstände sind heute sehr ungewöhnlich, die Garage war vorhin von Polizeiautos blockiert. Ich denke, ich kümmere mich besser selbst um die Mopeds. Deshalb habe ich die Schlüssel an mich genommen."

„Ich helfe dir", bot sich Kevin an.

„Okay, bringen wir es hinter uns", hielt sich Julians Begeisterung in Grenzen, denn er hatte Hunger. Allerdings kam es überhaupt nicht infrage, dass so ein unfrisierter Gast sich als Mercedes einziger Helfer profilierte.

Also trabten die drei hintereinander her aus dem Hotel zu den sechs geparkten Motorrädern. Mercy gab Kevin und Julian zwei Schlüssel und entriegelte selbst die Speed Triple von Sam. Kurze Zeit später hörte sie den Sound einer ER 6, mit der Jasmin heute unterwegs gewesen war.

„Du wirst doch nicht für die fünf Meter hier den Hof mit Abgasen verpesten", maßregelte sie Julian, der die Kawasaki angelassen hatte.

„Warum heißen Motorräder Motorräder?", ignorierte Julian Mercys Anfall von Klimaschutz und fuhr zur Garage. Kevin stand unschlüssig neben Freddies Shadow, entschied sich dann, solidarisch mit Mercy zu sein und schob.

Auf dem Rückweg zu den drei verbliebenen Bikes kam ihnen Inspektor Schorlau entgegen.

„Eine Frage hätte ich noch", sagte er, schaute dabei aber niemand Bestimmten an. „Herr Brandt, Sie waren beim Sicherheitstraining, Frau Kowalski, Sie haben ein Motorrad vom Pass geholt und Sie, Herr Meier, saßen an Ihrem Notebook im Hotelzimmer, haben Sie Frau Kowalski erzählt. War das die Suite von Baldau?" Kevin schüttelte den Kopf. „In Ihrem Zimmer?" Kevin nickte. „Dann haben Sie beide", er deutete auf Mercy und Kevin, „kein Alibi!"

„Wir könnten uns gegenseitig eins geben", schlug Mercy vor. „Wenn's Ihnen weiterhilft."

„Klar, machen wir", war Kevin sofort mit dabei.

„Danke", meinte Schorlau artig. „Wenn nötig, komme ich auf Ihr Angebot zurück. Momentan wäre es mir lieber, Sie hätten eine objektivere Bestätigung, wo Sie sich zur Tatzeit aufgehalten haben. Sind Sie, Frau Kowalski, vielleicht irgendwo geblitzt worden? Am Ortseingang steht doch eine Kamera, Sie sind nicht vielleicht mit überhöhter Geschwindigkeit gefahren?"

„Tut mir leid, damit kann ich nicht dienen", Mercy schüttelte den Kopf. „Zumindest ist es mir nicht aufgefallen."

„Ich bin auch nicht geblitzt worden", meinte Kevin.

„Außer hier im Hotel gibt es heimliche Überwachungskameras", sagte Julian.

Schorlau schüttelte den Kopf. „Nein, die gibt es leider nicht. Das wäre schön, wenn überall Kameras hängen würden. Das würde unsere Arbeit sehr erleichtern."

„Da sind Sie einer Meinung mit unserem Innenminister", behauptete Mercy. „Aber der hätte in deinem Notebook gesessen und dir beim Arbeiten zugeschaut. Dann hättest du jetzt ein Alibi."

Kevin kniff die Lippen zusammen.

„Hat dich vielleicht ein Zimmermädchen gesehen?", fragte Mercy. Kevin verneinte. „Hast du etwas beim Zimmerservice bestellt?"

„Nein, aber wenn ich Robert ermordet hätte, dann hätte ich mir bestimmt ein Alibi besorgt", meinte Kevin traurig.

„Sehen Sie, Herr Inspektor", Mercy erhob ihren rechten Zeigefinger. „Damit können Sie uns schon einmal von der Liste Ihrer Verdächtigen streichen. Wären wir Mörder, hätten wir Alibis."

„Wenn das so einfach wäre, Frau Kowalski. Nach dieser Logik müsste Herr Brandt der Mörder sein. Ihn haben die meisten Menschen gesehen. Einen schönen Abend noch."

Hektor Schorlau begab sich zu seinem Auto, einem Opel Astra aus der Zeit von José Ignacio López de Arriortúa, mutmaßte Julian und war überrascht, dass das Fahrzeug bis heute durchgehalten hatte. Der spanische Manager stand nicht nur für Industriespionage in gigantischem Ausmaß, sondern auch für mindere Qualität von Bauteilen.

Dann setzte er sich auf Annabels Bandit und fuhr in die Garage, während Mercy und Kevin die F 650 und die Duc schoben. Mercy verschloss die Garagentür und alle drei gingen zurück ins Hotelrestaurant.

Dort waren inzwischen auch Annabel und Blondie am Tisch angekommen. Sie hatten den größtmöglichen Abstand gesucht, den die Sitzordnung bot, daran hatte auch das Ableben des gemeinsamen Objekts ihrer Begierde nichts geändert. Schade eigentlich, dachte sich Julian, es hätte ihm gefallen, wenn die beiden Frauen in ihrer Trauer alle Ressentiments über Bord geworfen hätten. Was nicht ist, kann ja noch werden, überlegte Julian, während er seine inzwischen kalt gewordene Suppe löffelte.

11.

Mercy stand an der Hotelbar und bestellte ein Bier. Als der Barkeeper ihr Pils zapfte, schaute sie sich um. Kevin unterhielt sich mit Blondie am anderen Ende der Theke, Annabel, Freddie, Sam und Birgit saßen in dunkelroten Ledersesseln um einen kleinen Tisch herum. Es fehlten Wolfgang und Yasmin, die wahrscheinlich ihren Nachwuchs zu Bett brachten. Auch Julian und Sophie Sonntag waren nirgends zu sehen. Wo trieb sich dieser Tourguide nur wieder herum? Er sollte hier in der Bar sein und mit den Gästen Benzin reden, das war sein Job. Jetzt konnte sie wieder smalltalken, wozu sie selten wirklich Lust hatte.

Sie sagte dem Barkeeper ihre Zimmernummer, als ein Pianist in der Ecke wirklich und wahrhaftig *As Time goes by* zu klimpern begann. Mercy war kein Fan von *Casablanca*, zu viel Gefühl und zu wenig Action für ihren Geschmack. Doch den Gästen schien es zu gefallen, Sophie Sonntag war hereingekommen und direkt auf den Klavierspieler zugegangen. Sie sagte etwas und er lächelte ihr zu.

Sophie begann zu singen:

"You must remember this

a kiss is just a kiss
a sigh is just a sigh
the fundamental things apply
as time goes by."

Sie hatte eine gute Stimme, musste Mercy neidvoll zugeben, deren Organ allenfalls zur Imitation von Motorradsound taugte. Im Nachmachen von Harleys oder Ducs könnte sie Wettbewerbe bestreiten, doch waren diese Fähigkeiten selten gefragt. Sie nahm ihr Glas und ging zu Kevin und Blondie.

„Du hast echt Nerven", hörte sie gerade Kevin sagen. „Heute ist dein Partner ..."

„Tu doch nicht so scheinheilig", unterbrach ihn Blondie, „als ob du ihn hättest leiden ..."

Als sie Mercy kommen sah, stoppte sie abrupt ihren Satz.

„Oh, wie schön. Unsere Tourchefin kommt. Hallo, liebe Mercy, ich bin noch ganz fassungslos. Der arme Robert. Wie schrecklich."

„Es tut mir so leid", sagte Mercy und strich Blondie über die Schulter. Kevin rollte mit den Augen, wandte sich ab und winkte dem Barkeeper.

„Du warst mit dem Mountainbike unterwegs, als es ...?", ließ es sich Mercy doch nicht nehmen zu fragen, was sie sich heute Nachmittag beim Umzug noch verkniffen hatte.

Blondie nickte. „Wäre ich nur bei ihm geblieben, dann würde er vielleicht noch ..."

„Papperlapapp!", mischte sich Kevin ein. „Wenn jemand Robert hatte umbringen wollen, dann hätte er es eben ein anderes Mal getan. Vielleicht heute Nacht oder morgen."

„Heute Nacht wäre ich auch bei ihm gewesen", sagte Blondie trotzig, wobei sie das Wörtchen ‚ihm' stark betonte.

„Sei froh, dass du nicht bei ihm warst", entgegnete Kevin, ebenfalls das Wörtchen ‚ihm' stark betonend, „sonst hätte dich der Mörder vielleicht ebenfalls kalt gemacht, dann hättest du nichts mehr von Roberts Tod."

„Was soll das, Kevin?", Blondies Stimme begann sich zu

überschlagen, „was willst du damit sagen? Was soll ich denn von Roberts Tod haben? Wir waren nicht einmal verheiratet, weil diese Schnepfe nicht in die Scheidung eingewilligt hat." Dicke Tränen begannen, über Blondies Backen zu laufen. Sie drehte sich weg und eilte in Richtung Ausgang.

„Das war nicht sehr feinfühlig", meinte Mercy.

Kevin lachte. „Das ist alles nur Theater. Blondie konnte schon immer auf Knopfdruck losheulen. Das ging sogar Robert auf den Keks."

„Seit wann waren die beiden ..."

„... ein Paar? Hm, ich glaube, kein Vierteljahr ist es her. Sie hat als Sekretärin bei ihm angefangen, als die alte Müller in Rente gegangen ist. Und keine Woche später lag sie auf seiner Bürocouch."

„Manchmal geht es schnell mit der Liebe", behauptete Mercy und trank den letzten Schluck ihres Pils. Sie hob ihr Glas in Richtung Keeper.

„Liebe", Kevin schüttelte den Kopf. „Das hatte mit Liebe wenig zu tun. Robert war einfach begeistert, dass so ein blondiertes junges Ding ihn anhimmelte und ihm das Gefühl gab, der Größte zu sein. Nicht wie Annabel."

„Annabel hat ihn nicht angehimmelt?"

„Nein, ich glaube nicht, dass es viele Frauen gibt, die nach zwanzig Ehejahren ihren Partner noch anhimmeln. Außerdem war es bei Blondie ja nicht echt. Doch das hat Robert nicht gemerkt. Sein Verstand saß in einem anderen Körperteil als dem Gehirn." Kevin nippte am Rotwein. „Zumindest was Frauen anging."

„Das wird ab und an von Männern behauptet", gab Mercy einen Allgemeinplatz von sich.

„Was wird ab und an von Männern behauptet?", fragte eine Stimme. Sie gehörte zu Julian, der neben Kevin auftauchte.

„Dass sie mit dem Schwanz denken", antwortete Mercy.

„Da kenne ich auch Frauen, liebste Mercedes", Julian spitzte seine Lippen, „die durchaus erotische Phantasien haben."

„Oh, Gott“, stöhnte Mercy auf. „Das ist ja wohl ein kleiner Unterschied.“

„Wo ist ein kleiner Unterschied?“, fragte eine neue Stimme. Sophie Sonntag hatte ihre Gesangseinlage beendet und war zu den dreien an den Tresen getreten.

„Du singst gut“, lobte Julian Sophie. „Aber klar, bei deinem Job.“ Und als Mercy fragend schaute, fügte er hinzu: „Sophie ist Schauspielerin.“

Jetzt war es an Mercy, mit den Augen zu rollen. Kevin grinste. Sie trat um ihn herum, so dass sich das Quartett in zwei Gruppen aufteilte und sie sich wieder mit Kevin allein unterhalten konnte.

„Wie ging es Annabel damit, dass Robert sie verlassen hatte?“, wollte sie wissen. „Könntest du dir vorstellen …“

„… dass sie ihm den Franzosen über den Kopf gezogen hat?“ Kevin runzelte die Stirn, um anschließend vehement den Kopf zu schütteln. „Nein. Ich meine, natürlich war sie sauer. Sehr sauer sogar, als Robert aus dem gemeinsamen Haus auszog, um sich ein Apartment mit Blondie zu teilen. Aber Annabel ist auch pragmatisch. Was soll sie um diesen alten Knacker kämpfen, hat sie einmal zu mir gesagt? Sie würde mit aller Härte in die Scheidungs- und Unterhaltsverhandlungen gehen, danach hätte sie genug Kohle, um sich einen jüngeren, knackigeren Kerl leisten zu können.“

„Das ist auch eine Einstellung“. Mercy schaute zu Annabel hinüber, die gerade eine Hand auf Freddies Oberarm gelegt hatte. Auch Jasmin hatte sich mittlerweile an den Tisch gesetzt, während von Wolfgang jede Spur fehlte. „Jetzt muss sie auf jeden Fall nicht mehr verhandeln. Jetzt gehört alles ihr. War Robert vermögend ? Womit hat er sein Geld verdient?“

„Robert hatte ein Ingenieurbüro mit drei Angestellten. Seinem Lebenswandel zufolge muss er Geld gehabt haben.“

„Das heißt?“

„Er fuhr Porsche, hatte das Haus, in dem Annabel wohnt, das Apartment, in dem Blondie wohnt, das Haus, in dem das Ingenieurbüro ist …“

„Was passiert nun mit dem Büro? Wird Annabel es weiterführen?"

Kevin schüttelte den Kopf. „Das würde mich sehr wundern. Sie versteht nicht viel von der Materie, sie ist Krankenschwester." Er nahm aus einem Schälchen auf der Theke ein paar Erdnüsse. „Ich nehme an, sie macht den Laden dicht. Sie könnte die Firma auch verkaufen."

„Das lohnt sich? Ich meine, lässt sich ein Ingenieurbüro verkaufen?"

„Natürlich, an die amerikanische Konkurrenz. Die ziehen das Knowhow heraus und schließen anschließend, um allein auf dem Markt zu sein."

„Du verlierst nun deinen Job?", fragte Mercy mitleidig.

„Sieht so aus, ja." Kevin steckte noch eine Handvoll Nüsse in den Mund. „Keine Sorge, ich finde schon etwas Neues."

„Du hattest also kein Motiv, Robert zu ermorden. Immerhin hast du kein Alibi", Mercy schaute Kevin prüfend an.

Kevin lachte auf. „Doch, ich hatte jede Menge Motive. Robert war ein sehr unangenehmer Chef. Ich wollte zum Beispiel nicht hierher. Was soll ich hier? Ich fahre nicht gern Motorrad." Mercy riss ungläubig die Augen auf. „Nein, wirklich nicht. Mein Vater war passionierter Biker, er hat mich quasi genötigt, mit 16 Moped zu fahren, mit 18 den Motorradführerschein zu machen. Zum Abitur habe ich eine gedrosselte VFR bekommen, dabei wollte ich lieber ein Auto. Oder eine Taucherausrüstung, ich gehe viel lieber ans Wasser als in die Berge. Aber weil Baldau ohne Arbeit nicht leben konnte, musste ich mit. Wie schon gesagt, er zahlte das Hotel, aber Urlaub musste ich trotzdem nehmen. Nur bei ihm und Blondie in der Suite zu wohnen, da weigerte ich mich." Er kippte seinen Rotwein in sich hinein und stellte das Glas so fest auf den Tresen zurück, dass Mercy erstaunt war, dass es nicht brach. „Aber es gehört schon mehr dazu, als jemanden nicht zu mögen, um ihm einen Franzosen über den Schädel zu schlagen."

„Das glaube ich dir gern. Und Annabel?"

„Die wiederum hat ein Alibi, sie war beim Sicherheitstraining."

„Blondie? Was meintest du vorhin mit: Hättest du nichts mehr von seinem Tod?"

„Robert hat eine Lebensversicherung auf Blondie abgeschlossen. Ich habe ihm höchstpersönlich den Vertrag zum Unterzeichnen vorgelegt." Kevin hob ein volles Glas Rotwein hoch und prostete Mercy zu. „Blondchen bekommt eine Million Euro. Wenn sich Roberts Tod für jemanden gelohnt hat, dann für unsere Blondine."

12.

Der nächste Tag weckte die Besucher vom Hotel Edelweiß mit strahlend blauem Himmel. Julian steckte um halb acht Uhr die Nase aus seiner Bettdecke und streckte sich. Der Tag würde nicht ganz so einfach werden, wie er es sich vorgestellt hatte. Die Tourgäste waren alle reichlich aufgeregt, das hatte er gestern Nacht doch feststellen müssen. Der Tote in ihren Reihen hatte sich auf die allgemeine Stimmung gelegt, dass selbst Frohnaturen wie Jasmin noch so viele Witze reißen konnten, die Atmosphäre wurde nicht lockerer.

Nachdem Sophie Sonntag um halb elf Uhr in ihr Zimmer gegangen war, sich kurz darauf Mercedes und Kevin zurückgezogen hatten, war Julian zu ‚seiner' Sicherheitstrainingsgruppe umgesiedelt. Obwohl er versucht hatte, mit unterhaltsamen Erzählungen die Tourengäste auf die kommenden Ausfahrten einzustimmen, hatte er nur das ein oder andere müde Lächeln geerntet. Birgit, die Journalistin, schien mit ihren Gedanken weit weg zu sein, Sam, der Fotograf, hatte sein Notebook auf den Knien und sortierte die meiste Zeit Bilder, bis er die Ausbeute des Tages auf CD brannte und zu Birgit hinüberschob, Annabel schraubte, obwohl – oder vielleicht auch gerade weil ihr langjähriger Ehepartner verstorben war – an Freddie herum, der wiederum völlig unbeeindruckt davon blieb. Jasmin war die einzige, die sich überhaupt dafür zu interessieren schien, was für den nächsten Tag auf dem Programm stand, bis sich gegen Mitternacht die Gruppe auflöste.

Julian sprang aus dem Bett. Er würde sich nicht kirre machen lassen, das hatte er sich noch kurz vor dem Einschlafen geschworen. Weder von einem ermordeten Gast noch von der Kugel in seiner Felge. Er hoffte, die Polizei würde bald die Z1 freigeben, damit Mercedes ihr einen neuen Reifen aufziehen konnte. Ganz zu schweigen von einem intakten Kupplungshebel. Er schätze die Duc, mit der er gestern gefahren war, aber mehr noch schätzte er seine alte Kawa.

Er schlüpfte in kurze Hosen und ein leichtes Sport-T-Shirt, zog seine Joggingschuhe an und verließ das Hotelzimmer. Er lief die Treppe hinunter, durchschritt die Lobby, musste feststellen, dass keiner der Tourengruppe mit ihm laufen wollte, also rannte er allein los. Als er nach einer halben Stunde zurück war, wandte er sich nach rechts in Richtung Garagen. Wie er vermutet hatte, stand die Tür offen und Mercedes werkelte in einem Eck. Sie trug wie immer den dreckigen roten Overall und sah auch sonst wenig verändert aus zu dem gestrigen Tag.

„Guten Morgen", begrüßte er ihren Rücken. Sie machte einen kleinen Satz in die Höhe und fuhr herum.

„Verdammt, kannst du dich nicht bemerkbar machen?"

„Entschuldige", Julian hob beide Arme in die Höhe. „Ich wusste nicht, dass du so schreckhaft bist. Ich wollte mich nur nach deinem Befinden erkundigen."

„Wenn ich mich von dieser Herzattacke erholt habe, dann geht es mir immer noch den Umständen entsprechend." Sie drehte sich wieder weg von ihm und schrieb Zahlen in Fahrtenbücher.

Julian überlegte, was er mit ihrer Aussage anfangen sollte und entschied dann, diese einfach zu ignorieren. Mercedes war ihm eine Nummer zu kompliziert. Er würde ihren Gedankengängen nie folgen können, soviel stand für ihn fest. Egal, was er tat, es war immer falsch.

„Was tust du da?", fragte er.

„Ich schreibe die Fahrtenbücher."

„Warum tust du das?"

„Warum tue ich was?"

„Fahrtenbücher schreiben."

„Irgendjemand muss es machen."

„Selbstverständlich diejenigen, die mit den Motorrädern fahren."

„Findest du das nicht ein wenig viel verlangt?" Mercedes drehte sich kurz um die Hüfte, um Julian einen wirklich bösverwundert-verständnislosen Blick zuzuwerfen. „Ich meine, findest du es nicht ein wenig viel verlangt, dass unsere Tourgäste, die Gäste von Bikinger & Motorowski, die hier einen Urlaub, einen Motorradurlaub gebucht haben, nachdem einer der Ihren ermordet aufgefunden worden ist, sich auch noch mit so Nebensächlichkeiten wie Fahrtenbüchern auseinandersetzen sollen, findest du das nicht ein wenig viel verlangt?"

„Nein, ehrlich gesagt, das finde ich nicht. Ich glaube viel mehr, das heißt, ich gehe sogar davon aus, dass Strukturen und Verantwortlichkeiten unseren Gästen helfen, diese Situation besser zu bewältigen. Sie jetzt zu entmündigen, indem wir ihnen wie bei kleinen Kindern alles abnehmen, halte ich sogar für kontraproduktiv."

Nach diesen Worten warf ihm Mercy einen Blick zu, der weitere Tote bei klarem Täter, beziehungsweise einer klaren Täterin versprach. Hier war eine nicht gut drauf. Julian überlegte. Rückzug oder Angriff? Er hob noch einmal beide Hände, um zu zeigen, dass er sich ergab.

Mercy widmete sich ohne ein weiteres Wort wieder ihren Fahrtenbüchern. Julian ging zum Hotel zurück und ins Restaurant. An der Kaffeetheke mixte er einen Cappuccino zusammen und legte drei der süßestem Teilchen, die das Buffet hergab, auf einen Teller, den er auf den Cappuccino setzte, damit der Kaffee den Transport überlebte. Anschließend machte er sich auf den Weg in die Garage. Dort angekommen, klopfte er mit seiner freien Hand ans Tor.

„Oh, lord, won't you buy me a mercedes benz, my friends all drive porsches, I must make amends …", sang er leise.

Mercedes schaute auf. Julian streckte ihr den Cappuccino und die Süßstückchen entgegen. „Frühstück, ich wette, du hast noch nichts gegessen."

Verdutzt nahm sie Tasse, Unterteller und Teller entgegen. „Danke, wie kommt's?"

„Friede?", fragte er.

Mercy schaute auf die süßen Stückchen, zuckte mit den Achseln. „Und was ist mit dir, so frühstückstechnisch?"

„Ehrlich gesagt, ziehe ich ein", er machte eine Pause und erwog seine Worte genau, „anderes Ambiente für das Frühstück vor. Mir schlägt Benzingeruch beim Essen auf den Magen."

Mercedes lachte. Sogar. Julian freute sich insgeheim. Was hatte er einmal in einem Seminar für Führungskräfte gelernt? Gibt es konfliktreiche Situationen, überrasche den anderen.

„Du willst …?", fragte Mercy.

„… auf die Silvretta-Hochalpenstraße."

„Stimmt, hast du gestern gesagt." Mercy nickte.

„Das ist eine nette Strecke, nicht zu anspruchsvoll, aber dennoch reizvoll."

„Wer fährt mit?", Mercedes nahm einen Schluck Kaffee.

„Ich weiß es noch nicht", Julian zuckte mit den Achseln. „Schorlau wollte sich gestern Abend noch nicht festlegen, in welcher Reihenfolge er seine Verhöre vornimmt heute. Er meinte, er könne schlecht eine Liste mit Terminen an seine Tür hängen. Ich wiederum fände genau so eine Liste die beste Idee überhaupt. Hast du schon etwas herausbekommen?"

Mercedes nickte mit vollem Mund. „Robert hat eine Lebensversicherung zugunsten von Blondie abgeschlossen. Sie bekommt eine Million Euro."

„Und sie hat kein Alibi, oder?"

„Ich habe sie um kurz vor zehn Uhr gestern Morgen mit dem Mountainbike wegfahren sehen. Leider hat Inspektor Schorlau nicht verraten, um welche Uhrzeit Robert ermordet wurde."

„Vielleicht wusste er das gestern noch nicht. Heute werden wir es erfahren. Ich gehe jetzt frühstücken."

„Okay, wann wolltest du los?"

„Gegen halb zehn oder zehn Uhr. Mache ich von der Stimmung abhängig."

„Das ist gut", lobte Mercedes. „Sehr gut."

Und Julian ging zum Frühstück.

Eine gute Stunde später schien Julian nun doch Hektor Schorlau zu einer planvollen Zeugenbefragung überredet zu haben. An der Tür neben der Rezeption standen Birgit, Sam und Kevin und betrachteten eine Liste mit Zeitangabe und Namen, als Mercy in die Lobby trat.

„Mercy!", rief Kevin. „Was treibst du heute Morgen? Ich muss hierbleiben und mich zur Verfügung halten ab elf. Vielleicht könnten wir Backgammon spielen."

„Tut mir leid", entschuldigte sich Mercy. Schnell musste sie sich eine Entschuldigung überlegen. Sie konnte sich kaum vorstellen, ruhig in der Lobby zu sitzen und auf ein Spielbrett zu starren. „Ich muss mich um Julians Vorderreifen kümmern. Wer wird sonst noch verhört?"

„Heute Morgen sind die dran, die am meisten mit Robert zu tun hatten, Blondie, Annabel und ich. Jeweils eine Stunde." Kevin schaute nicht sonderlich glücklich. „Wie beim Arzt. Oder beim Vorstellungsgespräch."

„Nur dass es weder um eine Krankheit noch um einen Job geht, sondern um Mord", meinte Mercy und sah, wie Birgit und Sam auf der Treppe nach oben gingen.

„Für die Leute heute Nachmittag hat er nur eine halbe Stunde veranschlagt", beschwerte er sich, nahm seine Brille von der Nase und putzte sie mit dem Zipfel seines Hemdes, das er nun über seine Hosen hängen hatte.

„Du meinst Inspektor Schorlau? Von den anderen kann er halt auch weniger Infos erwarten."

„Sie sind weniger verdächtig als wir", Kevin schien nicht mehr so selbstsicher wie gestern. „Und ich habe kein Alibi."

„Alibi hin oder her, wenn du nicht der Mörder bist, dann hast du nichts zu befürchten", behauptete Mercy. Sie entdeckte Julian, der in Motorradkleidung und mit Helm unter dem Arm aus dem Aufzug kam. Er sah adrett aus wie immer, der graue Anzug hatte anscheinend eine kräftige Bürstenkur hinter sich, denn von Dreck und Gras des gestrigen Sturzes war kein Fleckchen übrig geblieben. So wie sie Julian einschätzte, hatte er zur Reinigung bestimmt auf das Hotelpersonal zurückgegriffen. Es sollte ihr recht sein, jede Leistung, die er in Anspruch nahm, würde von seinem Lohn abgezogen. So gut kannte sie mittlerweile den Chef, solche Spesen würde er nie und nimmer übernehmen.

„Du hast heute Morgen sechs Gäste", klärte Mercy Julian auf. „Und heute Nachmittag drei. Keine geschickte Verteilung."

„Ich fahre nicht mit", sagte Kevin. „Motorradfahren interessiert mich nicht. Habe ich doch gesagt."

„Dann bleiben für heute Nachmittag Blondie und Annabel. Ich kann mir kaum vorstellen, dass die beiden gemeinsam mit dir auf Tour gehen", Mercy konnte sich ein Grinsen nicht verkneifen.

„Liebste Mercedes, lass die Tour heute Nachmittag mein Problem sein." Julian legte eine Hand auf Kevins Schulter. „Vielleicht kann ich unseren jungen Freund ja noch überreden. Ich gebe dir auch gern eine Privatstunde, um dich auf den Geschmack zu bringen. Die Reise ist immerhin bezahlt. Oder du sitzt bei mir auf den Sozius. Wenn du selbst nicht fahren willst."

Kevin schüttelte den Kopf. „Das ist ja noch schlimmer." Er wandte sich an Mercy. „Vielleicht hast du ja Zeit, wenn du den Reifen gekauft hast, wir könnten ins Schwimmbad gehen. Melde dich, hier hast du meine Karte, da steht meine Handynummer drauf."

Er ging mit hängenden Schultern davon.

„Er hat Angst", meinte Julian.

„Ja, sicher, aber wenn er es nicht gewesen ist, dann …"

„… sollten wir uns trotzdem um ihn kümmern", Julian machte eine Schlenkerbewegung mit seinem Klapphelm. „Und Schwimmbad ist doch nicht schlecht. Bei dem Wetter."

„Ich gehe nicht gerne schwimmen. Ich hasse Wasser", sagte Mercy. „Kevin ist nun wirklich nicht mein Problem. Ich kümmere mich um Menschen, du dich um die Motorräder. Hast du das nicht gesagt? Oder erinnere ich mich falsch? Geh du doch mit ihm ins Schwimmbad, deine Tourengruppe heute Nachmittag kommt sowieso nicht zustande."

Mercy stapfte davon und ging zurück in ihre Garage. Sie schaute nach, ob in der Honda Shadow von Freddie noch genügend Benzin für die Ausfahrt war und schob das Motorrad auf den Parkplatz. Als nächstes kontrollierte sie die Speed Triple von Sam, anschließend Birgits F 650, dann Jasmins ER-6. Wolfgang hatte sich eine Harley-Davidson Heritage Softtail ausgesucht, die erst heute Morgen angeliefert worden war. Mercy zählte nach und kam auf fünf Bikes, doch ihrer Erinnerung nach waren es sechs Gäste. Sie hatte Sophie Sonntag vergessen, die Schauspielerin. Und für diese gab es kein Motorrad, weder in ihrer Garage noch auf dem Parkplatz.

Schweiß brach Mercy aus. Sie hatte für einen Gast kein Motorrad. Was konnte da geschehen sein? Sie schoss aus der Garage hinaus und prallte direkt mit jemandem zusammen. Dieser Jemand hielt sie auch noch ein wenig fest. Er roch nach Leder und einen leichten Hauch von herbem Rasierwasser. Julian. Mercy stemmte sich frei.

„Verdammt, halt mich nicht fest", keuchte sie.

„Liebste Mercedes, du bist in mich hineingerannt", er lachte sie an, als wäre die Welt eitel Sonnenschein, als täte sich, kaum wäre ein Problem gelöst, nicht das nächste auf.

„Was willst du hier?", schnaubte sie ihn an. „Verfolgst du mich?"

Julian hob seine Augenbrauen und legte seine Stirn in Falten. „Das ist eine gute Frage, verfolge ich dich? Ich denke, nein.

Ich verfolge dich nicht. Ich verfolge sehr wohl etwas, das ist das Wohl meiner, beziehungsweise unserer Gäste. Dieses Wohl ist gekoppelt an Zweiräder, die bereitstehen sollten. Sieben Zweiräder. Doch wie ich sehen kann, stehen hier fünf Zweiräder. Es fehlen zwei. Und da dachte ich, ich könnte Mercedes helfen …"

„Es fehlen zwei?" Mercy wischte sich Schweiß von der Stirn. Warum musste sie jetzt schon wieder schwitzen, während dieser Pinsel immer aussah, als wäre er frisch geduscht – sogar wenn er unter einem Motorrad hervor aus einem Bach gekrochen kam? „Stimmt, deine Duc fehlt noch, die kannst du dir selbst aus der Garage holen, ich bin nicht deine Bedienstete."

„Kein Problem, tue ich selbstverständlich gern. Dann fehlt immer noch die DKW von Sophie Sonntag. Wo hast du dieses Schmuckstück versteckt?"

„Eine DKW? Die Sonntag will mit einer DKW fahren? Wieso denn das?"

„Hast du kein diesbezügliches Schreiben erhalten? Ich schätze, es gibt in dieser Firma große Kommunikationsschwierigkeiten. Wir sollten einmal eine Mediation machen."

„Was sollten wir?" Mercy kratzte sich am Kopf, was dazu führte, dass ein Teil ihrer Haare noch mehr abstand als sowieso. „Eine was? Um was für ein Schreiben handelt es sich denn?"

„Um ein Schreiben meiner Produktionsfirma", warf Sophie Sonntag ein. Sie stand mit einem Mal in der Garagentür. Sie trug einen knallengen, knallroten Ledereinteiler mit hohen schwarzen Stiefeln, die nie und nimmer zum Motorradfahren konstruiert worden waren. „Um ein Schreiben meiner Produktionsfirma an eure Organisation. In diesem Schreiben steht, dass ich mich hier auf eine neue Rolle als die größte Rennfahrerin aller Zeiten vorbereiten soll, dass sichergestellt werden muss, dass meine Maschine", sie betonte Maschine so, als handle es sich um ein Raumschiff, das sie zu fremden Welten transportieren würde, „mir zur Verfügung stehen wird und ich üben kann."

„Bikinger & Motorowski hat Ihnen, dir, meine ich", Mercy bemerkte, dass sie zu stottern begann, „zugesagt, dass sie eine DKW besorgen? Was denn für eine, um Himmels Willen?"

„Das weiß ich doch nicht. Woher soll ich das wissen? Ich habe noch nicht einmal ein Drehbuch", Sophie Sonntags Stimme kippte leicht ins Falsett, „alles, was ich weiß, ist, dass hier eine DKW-Maschine auf mich wartet."

Mercy überlegte. Julian schob seine Duc aus der Garage, die anderen Tourteilnehmer trudelten auf dem Parkplatz ein. Es blieb wenig Zeit, um hier nach einer DKW zu fahnden. Es gab die eine Möglichkeit, dass sie ihr eigenes Motorrad herausrückte. Doch das war nagelneu und kaum mit einer alten DKW vergleichbar, denn es hatte laut Hersteller 116 Pferdchen im Motor. Außer ...

„Wahrscheinlich hat es Transportprobleme gegeben. Ich werde nachforschen, was mit der DKW passiert ist, heute Nachmittag steht sie hier, das verspreche ich. Aber wir haben hier noch ein Notfallmotorrad, auch ein deutsches Fabrikat, quasi die Nachfolgerin der DKW, eine wunderbare MZ Mastiff, aus der Feder eines berühmten japanischen Designers", sagte Mercy. Sie zog einen speziellen Garagenschlüssel aus ihrer Tasche und öffnete das Schloss des Nachbarraums. Dort stand ihr Augenstern, eine brandneue Moto Morini Scrambler. Und daneben die lustige Mastiff mit den vergitterten Doppelscheinwerfern und den weißen Bügeln am Lenker

Mercy steckte den Schlüssel ins Zündschloss und schob den Einzylinder auf den Parkplatz. Sophie Sonntag schaute zuerst sehr kritisch, erst als Mercy sie aufforderte, auf das Motorrad zu steigen und die Ergonomie auszutesten, und sie feststellen konnte, wie leicht und handlich sich die MZ anfühlte, entspannte sie sich merklich. Mercy überließ Sophie ihrem Tourguide und ging zurück zu den Garagen. Sie verschloss beide und begab sich ins Hotel. Sie hatte allerlei zu klären.

In ihrem Zimmer angekommen, zückte sie ihr Handy und rief die Zentrale von Bikinger & Motorowski an. Die Zentrale gab es, solange Bikinger & Motorowski existierte, in genau dieser Besetzung. Lara Wilkens hieß die Frau, die das Büro verwaltete, Anmeldungen entgegen nahm, Hotels buchte, Motorräder bestellte, doch niemand nannte sie so. Alle der zehn Tourguides sprachen nur von DER ZENTRALE, wenn es um Lara ging, was ihren Absolutheitsanspruch in Bezug auf Planung und Personal nur noch unterstützte. Mercy mochte die Zentrale, klar, doch was sie nicht mochte, war deren herrisches Wesen. Da sich aber der Chef sowieso nie blicken ließ, musste wohl eine Zentrale sein, die die Fäden in den Händen hielt.

„Bikinger & Motorowski, Lara Wilkens am Apparat, was kann ich für Sie tun?", säuselte die Zentrale ins Telefon, obwohl sie Mercys Handynummer erkannt haben musste. Mercy war sich sogar ziemlich sicher, dass die Nummer gespeichert war und ihr Name auf dem Display des Telefons stand.

„Hi, Lara", sagte sie deshalb, ohne sich vorzustellen.

„Hi", antwortete die Zentrale kurz.

„Wir haben hier ein Problem", machte Mercy weiter.

„Wann habt ihr einmal kein Problem?", fragte die Zentrale.

„Wenn wir vernünftige Informationen erhalten, beispielsweise", gab Mercy zurück.

„Kauf dir eine Zeitung, dann hast du Informationen en masse."

Mercy seufzte innerlich. Es würde mühsam werden heute. Lara hatte bei ihrem letzten Besuch ein Buch auf dem Schreibtisch liegen gehabt, das den Titel „Schlagfertigkeitstraining für starke Frauen" trug. Sie musste nun ausbaden, was der Autor seinen Leserinnen riet.

„Danke", sagte sie deshalb, „wie du weißt, lese ich nur die Panoramaseiten. Wegen der Morde." Die Strafe folgte sofort, ein Stich in der Herzgegend war die Reaktion ihres Körpers auf diesen dämlichen Spruch.

„Dafür musst du im Augenblick kaum Zeitung lesen", kommentierte die Zentrale. „die hast du ja vor deiner Haustür."

„Richtig, Lara. Das ist aber nicht mein Problem. Weißt du etwas von einer DKW?"

„Die SS 600 von 1932? Selbstverständlich weiß ich davon. Ich habe den Transport organisiert. Von einem Oldtimerladen ins Edelweiß. Ist gestern angekommen."

„Nein, ist gestern nicht angekommen. Auf jeden Fall nicht in diesem Edelweiß hier." Mercy stand am Fenster und beobachtete, wie Julian den Parkplatz verließ, gefolgt von sechs anderen Motorrädern. Sie wünschte ihm Glück, dass er und alle ihre Gäste gesund zurückkamen.

„Warte einen Moment, ich schaue mir die Transportpapiere an."

Mercy hörte eine Zeitlang nichts. Lara hatte sie in eine tote Leitung gelegt. Eigentlich sollte hier eine Melodie erklingen. Der Chef hatte als alter Jazzfreund eine Tonfolge herausgesucht, die aus *Rhapsody in Blue* von Gershwin sein sollte, aber nur zu Beschwerden der Anrufer führte. Daraufhin hatte Lara den Soundtrack von *Sex and the City* eingespielt, was ebenfalls Beschwerden zur Folge hatte. Also war die Musik ganz herausgeflogen, was wiederum Mercy langweilig fand. Vielleicht sollte sie die Tatort-Melodie von Doldinger vorschlagen.

„Mercy, pass auf", begann die Zentrale und Mercy spürte, wie ihr Herzschlag beschleunigte. Wenn jemand schon mit ‚pass auf' anfing, würde sie am liebsten auflegen. Sie passte immer auf. „Ich habe hier eine Kopie des Frachtbriefs, danach ist gestern um zehn Uhr dreißig bei euch im Hotel Edelweiß eine DKW SS 600, Baujahr 1932, abgeladen worden. Unterschrieben hat ein Herr Schneider, Anton. Jetzt kommst du!"

„Anton Schneider ist der Rezeptionist." Mercy kratzte sich an der Backe und sah, dass sie Blut am Finger hatte. Irgend so ein blödes Vieh hatte sie heute Nacht gestochen.

„Es ist mir bekannt, dass Anton Schneider der Rezeptionist des Hotels Edelweiß ist. Ich hatte ihn beauftragt, das Motorrad in Empfang zu nehmen, weil nicht davon ausgegangen werden konnte, dass eine oder einer von euch anwesend sein würde."

„Vielen Dank, Lara", sagte Mercy, „du bist die Beste." Dabei hoffte sie, dass der Sarkasmus in den Wirren der Leitung hängen bleiben würde. Selbstverständlich wäre sie da gewesen, hätte sie gewusst, dass eine DKW SS 600 angeliefert werden würde. Aber das wusste die Zentrale. Aber Mercy wusste auch, dass es der Zentrale gefiel, so zu tun, als wäre sie, Lara, die einzig zuverlässige in diesem Laden. „Hat dir Anton Schneider auch gesagt, wohin er die Maschine gebracht hat?"

Einen Moment herrschte Schweigen. Sofort tat Lara ihr leid. Mercy war klar, allen Spielchen und Gerangel zum Trotz, dass die Zentrale wirklich nur das Beste für Bikinger & Motorowski wollte und keine Mühen scheute, alle Gäste zufriedenzustellen. Soweit es eben in ihrer Macht stand. Und diese war beschränkt, denn Lara saß nun einmal in der Zentrale und war nie vor Ort. Weil sie das nicht sein konnte und niemals können würde.

„Ich rede mit Anton", Mercy lenkte ein. „Ich habe ihn gerade gesehen, er hat Dienst." Das war gelogen. Anderl stand an der Rezeption, doch es war niemandem geholfen, jetzt Lara Stress zu machen.

„Sonst noch was?", fragte die Zentrale. „Habt ihr den Mörder?"

„Nein", bedauerte Mercy.

„Wisst ihr, wer auf Julian geschossen hat?"

„Nein", antwortete Mercy verdutzt, dass Lara davon wusste. „Woher …"

„Kümmere dich darum. Du weißt, sonst ist der Chef sauer." Dann legte sie auf.

13.

Julian hörte Musik. Natalie Maines von den Dixie Chicks gab ihm in seinem Kopf ein privates Konzert, ganz ohne Knöpfe in den Ohren und MP3-Player in der Tasche. Julian hörte immer Dixie Chicks, wenn er Passtrassen hinauffuhr. „My friends from high school, married their high school boyfriends, moved into houses in the same ZIP codes, where their parents live, but I, I could never follow, no I, I could never follow. I hit the highway in a pink RV with stars on the ceiling, lived like a gypsy, six strong hands on the steering wheel.

I've been a long time gone now. Maybe someday, someday I'm gonna settle down. But I've always found my way somehow, by taking the long way, taking the long way around, taking the long way, taking the long way around."

Taking the long way war seine Hymne, sein Credo, sein Motto. Er war noch nicht dort angekommen, wo er sich niederlassen wollte. Die Straße war sein Zuhause, auf dem Motorrad – mit oder ohne Gäste im Schlepptau – fühlte er sich daheim. Er sah den Song der Chicks vor sich in den Asphalt gebrannt, er musste ihm nur noch folgen, mit der Duc durch die Kurven tanzen, die Maschine wie eine Lady in Schräglage schieben und anschließend mit beiden Händen wieder heranholen. Und wenn der Gleichtakt funktionierte, dann fand die Lust an Dynamik und Bewegung ihre Erfüllung, die Lust, die Mensch und Maschine zu einer Einheit verschmelzen ließ, die zum Spiel mit den Grenzen von Psyche und Physik, von Geschwindigkeit und Angst, Überwindung und Schwerkraft aufforderte.

Allerdings nicht heute. Heute war Vorsicht angesagt. Er hatte nicht nur Anfängerinnen in der Gruppe, er konnte nicht ahnen, wie sehr die Geschehnisse des gestrigen Tages seine Tourenfahrer beeinträchtigten. Deshalb hatte er nach dem Arlbergpass zum Vorglühen die Silvretta-Hochalpenstraße – trotz der Maut – ins Programm genommen. Die Auffahrt von Westen war gespickt mit Kurven und Serpentinen, vierzehn Prozent Steigung, Höhenunterschied tausend Meter. Alles bei einer exzellenten Fahrbahnqualität und bester Übersicht. Genau das Richtige für einen Tag wie heute.

Er schaltete die Dixie Chicks in seinem Kopf aus, legte mental eine andere CD ein und hörte Strauss' Blaue Donau. Dann schwang er im Takt der Raumstation von *2001 – Odyssee im*

Weltall den Pass hinauf, warf ab und an einen Blick in die Rückspiegel, zählte seine Schäfchen, legte sich in eine Rechtskurve, in eine Linkskurve, zählte seine Schäfchen, rechts, links, Schäfchen, rechts, links, Schäfchen und rechts herum und links herum und rechts herum und links herum.

Oben angekommen fuhr er auf der Bieler Höhe rechts auf einen Aussichtsparkplatz neben dem Silvretta-Staudamm und stellte die Ducati ab. Freddie, Sam, Birgit, Wolfgang, Jasmin und Sophie parkten ebenfalls und strömten aus. Die Frauen verschwanden hinter einem Felsen, um Wasser zu lassen, die Männer zückten ihre Digitalkameras und machten Fotos. Freddie fotografierte Wolfgang auf dessen Miet-Harley-Davidson, Wolfgang umgekehrt Freddie auf der Shadow. Julian zog einen Apfel aus der Tasche und begann, darauf herumzunagen. Die Sonne stand schon hoch über den Bergen, es war heiß, um die fünfundzwanzig Grad und es würde noch heißer werden heute.

„Das hast du mir nicht gesagt", hörte er Jasmin.

„Hm", lautete die Antwort von Wolfgang.

„Das können wir uns überhaupt nicht leisten."

„Lass das meine Sorge sein."

„Das kann ich aber nicht deine Sorge sein lassen, wie du dich vielleicht erinnerst, sind deine Sorgen meine Sorgen, meine Sorgen deine. Und ich sorge mich."

Als Antwort holte Wolfgang einen Schokoriegel aus einem Rucksack und reichte ihn Jasmin. Julian blieb, wo er war. In diese Eheauseinandersetzung wollte er sich nicht einmischen.

„Du könntest ein paar Fotos machen", sagte auf der anderen Seite Birgit zu Sam.

„Hm", war auch hier die Antwort.

„Das meine ich ernst. Wir brauchen Fahraufnahmen."

„Aber nicht mit dieser großen Gruppe", sagte Sam. „Dauert zu lange, müssen alle warten. Machen wir heute Mittag."

„Ich allein? Da haben wir nur die BMW drauf. Wir brauchen aber mehr Marken und Modelle, wegen der Anzeigenkunden. Du kennst doch die Anweisungen von oben." Birgit schüttelte den Kopf, doch Sam hatte sich längst abgewandt und war davongegangen. Er stieg auf einen Felsen, der abseits des Parkplatzes stand und richtete sein Objektiv auf die Gruppe Motorradfahrer.

„Könnt ihr weiter zusammenrücken?", rief er hinunter. „Beugt euch doch gemeinsam über die Karte. Julian?"

Julian nickte, kramte eine Straßenkarte aus seinem Tankrucksack und breitete sie auf den Lenker der F 650 aus. Alle fünf gruppierten sich um ihn herum und er fuhr mit dem rechten Zeigefinger die Strecke entlang, die er gedachte, sie zum Hotel zurückzugeleiten: durch das Paznauntal mit seinen bekannten Dörfern Galtür, Ischgl und Kappl.

Nach fünf Minuten war Sam zufrieden, die Männer gingen nun auch noch pinkeln, die Frauen machten Fotos von ihren Motorrädern vor den 3000ern der Silvrettagruppe. Vor allem der legendäre Piz Buin hatte es ihnen angetan und als alle wieder zusammen bei den Motorrädern standen, gab Julian das Zeichen zum Aufbruch.

* * *

An der Rezeption stand wie erwartet Anderl, der Hotelfachazubi. Anton Schneider hatte frei. Als Mercy nach seiner privaten Telefonnummer fragte, schüttelte Anderl den Kopf, dürfte er nicht herausgeben, sei doch privat.

„Er hat gestern eines unserer Motorräder entgegengenommen und dieses Motorrad fehlt jetzt, ich muss ihn erreichen", argumentierte Mercy.

„Ich darf nicht", blieb Anderl stur.

„Ich will den Chef sprechen."

„Der ist nicht da." Anderls Telefon klingelte, er nahm den Hörer ab und machte eine Reservierung.

„Ich glaube nicht, dass er das unter gutem Service verstehen würde. Wir sind hier Stammkun…" Mercy bremste sich. So wollte sie sich nicht anhören. Es hatte keinen Sinn, sich hier mit einem Auszubildenden herumzustreiten. Sie drehte sich um und wollte gerade das Büro des Hotelbesitzers suchen, als aus Inspektor Schorlaus Tür Annabel heraustrat. Ohne Blondie eines Blickes zu würdigen, die in einem Sessel versunken saß und auf ihr Verhör wartete, schritt sie zu den Aufzügen. Mercy folgte ihr.

„Und, wie war's?", fragte sie neugierig.

„Ach, hallo Mercy. Vergeudete Zeit. Ich wäre lieber die Tour mitgefahren. Was soll ich denn aussagen? Ich war beim Sicherheitstraining, als Robert ermordet wurde."

„Hat Schorlau gesagt, wann die Tat begangen wurde?", hakte Mercy nach.

Annabel schüttelte den Kopf. „Nein, er wollte hauptsächlich wissen, wie jetzt die Besitzverhältnisse von Roberts Firma sind. Ob es ein Testament gibt, wo es sein könnte. Ich habe, ehrlich gesagt, keine Ahnung. Macht man heutzutage noch Testamente?"

Das wusste Mercy auch nicht. „Ihr wart schon geschieden?"

„Nein, so lange ist die Trennung nicht her."

Annabel und Mercy erreichten den Lift. Annabel drückte den Knopf nach oben.

„Dann erbst voraussichtlich du", stellte Mercy fest. „Oder hattet ihr einen Ehevertrag?"

„Auch das nicht. Aber ich will die Firma überhaupt nicht. Ich will das Haus, in dem ich lebe, das hat er mir sowieso versprochen. Ein Konto für die Ausbildung der Kinder gibt es auch schon, der Rest interessiert mich nicht."

Der Aufzug kam an, die Tür öffnete sich und Annabel stieg ein. Mercy blieb stehen und winkte ihr zum Abschied. Als die Tür sich wieder schließen wollte, hob Annabel ihr Bein in die Lichtschranke.

„Was ist mit heute Nachmittag? Weißt du, wann die Tour beginnt?"

„Julian wird es beim Mittagessen bekanntgeben."

„Mittagessen? Will ich ein Mittagessen?", fragte Annabel.

„Er kann dich ja anrufen, wenn du nicht zum Mittagessen kommst. Bist du auf deinem Zimmer?"

„Nein, ich gehe … ich weiß nicht, ich gehe ein wenig mir die Beine vertreten. Ich komme gegen eins zurück, danke." Die Tür schloss sich und Annabel fuhr nach oben.

Mercy machte sich auf den Weg zum Büro des Hotelbesitzers. Sie klopfte an die Tür. Als niemand ‚herein' rief, drückte sie die Klinke und stand unversehens in einem leeren Büro. Kurz überlegte sie, ob sie wieder hinausgehen sollte, doch dann entschied sie sich spontan dagegen. Vielleicht lag ein Adressbuch auf dem Schreibtisch. Sie ließ die Tür offen, damit es nicht aussah, als würde sie hier auf Diebespfaden wandeln und ging ein paar Schritte in den Raum hinein. Am Schreibtisch angekommen, schaute sie sich um. Der Rechner lief, auf dem Monitor sah sie eine Luftaufnahme des Hotels gespickt mit mehreren Icons der geladenen Programme.

Der restliche Schreibtisch war überladen mit unzähligen Papieren, hier etwas zu finden, verlangte Zeit und Chuzpe. Sie wog ab, wie wichtig es war, die Telefonnummer von Anton Schneider ohne Erlaubnis des Hotelbesitzers zu suchen und dabei erwischt zu werden, da klingelte ihr Handy.

Schnell verließ sie das Büro und zog die Tür hinter sich zu, bevor sie ihr Mobiltelefon aus der Tasche zog.

„Du hättest ruhig bleiben können", sagte eine tiefe Stimme in ebenso tiefstem Tirolerisch.

„Was?", fragte Mercy nicht sehr intelligent.

„Was? Du meinst wohl ‚wo'?" Die Stimme lachte. „In meinem Büro natürlich. Der Anderl hat mich angerufen, er hat gesehen, wie du ins Büro bist. Wegen der Nummer vom Toni. Die liegt auf dem Schreibtisch. So, Mercy, jetzt gehst halt noch mal rein, diesmal mit meiner Erlaubnis." Mercy tat es ohne Widerworte. „Rechts auf dem Schreibtisch, du kannst ruhig in den Papieren kramen, also rechts, da muss ein grünes Bücherl liegen." Mercy kramte. „Hast's gefunden?"

„Ja", sagte Mercy.

„Gut, jetzt schaust' unter Toni, da steht auch Toni mobil. Hast's?"

„Danke."

„Keine Ursache. Du kannst eigentlich auch gleich von meinem Apparat aus telefonieren. Da ist die Nummer eingespeichert. Toni mobil. Viel Erfolg. Das Motorrad wird schon irgendwo sein, der Toni verliert so schnell nix. Vor allem kein Motorrad." Dann war die Leitung tot.

Mercy nahm den Hörer des Schreibtischtelefons ab und versuchte herauszufinden, wie sie ins Telefonnummern-Menu kommen sollte. Schnell stellte sie fest, dass sie keine Chance hatte. Sie nahm ihr Handy und gab die Nummer per Hand ein. Kurze Zeit später ertönte der Klingelton.

„Schneider, hallo."

„Hallo, Anton, hier ist Mercy von Bikinger & Motorowski. Hast du gestern ein Motorrad entgegengenommen, eine DKW SS 600?"

„Hallo, Mercy. Sicher war ich das, das Motorrad kam um halb elf Uhr per Transporter. Sie stellten es auf den Parkplatz. Verpackt. Dort müsste es noch stehen."

„Ich habe keins gesehen."

„Ich wollte noch Bescheid sagen, aber nachdem der Tote gefunden worden war, hab's ich vergessen. Tut mir leid."

„Ist nicht deine Schuld."

„Ist es weg?"

„Ich weiß nicht. Ich werde mal den Hof absuchen. Dann mit der Polizei reden. Vielleicht haben die es beschlagnahmt."

„Ich habe nicht gedacht, dass jemand ein verpacktes Motorrad ... Meinst du, es ist geklaut?"

„Nein, wer klaut schon ein verpacktes Motorrad? Ich rede mit Inspektor Schorlau. Vielleicht hat der eine Idee. Wahrscheinlich hat es seine Spurensicherung umgestellt. Ist bestimmt irgendwo", beruhigte Mercy sich und Anton Schneider.

14.

Die DKW war nirgends zu finden. Nicht auf dem Hof und auch in keiner der Garagen. Anderl war plötzlich sehr hilfsbereit, rückte alle Schlüssel heraus, doch das Motorrad blieb spurlos verschwunden. Was an ein Wunder grenzte, denn es war morgens angekommen und als Mercy von der Z1-Bergungsaktion zurückgekommen war, hatte es schon nicht mehr auf dem Parkplatz gestanden. Mercy stellte fest, als sie wieder in der Lobby stand, dass sich ein Gefühl von tiefsitzender Ratlosigkeit bei ihr breitmachte. Sie hatte nicht nur einen ermordeten Tourgast, einen Anschlag auf den Tourguide, sondern auch noch einen gestohlenen Oldtimer, der für Filmaufnahmen gedacht war, an der Backe. Und alles hatte sich nicht etwa in der Nacht abgespielt, sondern am helllichten Tag.

Als sie sah, wie Blondie Schorlaus Verhörzimmer verließ und niemand – Kevin war nirgends zu sehen – eintrat, beschloss sie, dem Inspektor einen spontanen Besuch abzustatten. Sie klopfte an die Tür und ging sofort hinein.

„Guten Morgen, Herr Schorlau", begrüßte sie den Kripobeamten, der gerade mit zwei Fingern seine Tastatur bearbeitete. Er schaute kurz hoch, knurrte etwas, was sich wie eine Begrüßung anhören konnte, und konzentrierte sich weiter auf die Buchstaben vor seiner Nase.

Mercy setzte sich. Schorlau hackte noch fünf Minuten weiter, bis er endlich den Kopf hob und Mercy anvisierte.

„Was haben Sie auf dem Herzen, junge Frau?", fragte er.

„Uns wurde ein Motorrad gestohlen", erzählte Mercy.

„Wann?"

„Gestern Vormittag. Zwischen zehn Uhr dreißig und dreizehn Uhr."

„Wo?"

„Hier vor dem Hotel."

„Da war ja ganz schön viel los hier gestern." Schorlau verschränkte seine Hände vor sich auf dem Schreibtisch.

Mercy nickte.

„Und wie kommen Sie auf den Zeitraum zwischen zehn Uhr dreißig und dreizehn Uhr?"

„Um kurz nach halb elf wurde die DKW angeliefert und laut Anton Schneider hier im Hof abgestellt. Ich bin selbst um eins mit dem Transporter zurückgekommen und da stand kein Motorrad mehr auf dem Parkplatz."

„War dieses Fahrzeug wertvoll?"

„Ich schätze, je nach Zustand und Kilometer, zirka zehntausend Euro."

„Sie sind also um dreizehn Uhr mit dem Transporter in den Hof gefahren. Was haben Sie anschließend getan?"

„Das habe ich Ihnen gestern schon erzählt."

„Dann erzählen Sie es eben noch einmal."

„Ich habe die Kawasaki von Herrn Brandt abgeladen und in die Werkstatt gebracht."

„Und weiter?"

„Kevin Meier, einer der Tourgäste …"

„… Kevin Meier ist mir bekannt."

„Okay, Kevin Meier kam vorbei und wir stellten gemeinsam die Z1 auf die Hebebühne. Ich baute das Vorderrad aus und wollte den Reifen abziehen, da …"

Mercy stockte. Sie sah die Beine von Robert Baldau wieder vor sich.

„… da haben Sie und Kevin Meier die Leiche von Robert Baldau entdeckt. Das war um dreizehn Uhr fünfundvierzig …"

„Wann wurde denn Baldau ermordet?", nutzte Mercy die Gelegenheit, um herauszufinden, was ihr schon länger auf der Seele lag.

„Irgendwann zwischen zehn Uhr dreißig und dreizehn Uhr", gab Schorlau die nicht befriedigende Antwort.

„Genauer wissen Sie es nicht?", Mercy ließ nicht locker.

Schorlau lächelte. Er sah sie an, so wie ein alter Lehrer seine pubertierende Schülerin ansah, die ihn nach Geheimnissen ausfragte. Wissend, aber schweigend.

„Gut, Sie wollen es mir nicht sagen. Schade." Mercy stand auf. „Ich könnte schon versuchen, Ihnen zu helfen."

„Das glaube ich Ihnen gern. Aber was wäre ich für ein Kriminalinspektor, dass ich mir von einer Amateurin helfen lasse? Sie würden mir auch keines Ihrer Motorräder zum Reparieren geben, oder?"

„Benzin nachgießen lassen würde ich Sie schon."

Schorlau lachte. „Danke sehr, ich fühle mich geehrt. Und wegen Ihres vermissten Motorrads schicke ich Ihnen die Kollegen von der Spurensicherung. Möglicherweise haben wir einen Zusammenhang. Schicken Sie mir bitte Herrn Meier herein."

Mercy verließ Inspektor Schorlau. Als sie die Tür zuschloss, kam ihr Kevin entgegen. Er sah noch verwuschelter aus als sonst und entschieden unglücklich.

„Annabel will die Firma wirklich verkaufen", sagte er. „Wir werden alle entlassen." Er nahm die Türklinke in die Hand. „Vielleicht ist Knast doch nicht so schlecht. Da hat man wenigstens ein Dach über dem Kopf."

* * *

Die restliche Tour verlief ohne Zwischenfälle. Niemand ging verloren oder fiel vom Motorrad und nichts wurde gestohlen. Auch wenn er nichts anderes erwartet hatte, war Julian froh, als alle wieder im Hotel angekommen waren. Mercedes gegenüber würde er es nie zugeben, aber die Verantwortung für so viele Menschen unter den gegebenen Umständen war doch größer, als er gedacht hatte.

Er würde sich für heute Nachmittag ein anderes Programm ausdenken müssen. Kevin, Annabel und Blondie waren ein anderes Kaliber als die Damen und Herren des Morgens. Er zog den Helm vom Kopf und warf einen kurzen Blick in den linken Spiegel der Duc, ob frisurmäßig alles in Ordnung war, und begab sich auf die Suche nach Mercedes, um zu besprechen, was getan werden musste.

„Hast du einen Moment Zeit?", sprach ihn von hinten eine Stimme an. Er drehte sich um und erblickte Birgit. Alle anderen Tourteilnehmer strömten in Richtung Hoteleingang und Mittagessen.

„Immer", antwortete Julian. „Wie kann ich helfen?"

„Setzen wir uns auf die Bank?", schlug Birgit vor und deutete auf eine Wiese neben dem Hotel. Julian nickte und ging voraus. Obwohl die Bank im Schatten eines Apfelbaumes stand, zogen sie beide ihre Lederjacken aus. Es hatte fast dreißig Grad im Schatten. Nachdem sie Platz genommen hatten, knetete Birgit einen Moment ihre Hände.

„Du weißt, ich arbeite für eine Reisezeitschrift", begann Birgit. Julian nickte wieder. „Wir bringen einen langen Bericht über diese Tour, über Bikinger & Motorowski und das ist ja gute Werbung für euch. Da dachten wir", sie machte eine kleine Pause, bevor sie fortfuhr, „ihr könntet eine Anzeige bei uns schalten, so im Gegenzug. Eine Hand wäscht die andere, meine ich."

„Ich glaube, da überschätzt du meine Kompetenzen", meinte Julian. Er schlug sein rechtes Bein über das linke. „Ich bin hier Tourguide und das auch erst seit gestern. Ich habe mit dem Anzeigengeschäft von Bikinger & Motorowski nichts zu tun."

„Das habe ich mir fast gedacht", sagte Birgit resigniert. „Wenn kann ich denn sonst fragen? Mercy?"

„Mercy ist die Mechanikerin. Ich glaube nicht, dass sie die Anzeigen schaltet. Es verwundert mich aber, dass du als Redakteurin hier für die Akquise zuständig bist."

„Das war nicht immer so. Nur unserem Blatt geht es nicht sehr gut, Finanzkrise, Krise der Printmedien. Anzeigeneinbruch. Daraufhin wurden uns die Löhne gekürzt und auf Provision umgestellt. Wenn wir Anzeigen an Land ziehen, bekommen wir mehr Geld."

„Ist das mit den Tarifverträgen vereinbar?"

„Tarifverträge? Welche Tarifverträge?"

„Das wäre ja so, als wenn ich dafür bezahlt werden würde,

ob die Gäste nach der Tour einen Vertrag fürs nächste Jahr abschließen ..."

„Das nennt sich heute ‚aktive Arbeitsplatzerhaltung', laut unserem Verleger", Birgit lachte gezwungen. „Das heißt eher PR-Berater als Redakteurin. Nicht mehr gute Texte zu wichtigen Themen, kritische Berichterstattung, sondern Kundenkontakt, Kundenorientierung, Anzeigenakquise."

„So hast du dir diesen Job nicht gedacht", meinte Julian, dem sonst nicht viel dazu einfiel.

„Nein", Birgit schüttelte den Kopf. „Andererseits geht der Chefredakteur bald in Rente. Ich bin die Dienstälteste. Wenn ich nur den Hauch einer Chance auf die Stelle haben will, muss ich flexibel sein, belastbar, kooperativ." Sie ratterte die Begriffe herunter, als lese sie eine Stellenausschreibung vor.

„Dumme Sache, aber ich kann dir da nicht helfen", Julian hörte seinen Magen knurren.

„Was ist das für ein Filmprojekt, für das diese Schauspielerin, Sophie, hier arbeitet?"

„Keine Ahnung, da musst du sie schon selbst fragen. Mach' doch ein Interview mit ihr."

„Sie will nicht", Birgit atmete tief ein und wieder aus. „Ich habe sie schon gefragt. Ist dir nicht aufgefallen, dass sie jedes Mal den Kopf wegdreht, wenn Sam Fotos schießt?"

Das war Julian noch nicht aufgefallen. Er achtete wenig darauf, wer sich wie positionierte, wenn die Kamera klickte.

„Seltsam, oder? Sie müsste doch ein berechtigtes Interesse daran haben, dass PR für den Film gemacht wird. Vielleicht war heute auch ein schlechter Zeitpunkt, ihr Motorrad ist nicht angekommen. Frage sie doch morgen noch einmal, wenn sie sich etwas akklimatisiert hat." Mit diesem abschließenden Satz erhob sich Julian. Birgit stand zögernd ebenfalls auf. Es war ihr anzumerken, dass sie noch gerne länger neben Julian auf der Bank gesessen wäre. Julian dagegen hatte Hunger.

Gemeinsam gingen sie zum Hotel. Birgit gab Julian ihre Karte, falls er Ideen für potentielle Anzeigenkunden hätte und schaute auf den Plan neben Schorlaus Tür, um zu sehen, ob die Termine für den Nachmittag sich verändert hatten, Julian ging zum Aufzug. Er hatte trotz lautstarker Proteste seines Magens nicht vor, im Lederanzug beim Mittagessen zu erscheinen. Viel zu warm, viel zu ungemütlich. Er wusste, dass einige seiner Schützlinge trotzdem ihre Motorradkleidung anbehalten hatten. Und er glaubte nicht, dass es daran lag, dass sie sich auf einem Hungerast entlang gerade noch ins Restaurant gehangelt hatten und nie und nimmer ihr Zimmer erreicht hätten. Er war sich vielmehr sicher, dass sie den anderen Hotelgästen ihre Zugehörigkeit zum exklusiven Club der Motorradfahrer demonstrieren wollten.

Auf dem Flur im zweiten Stock kam ihm Mercedes entgegen. Sie hatte den dreckigen Overall gegen ein luftiges Sommerkleid getauscht. Julian war überrascht. Kleider hätte er ihr am wenigsten zugetraut. Kurze Hosen, sicherlich, aber ein buntes, fröhliches Trägerteil, niemals.

„Habe die Ehre", sprach er sie an. „Was für ein schöner Anblick. Ich bin sprachlos."

„Schön wär's", antwortete Mercedes, doch Julian sah ihr an, dass sie sich über das Kompliment freute.

„Gehst du zum Essen?", fragte er.

„Ja, kommst du mit? Wir könnten uns besprechen."

„Natürlich, dein Wunsch ist mir Befehl. Kannst du zwei Minuten warten? Deine Gegenwart ist so schweißtreibend, auch ich würde gern den Temperaturen entsprechend meine …"

Er deutete auf die Tür, vor der sie beide standen. Mercedes nickte. Julian öffnete sein Zimmer und deutete Mercedes, ihm zu folgen.

„Nimm dir doch ein Getränk aus der Minibar, ich bin gleich soweit."

Er warf seine Jacke aufs Bett und verschwand im Bad, wo er in Sekundenschnelle T-Shirt, Kombi- und Unterhosen von sich warf, in die Dusche sprang, das Wasser kurz aufdrehte, wieder zudrehte, sich abtrocknete, ein bunt bedrucktes Hemd überzog, in frische Unterhosen und Jeans schlüpfte. Ein Blick auf seine Uhr sagte ihm, seine Frischmachaktion hatte genau zwei Minuten gedauert. So lange konnte ein Mann eine Frau warten lassen.

Julian ging zurück ins Zimmer, wo Mercedes mit einem Handy am Ohr am Fenster stand.

„Da kommt er gerade." Sie reichte ihm sein Telefon weiter.

„Brandt", meldete er sich, doch am anderen Ende kam keine Antwort. Er schaute auf das Display, auf Mercedes, die unschuldig ihre kleine Flasche Mineralwasser trank, wieder auf das Display, das eine unterbrochene Leitung mitteilte.

„Tot", sagte er.

„Echt?" Mercedes nahm noch einen Schluck. „Gerade war noch jemand dran."

„Und wer?"

Mercedes zuckte die Schultern. „Keine Ahnung, hat keinen Namen genannt."

„Mann oder Frau?"

„Eher Frau, denke ich. So genau ließ sich das nicht erkennen. Aber du kannst es doch nachschauen."

Julian klickte sich durch das Menu, doch unter ‚Empfangene Anrufe' war kein neuer Eintrag verzeichnet.

Hatte Mercedes in seinem Handy spioniert? Seine SMS gelesen, sein Telefonbuch durchstöbert? Oder hatte sie wirklich einen Anruf entgegengenommen und aus Versehen die Verbindung getrennt?

„Was ist?", fragte sie ihn mit solch einer Jungfrau-Maria-Miene, dass Julian ihr jede Schnüffelei zutraute. Da hatte er ja eine Arbeitskollegin bekommen, die es faustdick hinter beiden Ohren hatte.

„Gehen wir essen", schlug er vor. Er war selbst schuld, dachte er, als sie beide nebeneinander zum Aufzug gingen. Er hätte sie vorschicken können, statt sie in seinem Hotelzimmer allein zu lassen. Und nur weil er dachte, es machte einen besseren Eindruck bei den Tourengästen, wenn sie zusammen beim Essen auftauchen würden. Ihre Tourenleitung von Bikinger & Motorowski: Gemeinsam Schulter an Schulter managt sie alle Probleme.

15.

Mercy hatte sich vorgenommen, mehr Speed in die Ermittlungen zu bringen. Sie würde sich heute Nachmittag in der Lobby platzieren und – wie beim Arzt im Wartesaal – den Gästen zuhören. Die Alibis, die konnte Schorlau sich erklären lassen, was sie interessierte, war der Klatsch und Tratsch.

Um sich selbst davon abzuhalten, die Motorräder nach der vormittäglichen Ausfahrt durchzuchecken, was wahrscheinlich sowieso übertrieben und mit einfachem Benzinauffüllen getan war, hatte sie sich ihres Overalls entledigt und ein buntes Fähnchen übergezogen. Das war luftig und leicht und den Temperaturen angepasst, aber wenn sie so richtig in sich hineinhörte, dann fühlte sie sich leicht verkleidet. Doch sie hatte sich dieses Teil gekauft und nun wurde es auch getragen.

Beim Mittagessen – kalte Sauerampfersuppe mit Lachscremehäubchen, anschließend Sommersalat wahlweise mit Krevetten oder Putenstreifen und wer noch wollte, konnte ein paar Tortellini nachlegen – plauderten die Tourgäste endlich wieder ein wenig lockerer drauflos. Vor allem diejenigen, die den Vormittag auf dem Motorrad verbracht hatten, tauschten Eindrücke aus.

„Was machen wir heute Nachmittag?", fragte Annabel, die nun doch zum Mittagessen gekommen war. „Julian, wohin fahren wir?"

„Da haben wir viel Auswahl", antwortete der Tourguide und nicht nur Mercy spitzte die Ohren, was nun folgen würde. „Nur drei Personen haben den Nachmittag zur vollständigen Verfügung. Du, Annabel, Blondie und Kevin." Er schaute die drei der Reihe nach an und Mercy hatte das Gefühl, die Temperatur sank schlagartig um zehn Grad. Annabel fiel das Lächeln aus dem Gesicht, als hätte jemand bei einer Marionette alle Fäden auf einmal durchgeschnitten. Blondie bekam rote Bäckchen, so dass sie aussah wie ein überreifer Apfel und Kevin riss den Mund auf und schnappte nach Luft, um sofort zu protestieren. Bei allen anderen froren die Bewegungen ein, wie wenn jemand beim DVD-Player auf die Pausetaste gedrückt hätte. Julian hob die Hand und fuhr fort: „Alle anderen sind vorgeladen. Eine Möglichkeit ist, dass ich mit Annabel und Blondie – Kevin ist ebenfalls verhindert – eine Ausfahrt mache. Wir könnten auch das abgebrochene Sicherheitstraining von gestern fortsetzen. Oder", er nahm einen Schluck Wasser, „wir machen Fotos. Ich habe mit Sam geredet und wir haben uns eine schöne Kurve ausgesucht, die liegt zirka zehn Kilometer außerhalb des Dorfes. Jede und jeder kann hinkommen, wann er oder sie Zeit hat und sich fotografieren lassen."

Langsam erholte sich die Temperatur. Die Messer und Gabeln, die gerade noch in der Luft geschwebt hatten, senkten sich wieder, das leise Klappergeräusch einer Mahlzeit mit mehreren Personen füllte erneut den Raum. Mercy war mehr als erleichtert, sie war erstaunt. Der neue Tourguide war anscheinend immer für eine Überraschung gut. Kaum einer der Gäste würde diese Idee ablehnen. Normalerweise kamen alle mit zahllosen Pausenfotos nach Hause, Standbilder von Menschen und Motorrädern vor Alpenpanorama. Aber ein echter Mitzieher in Schräglage, knackescharf, vom Profi aufgenommen – sie konnte sich keinen echten Motorradfahrer vorstellen, der hier nicht zugestimmt hätte. Das war die perfekte Lösung für den zerrissenen Nachmittag.

Die Zustimmung lag bei fast hundert Prozent, nur Kevin war wenig begeistert, wollte nach wie vor ins Schwimmbad, nur fand er niemanden zur Begleitung. Die Gruppe erhob sich. Julian holte an der Rezeption einen Stapel Kopien, auf denen er den genauen Ort der Fotoaktion markiert hatte, und verteilte die Pläne. Er erklärte, dass Sam und er in einer halben Stunde starten würden, wer mitfahren wollte, konnte sich direkt anschließen, der Rest sollte nachkommen, wann immer Zeit war.

„Muss Sam nicht zur Vernehmung?“, fragte Mercy Julian, als sie zusammen in der Lobby standen.

„Er war schon, direkt nach der Ausfahrt, vor dem Mittagessen. Fotografen müssen anscheinend keine Kleidung wechseln.“

„Oder sie sind schnell. Wer übernimmt das Honorar von Sam? Du hast nichts gesagt davon, wie viel die Aufnahmen kosten werden“, hatte Mercy dann doch noch eine Frage, die sie loswerden musste.

„Bikinger & Motorowski wird dies als kleine Geste an die Gäste selbstverständlich übernehmen“, sagte Julian selbstsicher.

„Hast du das abgeklärt? Mit der Zentrale?“

„Ich habe es mit dem Chef abgeklärt, selbstverständlich.“

„Du hast mit dem Chef gesprochen? Höchstpersönlich mit dem Chef?“ Mercy konnte es kaum glauben.

„Natürlich. Er hat mich angerufen, nachdem er von dem Mord erfahren hat.“

„Er hat dich angerufen? Dich?“

„Liebste Mercedes, vielleicht hat er dich nicht erreicht. Er hat auf jeden Fall mich angerufen und mir freie Hand gegeben, um hier die Gäste zufrieden zu stellen, koste es, was es wolle.“

„Das hat er gesagt: Koste es, was es wolle?“

Julian nickte. „Ich muss jetzt los, mich umziehen. Was machst du heute Nachmittag?“

„Ich werde mich um diejenigen kümmern, die hier in der Lobby sitzen und warten. Da bekomme ich alle einzeln und kann mit jedem reden, dachte ich.“

„Gute Idee, wenn du fertig bist, kannst du gerne auch zur Location kommen. Ein bisschen frische Luft wird dir guttun.“

Bevor Mercy darauf etwas erwidern konnte, war Julian in den nächsten Aufzug gesprungen. Sie begab sich zu der Polstergarnitur, auf der Freddie in seiner bunten Motorradkombi saß und in einer Zeitschrift blätterte.

„Hi, Freddie“, sagte sie, als sie sich setzte.

„Hi“, antwortete er und legte sein Blatt, eine Autozeitschrift nieder. „Musst du auch …?“

Mercy fand es angebracht zu nicken.

„So ein Quatsch“, bruddelte Freddie, „ich war die ganze Zeit beim Sicherheitstraining, ich kannte Robert kaum, habe ihn nur am ersten Abend gesehen, was soll ich hier?“

„Vielleicht interessiert den Inspektor, ob du etwas gesehen oder gehört hast?“ Mercy tat ganz unschuldig und blätterte in einem Motorradmagazin, das auf dem Tischchen lag.

„Von wem denn?“

„Vielleicht von Blondie? Ich habe gehört, sie ist im Augenblick die Verdächtige Nummer eins. Robert hat auf ihren Namen eine Lebensversicherung abgeschlossen.“

„Blondie? Sie soll Baldau ermordet haben? Niemals“, Freddie schüttelte energisch den Kopf. „Dazu ist sie nicht in der Lage.“

„Das klingt so, als würdest du sie kennen?“, hakte Mercy nach und lehnte sich in dem Sessel zurück, um Freddie genauer beobachten zu können.

„Ja, ein wenig, von früher“, murmelte Freddie und zupfte an seinen Kniepads. „Heute Nachmittag machen wir Fotos, Fahrfotos, das finde ich echt geil.“

„Woher kennst du Blondie?“, ließ sich Mercy nicht so einfach ablenken.

„Wir kommen aus der gleichen Stadt.“ Freddie hatte den Knieschleifer des rechten Knies abgezogen und versuchte, ihn mittig auf den Klett zu platzieren.

„Aus München?“

„Nein, aus Regensburg.“ Freddie hatte es geschafft, der rechte Knieschleifer saß. Er machte sich daran, den linken Schleifer anzuziehen.

„Wart ihr befreundet?“ Mercy beobachtete Freddie genau, doch konnte sie sein Gesicht nicht sehen, so sehr hatte er sich nach vorn gebeugt.

„Nö, wir waren nur zusammen in der Schule", Freddie hatte endlich auch den zweiten Schleifer neu ans Knie geklebt und musste sich nun aufsetzen.

„Das muss eine freudige Überraschung gewesen sein, dass ihr euch hier bei der Veranstaltung getroffen habt." Mercy legte ihren rechten Knöchel auf das linke Knie. Erst als Freddie ihr in den Schritt linste, entdeckte sie, dass diese Beinstellung mit einem kurzen Sommerkleid wenig zu vereinbaren war. Sie stellte ihre Füße wieder nebeneinander. „Hast du dich gefreut, Blondie wiederzusehen? So zufällig."

„Na ja, so wie man sich eben freut, wenn einem nach Jahren Schulkameraden über den Weg laufen. Es ist schon interessant, was sie treiben, welchen Weg sie gegangen sind, aber mehr auch nicht." Freddie schaute nun immer wieder zur Tür von Inspektor Schorlau hinüber, als könne er es nicht erwarten, endlich in den Vernehmungsraum gerufen zu werden.

„Mir ist am ersten Abend bei der Vorstellungsrunde nicht aufgefallen, dass ihr euch kennt."

„Wir sind uns, äh, bei der Anreise, äh, an der Rezeption schon begegnet", stammelte Freddie und endlich öffnete sich Schorlaus Tür und Herr Mittelsteiner wurde aufgerufen. Freddie sprang auf, hob zum Abschied kurz die rechte Hand und verschwand.

Mercy stand ebenfalls auf. Hier herumzusitzen und darauf zu warten, dass in einer halben Stunde der nächste Gast auftauchen würde, das hielt sie nicht aus. Ob sie nicht doch einmal nach den Motorrädern sehen sollte? Sie schnappte sich eine Flasche Sprudel und ging nach draußen. Sam, der Fotograf, hantierte vor seiner Triumph Speed Triple mit einem Rucksack und Gehäusen und Objektiven.

„Hallo, Sam", begrüßte Mercy ihn. Sie konnte sich nicht erinnern, jemals mehr als ein Nicken mit ihm gewechselt zu haben.

„Hallo, Mercedes", grüßte er zurück.

„Ist es eigentlich für dich okay, heute Nachmittag unsere

Gäste zu fotografieren?", fragte Mercy, während sie ihm ihre Mineralwasserflasche hinhielt. Er griff danach und trank einen tiefen Schluck.

„Für mich ist das okay", meinte Sam, als er ihr die Flasche zurückgab. „Ich muss sowieso Fahraufnahmen fürs Heft machen. Hab ich ein paar mehr Motive. Außer Birgit, meine ich."

„Toller Job, arbeiten, wo andere Menschen Urlaub machen."

„Bei dir nicht anders, oder?"

„Ich stehe in der Werkstatt, du bist draußen, kannst fahren ..."

„Du kannst auch fahren, während wir unterwegs sind, oder? Sogar allein. Ist doch besser, oder?"

„Machst du's nicht gern? Den Job hier, meine ich?"

„Doch, ist schon okay. Gibt aber besseres, oder?" Sam hatte den Rucksack gepackt, schlüpfte in die Armriemen und stieg auf die Speed Triple.

„Was zum Beispiel?"

„Tiere in freier Wildbahn, zum Beispiel, oder?" Er zog den Helm auf den Kopf, der über dem rechten Spiegel gehangen hatte, und drehte den Zündschlüssel herum.

„Besser als Motorräder in freier Wildbahn?"

„Wo ist hier die freie Wildbahn?" Er startete die Triumph, nickte Mercy zum Abschied zu und fuhr davon.

* * *

Er musste zugeben, die Gäste amüsierten sich gut. Sie fuhren abwechseln durch die Kurve, allein, zu mehreren, immer wieder kam jemand Neues, dann verschwand wieder ein anderer. Nur er, Julian, langweilte sich. Mercys Hoffnung, er könne hier zur Mördersuche beitragen, hatte sich nicht in die Realität umsetzen lassen, denn niemand war da, den er ausfragen konnte.

Nur zuschauen konnte er. Verschwinden konnte er auch nicht, denn er trug hier die Verantwortung. Und Verantwortung tragen ist manchmal ganz schön langweilig. So saß er auf einem Stein und schaute zu. Gut, er hätte auch aufs Bike steigen können und sich ebenfalls ablichten lassen. Doch wo sollte er die Fotos aufhängen?

Sein Handy klingelte. Mercy.

„Hallo, liebste Mercy, willst du mich von meiner Langeweile befreien?"

„Ist Birgit, diese Journalistin bei euch? Sie sollte vor einer halben Stunde zum Verhör erscheinen, fehlt aber."

„Lass mich mal schauen. Da kommt Jasmin, dahinter Wolfgang, unschwer zu erkennen am gleichen Lederkombimodell. Wie können Menschen nur die gleichen Kleidungsstücke tragen? Und dazu auch noch die Helme! Dann folgt Freddie, der macht sich sicherlich gut auf den Fotos, so bunt. Annabel, Blondie, die zwei fahren sogar hintereinander her, erstaunlich, nicht wahr? Gemeinsames Motorradfahren als Konfliktbändiger. Kevin, jawohl, sogar Kevin will ein Erinnerungsfoto, liebste Mercedes, Birgit ist sicherlich auf dem Weg zu euch. Soll ich Sam fragen, wann sie sich auf den Weg gemacht hat. Warte, ich frage ..."

„Nein, mach dir keine Mühe", unterbrach Mercedes den Redestrom Julians. „Schorlau wollte es wissen, aber es ist nicht unser Problem. Sophie Sonntag wird ihm jetzt sowieso so zusetzen, dass er hinterher keine Lust mehr auf weitere Gespräche hat. Und Birgit gehört kaum zu den Verdächtigen. Bis später."

Julian zog die Karte, die Birgit ihm heute Mittag in die Hand gedrückt hatte, aus seiner Jackentasche, und tippte die Nummer in sein Handy. Nach dem zehnten Klingeln sprang die Mailbox an und Julian sprach einige Sätze darauf mit der Bitte um baldigen Rückruf. Anschließend stieg er von seinem Stein herunter. Bei Sam angelangt, der im knietiefen Gras stand und ein riesiges Objektiv schwenkte, wartete er einen Moment, bis die ganze Gruppe vorbeigefahren war und Sam seine Kamera senkte.

„Sam, wann hast du Birgit das letzte Mal gesehen?"

„Das ist schon eine ganze Zeit her. Sie wollte ins Hotel zurück. Verhörtermin. Fünfzehn dreißig."

Julian schaute auf seine Uhr. Es war kurz vor halb fünf. Sollte er sich Sorgen machen?

„Müssen wir uns Sorgen machen?", fragte er den Fotografen.

„Um wen?", fragte dieser zurück.

„Birgit. Sie ist noch nicht im Hotel angekommen."

„Nein", Sam schüttelte den Kopf. „Birgit geht nie auf direktem Weg von A nach B."

Julian hörte die Gruppe kommen und Sam hob sein Objektiv.

Die Sache mit der verschwundenen Birgit ließ Julian keine Ruhe. Außerdem war ihm sowieso langweilig. Er beschloss, sie zu suchen.

„Sam, kann ich euch hier allein lassen?"

„Wie? Allein lassen?"

„Ich würde zum Hotel fahren und mich dabei nach Birgit umschauen."

„Warum?", fragte Sam, während er im Display die Fotos kontrollierte. „Ist sie schon so lange fort? Schick ihr doch eine SMS und frag, wo sie bleibt, oder?"

Dann winkte er den zurückkommenden Motorradfahrern und trat auf die Straße.

Julian wusste, dass Sam Recht hatte. Birgit war eine Stunde überfällig, bei erwachsenen Menschen kein Grund zur Sorge. Andererseits war ein Mann ermordet worden, in seiner Z1-Felge steckte eine Kugel und die DKW war auch verschwunden. Und: Ihm war langweilig.

Er ging zur Duc und fuhr ins Dorf zurück. Unterwegs hielt er Ausschau nach der tiefergelegten F 650, konnte aber weder das Motorrad noch die Fahrerin entdecken. Auf der Straße hatten einige Fahrzeuge Brems- und Kratzspuren hinterlassen, da zu beurteilen, welche alt oder neu waren, das fiel Julian schwer. Hauptsächlich suchte er nach einer Einmündung, einer Wiese oder einem Abhang, auf dem oder hinter dem eine Person mit einem Motorrad verschwunden sein konnte. Vielleicht war Birgit Opfer einer Entführung geworden, doch das konnte sich Julian nicht vorstellen. Beim Hotel angekommen, eilte er sofort zu der Garage, um mit Mercedes zu sprechen. Wie vermutet steckte sie mittlerweile wieder in ihrem gewohnten dreckigroten Overall und baute gerade das Vorderrad in die Kawasaki Z1. Nur ohne Hebebühne, die die Spurensicherung noch nicht herausgerückt hatte.

„Hallo, schöne Frau!“ Begeistert stellte Julian fest, dass der Kawa-Lenker wieder mit Kupplung- und Bremshebel bestückt war. Woher Mercy wohl das Ersatzteil hatte? „Hallo, Mercedes!“, wiederholte Julian.

Sie reagierte nicht. Sie saß auf dem Boden, das Rad zwischen den Füßen und die Achse in der rechten Hand. In ihren Ohren steckten weiße Stöpsel. Julian tippte ihr auf die Schulter. Sie schreckte auf und ließ Achse und Rad fallen.

„Warum musst du dich immer so anschleichen?“, schrie sie ihn an.

„Ich dachte, du hättest mich gehört“, entschuldigte sich Julian. „Oder zumindest die Duc.“

Mercy nahm einen Stöpsel aus dem linken Ohr. „Was hast du gesagt? Was machst du hier? Wo sind die Gäste?“

„Auf die Gäste passt Sam auf, ich suche Birgit. Ist sie aufgetaucht?“

„Soweit ich weiß nicht. Aber ich sitze nicht in der Lobby und überwache das Hinein- und Hinausgehen der Menschen.“

„Das klingt, als hättest du einen genauso spannenden Nachmittag gehabt wie ich. Lass uns gemeinsam einen Kaffee trinken.“ Und als er ihr indifferenten Gesichtsausdruck sah, fügte er hinzu: „Ich hole ihn auch. Und Kuchen. Als Dankeschön fürs Radeinbauen. Irgendwelche Präferenzen, was den Kuchen angeht?“

„Viel Butter, viel Sahne“, antwortete Mercy und steckte sich wieder ihre Musik in die Ohren.

Julian ging zum Hotel. Er fragte sich, welche Musik Mercedes hören könnte und stellte fest, dass er nicht in der Lage war, ihr eine Stilrichtung zuzuordnen. Hardrock, House, Techno?

Er inspizierte das Kuchenbuffet und entschied sich für ein Stückchen Mozartkuchen, eine Mailänder Torte und die Schwarzwälder Kirsch. Dazu ließ er sich ein Kännchen mit Espresso füllen und heiße Milch schäumen, alles stellte er auf ein Tablett und ging nach draußen in den Garten. Das Hotel hatte hinter dem Haus einen kleinen Teich, an dessen Ende unter einer Linde ein Holztisch mit zwei Bänken stand. Dorthin brachte er sein Tablett. Anschließend schickte er Mercedes eine SMS.

Fünf Minuten später stand sie vor ihm. Er bedeutete sich zu setzen und schenkte ihr Kaffee in die Tasse, schaute sie dabei an, bis sie mit einem Nicken andeutete, dass es genug sei. Er goss ihr von der heißen geschäumten Milch dazu und zeigte auf die Kuchen. Zu seiner Freude begannen ihre Augen zu leuchten und ihre Fältchen um die Augen wurden tiefer.

Mercedes teilte alle drei Kuchen in Hälften, was besonderes Geschick erforderte, und balancierte jeweils ein Teil auf den Teller. Julian nahm sich das übriggebliebene Stück Mozartkuchen. Sie begannen zu essen.

„Willst du reden?", brach Julian das Schweigen.

„Essen", antwortete Mercedes mit vollem Mund. Julian nahm sich ein Stück Mailänder. Wieder schwiegen sie und kauten.

„Gut." Mit diesem Wort legte Mercedes ihre Gabel hin, wischte sich mit einer Papierserviette den Mund. „Ich habe heute Nachmittag Interviews geführt. Vier Interviews besser gesagt. Zuerst Freddie, dann Jasmin, Wolfgang und zum Schluss Sophie. Mein Mund ist fusselig. Und dein Vorderrad ist eingebaut."

„Vielen Dank. Was denkst du?" Julian fluchte innerlich, er hätte statt dieser süßen Pampe lieber den Himbeerkuchen nehmen sollen. Warum war er nur so anfällig für diese süßen Verführungen?

„Freddie kennt Blondie. Angeblich von der Schule. Sind sich hier zufällig begegnet. Seltsam finde ich. Seltsam ist auch, dass Robert Baldau mit seiner neuen Freundin auf die gleiche Urlaubsveranstaltung geht wie seine Ex, also seine Nochfrau Annabel. Wenn ich Annabel wäre, ich wäre total sauer. Sie erbt die Firma von Robert, ist sauer wegen dem versauten Urlaub, hat also mehr als ein Motiv. Blondie bekommt die Lebensversicherung, hat den alten Knacker satt, ist sauer wegen Annabel, auch mehr als ein Motiv. Freddie …"

„… war auf dem Sicherheitstraining", warf Julian ein.

„Ja, aber vielleicht ist er der heimliche Lover."

„Deshalb muss er nichts mit dem Mord zu tun haben. Was ist mit Kevin?"

„Kevin hat kein Alibi und konnte seinen Chef nicht ausstehen. Der hat ihn schikaniert. Andererseits verliert er jetzt seinen Job, er meint, Annabel würde die Firma an so eine amerikanische Heuschrecke verkaufen. Und die machen den Laden dicht, um Konkurrenz zu eliminieren. Ich glaube, Kevin war's nicht."

„Du magst ihn", stellte Julian fest.

„Er ist ein Gast, ich mag alle Gäste."

„Du lügst", behauptete Julian.

„Heute Nachmittag habe ich mich mit den Biedermanns unterhalten. Ob Wolfgang etwas mitbekommen hat, er war nicht beim Sicherheitstraining, er hat sich um die Kinder gekümmert."

„Franka, Joschka." Julian deutete auf den Kaffee, doch Mercedes winkte ab.

„Richtig, so heißen die süßen Kleinen. Ich habe ihn in der Bäckerei getroffen. Danach war er mit ihnen im Schwimmbad bis zu dem Moment, an dem ihn Jasmin vom Sicherheitstraining aus angesimst hat. Hat wohl irgendetwas von einem Diebstahl erzählt. Wie kommt sie nur darauf?" Julian machte ein indifferentes Gesicht. „Und Jasmin war auf dem Sicherheitstraining, hat Witze erzählt." Mercy nahm sich die übrige Hälfte der Schwarzwälder Kirsch.

„Die zwei haben Geldprobleme." Julian trank, der Kaffee war schon kalt, trotz der Hitze.

„Wer hat die nicht?", war Mercy voller Mitgefühl.

„Jasmin hat ihn dafür kritisiert, dass er sich eine Harley gemietet hat."

„Sie hat ihn kritisiert? Angepflaumt, meinst du wohl?"

Julian grinste. „Was hat sie dir sonst erzählt?"

„Nicht viel. Wie schwierig es ist, als Familie einen guten Urlaubsort zu finden, an dem sowohl die Kinder als auch die Erwachsenen auf ihre Kosten kommen. Dass sie findet, sie könnten sich abwechselnd um die Kids kümmern, Wolfgang sie lieber in die Hotelbetreuung stecken möchte."

„Sie waren beide heute Morgen bei der Tour dabei und sind jetzt beim Fotografieren."

„Mir schien, dass sie findet, Wolfgang solle sich hauptsächlich um Franka und Joschka kümmern, da er normalerweise arbeitet und die Kleinen sowieso weniger sieht als sie." Mercy spießte das letzte Stückchen Torte auf ihre Gabel und vertilgte es genussvoll.

„Hm, hat aber nichts mit Robert Baldau zu tun." Julian lehnte sich zurück und streckte die Beine aus.

„Nein, sagen beide, hätten ihn nicht gekannt. Wäre auch seltsam, wenn alle hier in irgendeiner Beziehung zu dem Toten gestanden hätten." Auch Mercy lehnte sich zurück.

„Das taten nur Blondie, Annabel und Kevin."

„Und Freddie als potentieller Lover."

„Das ist ein wenig weit hergeholt. Und Sophie Sonntag war noch nicht da."

„Hat ihn auch nicht gekannt, sagt sie. Woher auch. Sie kommt aus Köln, wohnt aber auch in Berlin. Und ist sauer wegen der DKW."

„Stimmt", Julian seufzte, „die fehlt ja auch noch immer."

„Ja, keine Spur von dem Fahrzeug. Ich versuche, die Spurensicherung zu kontaktieren. Vielleicht hat jemand Fotos vom Hof gemacht. Und dann haben wir noch den Anschlag auf deine Z1-Felge."

„Die verirrte Kugel, ja."

„Meinst du, Schorlau interessiert sich dafür? Geht die Kripo der Sache nach?"

„Ich würde das nicht überbewerten, wahrscheinlich der Querschläger eines überambitionierten Jägers." Julian legte die Arme auf die Bankoberkante.

„Jäger hin oder her, es geht einfach nicht, dass hier jemand Motorradfahrer gefährdet. Es muss sich doch herausfinden lassen, wer dort seine Jagd hat." Mercy hängte ein Knie über die Armlehne.

„Ich denke, das können wir getrost der Polizei überlassen. Konzentrieren wir uns auf die DKW und den Mord. Es könnte natürlich noch ein anderer Hotelgast gewesen sein. Jemand, den wir nicht kennen. Der oder die einen Hass auf Baldau hatte." Julian beugte sich nach vorn.

„Ermittle von innen nach außen", sagte daraufhin Mercy.

„Aha, und was bedeutet das?"

„Ist eine alte Kriminalerweisheit. Zuerst den Familienkreis ausforschen, dann Personenfeld erweitern. Konzentrieren wir uns auf die Frauen."

„Das überlasse ich gerne dir, aber bedenke: Auch Annabel hat ein Alibi."

„Damit hätten wir eine Rangliste der Verdächtigen: Auf dem Platz Nummer eins – Motiv und kein Alibi – steht Blondie. Rang zwei – ein halbes Motiv, kein Alibi – hat Kevin, gefolgt von Annabel, starkes Motiv, aber Alibi. Ich werde heute Abend Blondie auf den Zahn fühlen, mit ihr habe ich mich außer der paar Sätze beim Umzug noch nicht unterhalten."

„Mich würde interessieren, was für eine Firma Robert Baldau hatte, dass amerikanische Heuschrecken sie kaufen wollen."

„Das kann die Zentrale bestimmt herausfinden, sie ist gut in derlei Dingen", meinte Mercy.

„Baldau dürfte eine eigene Website besitzen, die finde sogar ich."

„Tu, was du nicht lassen kannst. Wie sieht das Programm für morgen aus?“

„Ich frage gleich Schorlau, ob er mit seinen Vernehmungen zuende ist. Wenn ja, geht morgen der normale Tourbetrieb weiter. Das heißt, morgen steht das Stilfser Joch auf dem Programm.“

„Schön. Dann schauen wir jetzt, ob Birgit aufgetaucht ist.“

16.

Birgit war nicht aufgetaucht. In der Zwischenzeit hatte Sam die Fotoaktion beendet und alle Tourgäste waren wieder im Hotel eingetroffen. Alle, außer Birgit. Sam machte sich immer noch keine Sorgen. Er erzählte, wie er einmal Stunden auf sie gewartet hatte, weil sie am Wegrand eine kranke Katze entdeckt hatte und damit zum Tierarzt gefahren war. Oder wie sie sich von einem Bauern in ein Gespräch über seine neue Heumaschine verwickeln ließ und einen halben Tag später mit dem ultimativen Wissen über die Beschaffenheit der agrikulturellen Welt ankam, ohne ein Schuldbewusstsein darüber, dass Sam im Auto saß und Däumchen drehte.

Julian setzte sich an sein Notebook und suchte die Website von Robert Baldau, was nicht sonderlich schwer fiel. Sie informierte ihn darüber, dass sich dieses Ingenieurbüro mit der keramischen Beschichtung von Vliesstoffen befasste. Diese Entdeckung brachte ihn nicht viel weiter. Also griff er zu seinem Handy und folgte Mercys Rat.

„Bikinger & Motorowski, Lara Wilkens am Apparat, was kann ich für sie tun?“

„Hier Julian Brandt.“

„Einen wunderschönen guten Tag, wie geht es euch da unten im lauen Österreich? Immer noch mit Leichen und gestohlenen Motorrädern beschäftigt?“

„Genau, Lara-Schatz. Könntest du mir einen Gefallen tun? Könntest du einmal recherchieren, was es mit der keramischen Beschichtung von Vliesstoffen auf sich hat?“

„Für dich, bester Julian, tue ich alles. Hast du sonst noch einen Wunsch? Soll ich dir Mercy vom Hals schaffen?"

Julian lachte. „Nein, musst du nicht. Wir arrangieren uns."

„Ich dachte, sie arrangiert sich nur mit Motorrädern. Und mit Bruce Lee." Lara gluckste.

„Vielleicht musst die Liste jetzt noch um einen Menschen erweitern."

„Oha, dein Charme hat sie betört."

„Nein, ich meine einen Gast namens Kevin Meier."

„Das tut sie nicht, Mercy fängt nichts mit Gästen an. Niemals."

„Sag niemals nie!"

„Dann bin ich gespannt. Du hörst von mir."

* * *

Beim Abendessen fehlte Birgit weiterhin. Mercy wurde unruhig. Ständig hatte sie das Bild vor Augen, wie Birgit blutend unter einem Abhang lag, so verletzt, dass sie sich selbst nicht helfen konnte. Klar konnte sie auch einen alten Kumpel aus der Schulzeit getroffen haben und saß nun mit ihm in einer Kneipe. Aber normale Menschen schreiben dann eine SMS und melden sich ab.

Sie würde Birgit suchen gehen, das beschloss Mercy beim Hauptgang. Es gab Lamm auf Gratin. Schnell leerte sie ihren Teller und erhob sich. Julian blickte sie mit hochgezogenen Augenbrauen an, erhob sich ebenfalls und folgte ihr in die Lobby.

„Was ist los?", fragte er.

„Ich gehe Birgit suchen", antwortete Mercy.

„Aha, und wo?"

„Zuerst auf der Strecke zwischen eurer Fotokurve und dem Tal. Wer weiß, vielleicht liegt sie verletzt irgendwo."

„Da habe ich schon geschaut", sagte Julian.

„Trotzdem ist sie weg." Mercy ging nach draußen, Julian hinterher.

„Wir bräuchten einen Heli“, meinte Mercy schließlich, als sie vor dem Hotel standen.

„Klar, wir könnten die Bergwacht alarmieren“, stimmte ihr Julian zu.

„Kann es sein, dass du mich nicht ernst nimmst?“

„Wäre ich sonst hier?“, fragte Julian zurück.

„Über deine Motive kann ich nur mutmaßen.“

„Welche könnten das sein, außer Birgit zu finden?“

„Ich habe immerhin wieder das geblümte Kleid angezogen.“

„Das bringt meinen Geist auf Hochtouren. Ich habe die Handynummer, ich kann noch einmal anrufen.“

„Auf die Idee bin ich auch schon gekommen.“ Mercy hielt ihr Mobiltelefon in der Hand. „Rufzeichen ertönen, geht aber nicht ran. Aber wir könnten …“

„… das Handy von ihr orten lassen!“ Julian klatschte in die Hände.

„Genau. Rufen wir die Zentrale an.“

„Ist Lara noch im Büro?“, fragte Julian. „Wir haben nach acht Uhr.“

„Du warst schon im Büro von Bikinger & Motorowski?“ Mercy schaute Julian fragend an. Er nickte langsam. „Von vorn oder von der Seite?“

„Von vorn?!“ Julians Gesicht war ein einziges Fragezeichen.

„Hast du nie um Laras Schreibtisch herumgeschaut? Ist sie aufgestanden? Hat sie dich hinausbegleitet? Hast einmal in den Nachbarraum geschaut?“

„Viermal Nein.“

„Lara sitzt im Rollstuhl. Motorradunfall. Sie war eine begnadete Crosserin. Bis sie bei einem Sprung mit dem Vorderrad zuerst aufkam. Bei Bikinger & Motorowski hat sie eine neue Aufgabe gefunden. Damit sie unabhängig sein kann, hat der Chef ihr neben dem Büro eine kleine barrierefreie Wohnung eingerichtet. Sie ist immer da.“

Während Julian noch die Nachricht verdauen durfte, rief Mercy Lara an.

„Mercy, ich habe Feierabend", begrüßte Lara ihre Kollegin.

„Lara, ich auch. Kannst du für uns ein Handy orten lassen?"

„Was habt ihr nun schon wieder für ein Problem?"

„Ein Tourgast ist verschwunden."

„Ich glaub's nicht. Was macht ihr eigentlich da unten? Habt ihr vorher eine Anzeige aufgegeben: Ganoven aller Länder vereinigt euch, kommt zum Trainingscamp in die Alpen? Ich dachte, ihr wolltet Motorrad fahren. Und ich sage schon immer, ihr solltet die Leihmotorräder mit Sender ausstatten, das wäre leichter zu orten. Wie ist die Nummer?"

Mercy sagte sie Lara.

„Warte."

Und Mercy wartete. Julian war zu Freddie hinübergegangen, der mittlerweile auch vor dem Hotel stand und eine Zigarette rauchte. Er bot Julian seine Schachtel an, Julian lehnte ab. Dann schien er einen Joke gemacht zu haben, denn Freddie lachte. Mercy ging zum Sprinter, öffnete die Fahrertür, stieg nach oben und setzte sich. Aus dem Handschuhfach holte sie einen Stift und das Fahrtenbuch.

„Pass auf, das Handy ist …" Lara gab die Koordinaten durch und Mercy schrieb mit.

„Danke", sagte sie.

„Bring das in Ordnung", waren die Abschiedsworte von Lara, bevor sie auflegte.

Mercy hupte und Julian löste sich von Freddie. Sie gab die Koordinaten ins Navi ein, öffnete für Julian die Beifahrertür und nachdem er angeschnallt war, startete sie. Sie fuhr durch das Dorf. Die Sonne stand knapp über den Bergkuppen im Westen und warf ein angenehm orangefarbenes Licht zu ihnen hinüber. Jetzt hätten sie fotografieren sollen, dachte sich Mercy, das hätte stimmungsvolle Fotos gegeben.

Das Navi schickte sie zuerst in Richtung der Fotostrecke des Nachmittags, um sie dann – kurz bevor die Straße ins Gebirge anstieg – nach links in eine Art Bungalowsiedlung abzuleiten. Sie rollten durch schmucke ein- und anderthalb Stock hohe

Häuser, in deren Vorgärten Bougainvilleen und Oleander verschiedenster Farben mediterranes Flair verbreiteten. Hier wohnten die armen Tiroler oder hatten Innsbrucker ihre Ferienhäuschen, davon deuteten die vereinzelten BMWs und Mercedes und Porsches vor den Garagen.

Am Ende einer Sackgasse zeigte das GPS nach rechts in die Einfahrt eines der Bungalows, dessen Gelände von einer hohen Bambus-Hecke gegen die Straße abgeschirmt war. Mercy stellte den Motor ab. Sie legte beide Arme über das Lenkrad und beugte sich nach vorn, um die Lage zu inspizieren. Kein Fahrzeug stand an der Straße vor dem Haus oder vor der Garage, die Rollläden waren heruntergelassen. Der Bungalow schien derzeit unbewohnt. Gegenüber das gleiche Bild.

„Willst du nicht aussteigen?", fragte Julian belustigt.

„Das ist nicht meine bevorzugte Wohngegend", antwortete Mercy.

„Nein? Warum nicht? Ich würde so einen Bungalow jederzeit unserem Hotel vorziehen."

„Das glaube ich dir gern. Ich mag's lieber ein wenig bescheidener." Mercy machte immer noch keine Anstalten, den Sprinter zu verlassen.

„Schöner wohnen hat nichts mit bescheiden oder unbescheiden zu tun." Aber auch Julian blieb sitzen.

„Soll ich dir einen Witz erzählen? Zum Thema ‚Schöner wohnen'?"

„Du erzählst Witze?"

„Das ist einer der wenigen, an den ich mich erinnere."

„Na, los. Birgit sitzt wahrscheinlich sowieso mit einem potentiellen Anzeigenkunden auf der Terrasse und schlürft Schampus."

„Es ist nirgends eine BMW zu sehen!"

„Erzähl den Witz!"

„Welchen Witz?"

„Mercedes!"

„Okay, stell dir eine Schlagzeile vor …"

„Passt sogar zu Birgit", unterbrach sie Julian. Als Mercy ihn verdattert ansah, fügte er hinzu: „Der Witz, meine ich. Wegen Zeitung, Journalistin. Mach weiter!"

„Nun gut, die Schlagzeile lautet: ‚Mann wirft Frau vom Balkon'. In welcher Zeitung könnte die gestanden haben?"

„Bild."

„Richtig. Und: ‚Frau wirft Mann über Balkon'?"

„Autsch", sagte Julian und öffnete die Autotür. „Zum Glück fällt Mann hier nicht so tief."

Mercy zog das Navigationsgerät aus der Befestigung und verließ ebenfalls den Sprinter.

„Immer noch keine F 650 zu sehen", sagte Mercy.

Julian schaute ihr über die Schulter auf das GPS. „Das Navi zeigt in den Garten dieses Gebäudes."

„Meinst du, sie liegt auf der Wiese und sonnt sich?", fragte Mercy.

„Kaum, die Sonne ist gerade untergegangen." Er schaute nach oben und zog die Stirn in Falten.

„Aber wo ist die F 650?" Mercy checkte die Gegend ab, entdeckte aber immer noch nichts.

„Mercedes, ich weiß, dass dein Herz mehr für Motorräder als für Männer schlägt, aber für deine Geschlechtsgenossinnen könntest du wirklich mehr Gefühl zeigen."

„Nur, wenn sie es verdienen", sagte Mercy. „Gehen wir jetzt hier rein? Und was sagen wir, wenn sie wirklich Dom Pérignon säuft und uns verdutzt anstarrt?"

„A) ist hier niemand. Und B) sagen wir, dass wir unser Navigationsgerät testen." Julian versuchte, das Gartentörchen links vom Hauseingang zu öffnen, das zu einem Weg mit hellen Steinplatten führte. Es war verschlossen. Also flankte er kurzer Hand über den Zaun. Mercy überlegte nicht lange und tat es trotz Kleid ihm nach.

„Hoffentlich ist das Anwesen nicht videoüberwacht", brummte sie.

„Keine Chance", meinte Julian und deutete auf eine Kamera

oberhalb der Hauseingangstür. Er machte mit dem linken Arm einen Bogen, der sagen sollte: Lass uns einen Bogen um die Kamera machen!

Sie hielten sich, soweit es die Bepflanzung des Geländes erlaubte, eng an den Zaun entlang der Straße, bis sie um die Ecke des Gebäudes schauen konnten. Der Garten ging in einen Hang über, auf dem sich ein Landschaftsarchitekt ausgetobt hatte. Japanisches Zwergahorn stand neben rotem Pampasgras und bunten überzüchteten Farnen. Und Hortensien, ein Gewächs, das Mercy scheußlich fand und das sie an ihre Kindheit erinnerte. Sie hörte die Stimme ihres Vaters, wie er sie schalt, wenn einmal mehr ein Ball in dem Gebüsch gelandet war und einen der blauen Büschel abgebrochen hatte.

„Sie haben Ihr Ziel erreicht", verkündete das GPS und Mercy schrak zusammen.

„Danke, Navi", murmelte Mercy und spürte gleichzeitig eine Hand auf ihrer Schulter. Sie drehte sich zu Julian um, der mit dem rechten Zeigefinger seine Lippen berührte. Sie verharrte und schwieg.

Ganz leise hörte sie ein Singen.

„If I could make days last forever/If words could make wishes come true/I'd save every day like a treasure and then,/Again, I would spend them with you."

„Time in a bottle", flüsterte Julian, Mercy machte eine Geste, die soviel bedeutete wie: Kenn ich nicht. Langsam ging sie weiter auf dem Pfad, Julian im Schlepptau.

„But there never seems to be enough time/To do the things you want to do/Once you find them/I've looked around enough to know/That you're the one I want to go/Through time with …"

Als sie um die Ecke hinters Haus schauen konnte, sahen sie Birgit. Sie saß an einem Swimmingpool, ließ ihre Beine im Wasser baumeln und sang. Neben ihr lagen ein Haufen an Motorradkleidung und ein Helm. Ein Schampusglas war nirgends zu sehen.

„Hey, Birgit, was machst du hier?", rief Mercy und eilte auf sie zu. „Wir suchen dich schon überall." Birgit blickte erschrocken um sich, als würde sie aus einem Traum erwachen.

„Hallo, Mercy, hallo, Julian, woher kommt ihr denn jetzt?"

„Wir suchen dich", wiederholte Mercy.

„Aber warum denn?"

„Du wolltest seit Stunden im Hotel sein. Was hast du gemacht, was machst du hier", sie stockte einen Augenblick, „an diesem Pool?"

„Ich, ich weiß nicht", stammelte Birgit. Mühsam stand sie auf. Sie war barfuß und trug Shorts und hatte Schrammen an den Beinen.

„Was ist passiert?" Mercy nahm die Motorradjacke hoch, die neben dem Swimmingpool lag. Sie war mit Gras und Lehm überzogen und sah nicht besser aus als Julians Klamotten nach dessen Sturz. „Was ist passiert?", wiederholte sie.

„Passiert? Nichts", antwortete Birgit. Sie stieg von einem Fuß auf den anderen.

„Erinnerst du dich, wie du hierher gekommen bist?", fragte Julian sanft und legte den Arm um die verwirrte Frau. Birgit schüttelte den Kopf.

„Weißt du, wo das Motorrad ist?"

„Welches Motorrad?"

17.

Julian prustete los und lachte immer lauter, bis ihm die Tränen hinunterliefen und er sich den Bauch hielt. Die Situation war zu komisch. Mercedes fand das überhaupt nicht, denn sie schaute ihn an, als hätte er nicht nur keine Tassen mehr im Schrank, sondern wäre in ihrer persönlichen Tabelle der Lieblingsfeinde wieder auf Platz eins gerutscht. Damit konnte er leben. Für den Spaß, den er hier trotz Mord und Diebstahl hatte, spielte er gern den Feind. Auch den seiner Kollegin.

„Ich freue mich, dass du dich amüsierst, aber Birgit muss

sofort in ein Krankenhaus. Sie hat eine Amnesie, wahrscheinlich Gehirnerschütterung, vielleicht sogar eine Hirnblutung. Besser ist, wir rufen einen Notarzt." Mercedes holte mit der freien Hand ihr Mobiltelefon heraus.

„Nun mal langsam, Birgit sitzt hier wahrscheinlich seit – wann sollte sie bei Schorlau zur Vernehmung sein, um halb vier, jetzt haben wir halb neun – also sie sitzt hier seit fünf Stunden, planscht mit den Füßen und singt. Ich denke, Eile ist nicht geboten", meinte Julian.

„So, denkt unser Herr Doktor. Und wie kommt Dr. House darauf, dass sie hier seit fünf Stunden sitzt? Erkennen Sie das an der Quellung ihrer Füße? Birgit, wie lange bist du hier?"

Birgit schaute ahnungslos. „Ich weiß nicht, lange, lange, lange. Ich habe gedacht, es kommt nie mehr ein Mensch. Ich habe gedacht, vielleicht bin ich schon im Himmel. Vielleicht ist der Himmel mit Swimmingpool und Sommer und Sonne …"

„… und blauen Hortensien", ergänzte Julian. „Und Mercedes und mir als Zugabe. Wir haben nur unsere Flügel vergessen und das Manna."

„Ach, sei ruhig, merkst du nicht, wie sie halluziniert?"

„Nun, sie ist mit dem Motorrad gestürzt und hat möglicherweise einen Schlag auf den Kopf bekommen. Vielleicht ist dies auch nur ihre Art, mit einem Schock umzugehen …"

„Wie kommst du auf Motorradsturz? Vielleicht ist sie auch nur", Mercedes drehte sich um in Richtung Hang, „den Hang hinuntergerutscht."

„Du meinst, sie hat von oben den Swimmingpool gesehen und wollte spontan ein Bad nehmen und ist auf dem Hinterteil hier herunter …"

Birgit schaute mit stillem Staunen von dem einen zum anderen.

„… und dann hat sie auch noch ein halluzinogenes Kraut entdeckt und gefuttert und nun sitzt sie hier und träumt vom Paradies?"

Julian sah, dass seine Kollegin kurz davor war, ihm Birgits

Helm an den Kopf zu werfen. Mercedes hatte einen hochroten Kopf bekommen und drohte zu explodieren.

„Liebste Mercedes, du siehst aus, als könntest du ein Bad gebrauchen." Dazu legte er sein, wie er fand, charmantestes Lächeln auf, musste aber feststellen, dass es, wie die Male vorher auch, bei Mercedes nicht ankam.

Und doch war es dann nicht Mercy, die handelte. Julian bekam plötzlich einen Stoß von Birgit, versuchte verzweifelt, das Gleichgewicht zu bewahren und fiel in den Pool.

„Warum werfen Frauen Männer über den Balkon?", fragte Mercedes, als Julian wieder auftauchte.

„Schöner wohnen", sagte Birgit.

Und Mercy sah endlich, was sie die ganze Zeit übersehen hatte: die F 650. Diese lag ebenfalls im Pool. Nun war es an ihr zu lachen, über den planschenden Julian, das badende Motorrad und Birgit stimmte mit ein.

„Oh, verdammt", sagte Mercy, als sie endlich wieder Luft bekam. „Was hast du nur angestellt?"

Birgit schüttelte den Kopf. Sie wusste es nicht. Mercy schaute den Hang hinauf und konnte eine Sturzspur entdecken. Birgit hatte mehr als Schwein gehabt, dass ihr die BMW nicht auf den Kopf oder sonst wohin gefallen war, sondern im Pool landete.

Julian zog sich am Rand hoch und als er stand, hielt er Birgit die Hand hin. Zögernd streckte sie ihre Rechte nach vorn und ließ diese von Julian schütteln.

„So, was machen wir nun mit dem Motorrad?", fragte Julian. „Bergen?"

„Nicht, wenn wir keine bleibenden Schäden hinterlassen wollen", Mercedes stand am Rand und schaute auf die BMW, die völlig unter Wasser lag. Auf der Oberfläche hatte sich schon ein leichter Schmierfilm gebildet. Sie machte einen Kopfsprung in den Pool, tauchte zur F 650 und umkreiste sie. Sie kam an die Oberfläche, holte Luft und tauchte wieder. Kurze Zeit später schwamm sie an den Rand und zog sich hoch.

„Lass uns verschwinden", war ihr einziger Kommentar.

„Du willst ohne das Motorrad verschwinden?", protestierte Julian und schüttelte sich wie ein nasser Hund.

„Warum nicht? Bergen können wir allein sie nicht."

„Wir könnten es versuchen, im Wasser sind alle Gegenstände leichter."

„Stimmt und von der Oberfläche über den Rand? Nicht ohne technische Hilfsmittel." Mercy wandte sich ans Gehen. Birgit ebenfalls.

„Wir können die Polizei holen", schlug Julian vor. „Und einen technischen Dienst. Dieses Motorrad ist mehr Wert als die Schäden, die möglicherweise entstehen. Dein Herz schlägt doch sonst immer für die Zweiräder!"

„Aber das hier ist schon ertrunken! Los, komm."

„Halt, warte. Du hast etwas vor. Das weiß ich genau. Ich will wissen, was du machen willst. Nie würdest du ein Motorrad aufgeben, das in deiner Verantwortung liegt."

„Da liegst du richtig. Es wäre aber am wichtigsten, dass wir hier schnellstens verschwinden, bevor uns jemand entdeckt."

Mercy nahm Birgit am Arm und die beiden Frauen gingen voraus. Julian musste eingestehen, dass er gegen diese Frauenmacht keine Chance hatte, und allein konnte er beim besten Willen die F 650 nicht bergen.

Sie kletterten über den Zaun, Mercy öffnete die Beifahrertür für Birgit und umrundete den Sprinter, wobei sie schnell das mit Magneten haftende Bikinger & Motorowski-Logo abzog und hinten in den Transporter warf. Kaum hatte auch Julian Platz genommen, fuhr sie los. Sie rollte gemächlich durch das Bungalow-Viertel zurück in Richtung Hotel.

„Liebste Mercedes, würdest du mich nun bitte aufklären, was du vorhast?"

„Nur, wenn du endlich dieses gelackte ‚liebste Mercedes' ablegst. Ich heiße Mercy." Sie steuerte den Wagen an der Bäckerei vorbei, grüßte die Tochter des Hauses, die gelangweilt auf der Treppe saß. „Birgit, sollen wir dich zu einem Arzt bringen?"

„Ich weiß nicht", meinte diese emotionslos.

„Gut, es gibt im Dorf einen Motorrad fahrenden Doc, der gern unsere Sturzverletzten unter die Lupe nimmt. Er wohnt in der Nähe des Hotels."

„Was hast du vor, äh, Mercy?"

„Sei nicht so ungeduldig, du erfährst es noch früh genug."

Sie hielt vor einem weißen Haus mit braunen Balkonen und vielen roten Geranien. Kaum waren sie ausgestiegen, öffnete sich die Tür und ein grauhaariger Mann trat heraus. Er strahlte Mercy an, als wäre sie seine verlorene Tochter, die nach zehnjähriger Seefahrt wieder in die Heimat zurückkehrt.

„Mercy, mein Engel", rief er und zog sie trotz ihrer triefenden Nässe mit beiden Armen an sich. „Lass dich anschauen! Du bist ja ganz schmal geworden. Isst du auch genug?"

Mercy grinste schief.

„Und wen hast du mir mitgebracht?" Er schaute von Birgit zu Julian, der ebenfalls noch nicht trocken war, und zurück zu Birgit mit ihren verschrammten Beinen. „Du bist die Patientin, nehme ich an. Komm, ich schau dich mir einmal an. Ihr entschuldigt." Er schob Birgit vor sich her ins Haus. Eine Minute später erschien er kurz und übergab Mercy zwei Handtücher und zwei Flaschen Bier. Sie reichte je eins an Julian weiter und setzte sich auf eine Holzbank neben dem Eingang. Dort begann sie, ihre feuchten Haare zu rubbeln. Julian nahm in gebührender Entfernung Platz, benutzte sein Handtuch aber nicht. Er lehnte sich zurück und betrachtete die Berge.

„Ich werde sie gestohlen melden", sagte Mercy unter ihrem Handtuch hervor.

Julian schaute sie wortlos an. Und blickte dann wieder auf die Berge und nuckelte an seiner Flasche.

„Die F 650 meine ich. Ich werde sie als gestohlen melden. Und dann könnten wir einen anonymen Anruf lancieren, der meldet, er habe beobachtet, wie zwei Typen ein Motorrad einen Hang hinunter in einen Pool geworfen hätten." Mercy hängte sich das Handtuch um den Hals und trank in vollen Zügen. „Schmeckt dir das Bier nicht?"

„Ich mag kein Bier", antwortete Julian, nahm aber noch einen Schluck. „Damit kommst du nie durch."

„Womit?"

„Mercy!"

„Wir werden sehen. Immer noch besser als selbst eine Bergungsaktion zu veranstalten. Das kostet Zeit, die von der Betreuung unserer Gäste abgeht, und Geld, das Bikinger & Motorowski nicht hat."

„Und du glaubst, niemand hat den Unfall gesehen? Niemand hat uns gesehen? Den orangefarbenen Sprinter? Keine Nachbarn?"

„Hast du Nachbarn entdeckt? Ich nicht, ich glaube, das ist eine reine Wochenendstadt. An Werktagen ist da niemand."

„Und die Kameras? Ich würde behaupten, das komplette Viertel ist videoüberwacht." Julian trank wieder.

„Das werden wir sehen. Wir schalten die Zentrale ein. Sind die Videos auf einem Rechner gespeichert, wird sie es richten."

„Das glaube ich dir nicht. Das ist eine Straftat!" Julian begann nun auch, sein schwarzes Haar zu trocknen. „Davon will ich nichts wissen."

„Mitgefangen, mitgehangen", sagte Mercy.

18.

Eine Stunde später kam Birgit aus der Tür. Ein paar orangefarbene Flecken zierten ihre Beine, an ihrem linken Oberarm klebte ein Pflaster. Aber sie blickte weiterhin recht entrückt in die Welt.

Mercy sprang auf und lief ihr entgegen. „Und was ist?"

„Ein paar Prellungen und Schürfungen, eine leichte Gehirnerschütterung, aber sonst ist sie in einem tadellosen Zustand", bekundete der Arzt, der nach Birgit aus seinem Haus getreten war. „Sie sollte ein, zwei Tage aufs Motorradfahren verzichten, sonst spielt ihr der Gleichgewichtssinn einen Streich. Kommst du die Tage auf ein Gläschen vorbei, mein Engel? Auch ohne Verletzte?"

Mercy kniff zerknirscht die Lippen zusammen. „Vielleicht morgen, wenn alle aufs Stilfser Joch fahren. Da habe ich ja quasi frei."

„Nur wenn du Zeit hast, mein Engel. Du weißt: Mein Haus steht dir immer offen." Er drückte Mercy einen Schmatz auf die Backe, gab Julian die Hand, Birgit kniff er in den Oberarm, sammelte die Bierflaschen und Handtücher ein und verschwand im Haus.

„Auf, nach Hause", befahl Mercy und die drei kletterten in den Sprinter.

„Wie fühlst du dich?", wandte sich Mercy an Birgit, als sie den Hof verlassen hatten.

„Mein Schädel brummt noch etwas, meine Beine sind wie Matsch, aber ich glaube, ich bin nicht mehr so verspult wie am … wo habt ihr mich gefunden?"

Sowohl Julian als auch Mercy warfen Birgit verstohlene, seitliche Blicke zu. Machte sie Spaß oder hatte sie ihr Kurzzeitgedächtnis verloren?

„Das war ein Scherz", grinste Birgit. „Ihr habt mich auf einer Wiese gefunden inmitten von lauter Enzian, stimmt's? Mit einem Gemslein im Arm?" Sie kicherte vor sich hin.

„Oh, Doc", brummelte Mercy, „welche Droge hat er ihr wohl gegeben?"

„Dieser Arzt verabreicht seinen Patienten Drogen?" Julian war entrüstet. „Falls mir etwas zustoßen sollte, bring mich bitte in ein Hospital."

„Was hast du gegen Drogen? Sie sind das einzig Positive an einem Arztbesuch." Mercy steuerte den Sprinter auf den Parkplatz vor dem Hotel.

„Ich bringe dich in dein Zimmer, Birgit", sagte Mercy, als sie zu dritt vor dem Eingang standen. „Und was machst du, Julian?"

„Bin ich dir darüber Rechenschaft schuldig?", fragte Julian zurück. „Vielleicht lustwandle ich noch durch die laue Tiroler Sommernacht?"

Es war mittlerweile dunkel geworden, ein paar Sterne blitzten am Himmel und Mercy dachte, wie schön es hier eigentlich sein konnte ohne Tourguides und Gäste. Vielleicht sollte sie ihre Berufswahl doch noch einmal überdenken.

„Dann viel Spaß beim Lustwandeln. Tschüss", sagte sie, nahm Birgit am Arm und führte sie ins Hotel. Birgits Zimmer lag im ersten Stock und hatte die Nummer 104. Dort angekommen, ließ sich Birgit sofort auf ihr Bett fallen und versank in Sekundenschnelle in tiefen Schlaf. Mercy zog eine leichte Decke unter ihr hervor und deckte sie zu, bevor sie das Zimmer verließ, abschloss und ihr eigenes ansteuerte. Es lag einen Stock höher. Dort angekommen wechselte sie ihr Kleidchen in luftige Sommerhosen und T-Shirt und führte zwei Telefonate. Eins mit der Zentrale und eins mit der Polizei. Anschließend verließ sie ihr Zimmer und ging nach unten in die Hotelbar. Die Stimmung war eine komplett andere als am Vortag. Kein Klavierspieler klimperte, stattdessen zeigte ein großer Bildschirm die Wiederholung eines Motorradrennens.

Von ihren Tourgästen war nur Sam im Raum, er stand allein an der Theke, trank Cola und verfolgte, wie eine gelbe Rennmaschine eine blaue überholte.

„Ist Birgit wieder da?", fragte er, ohne seine Augen vom Renngeschehen zu lösen.

Mercy nickte.

„Und hat sie einen Bauern interviewt? Oder beim Bäcker versucht, Anzeigen zu akquirieren?"

Mercy gefiel die Art nicht, wie Sam über seine Kollegin sprach, deshalb beschloss sie, ihm nichts von dem Unfall zu erzählen. Das war Sache von Birgit selbst, ob und wem sie Auskunft gab, falls sie sich morgen überhaupt erinnerte. „Du kennst sie besser, du wirst schon wissen, wo sie sich so herumgetrieben hat", antwortete sie deshalb.

„Hm", war Sams Kommentar und damit war das Thema Birgit auch abgehakt. Mercy bestellte sich beim Barkeeper ein kleines Bier und verließ Sam. Sie ging nach draußen in den kleinen Park des Hotels und setzte sich auf eine Bank. Sie wollte noch eine Runde Ruhe tanken, denn sie wusste, sie hatte eine lange Nacht vor sich. Sie legte den Kopf in den Nacken und suchte Sternschnuppen, doch so konzentriert sie auch schaute, sie entdeckte keine. Sie sah den großen und den kleinen Wagen und die Kassiopeia und mehr Sternbilder kannte sie nicht. Ein paar Flugzeuge oder Satelliten kreuzten den Himmel.

Sie überlegte, wie es wohl wäre, in einer Raumstation zu schweben und auf die Erde hinunterzuschauen. Wie der blaue Planet mit seinen Ozeanen und Kontinenten von oben aussehen würde. Sie erinnerte sich an eine Zeit der Schlaflosigkeit vor Jahren, als sie sich – auf dem Teppichboden vor ihrem Sofa sitzend – stundenlang die Space Night des Bayerischen Rundfunks angeschaut hatte. Wie klein sie sich gefühlt hatte damals, so sehr auf sich allein zurückgeworfen. Sie hatte es geschafft, sich ihr Leben wieder zu erobern, sich eine neue Existenz aufzubauen. Das klang dramatisch und war es gewesen, und sie würde, das wusste sie genau, diese Existenz mit allen ihr möglichen Mitteln verteidigen.

Sie trank ihr Bier leer und schaute auf die Uhr. Es war mittlerweile halb zwölf, es wurde langsam Zeit, Wache zu schieben.

Sie machte sich auf den Weg zurück ins Hotelgebäude. Sie gab ihr Glas an der Bartheke ab, wo auch kein Sam mehr stand. Dann begab sie sich in den zweiten Stock. Sie holte aus ihrem Zimmer einen Klappstuhl und trug ihn ein Stockwerk tiefer in das Eck, in dem der Eingang zur 104 lag. Ein Glück, dachte sie, liegt der Zimmereingang in einem Eck. Wer weiß, was Nachtschwärmer unter den Hotelgästen wohl tun würden, könnten sie eine Person vor einem Zimmer sitzen sehen.

Mercy ließ sich auf dem Stuhl nieder, legte ihre Unterarme auf die Oberschenkel und schloss die Augen. Sie fuhr ihre Körperfunktionen herunter. Dazu entschleunigte sie ihren Puls auf vierzig Schläge die Minute, verlangsamte ihre Atmung und schickte ihren Geist auf eine Umlaufbahn um einen Planeten, dessen Namen sie nicht kannte. So konnte sie Stunden verharren, ohne einen Muskel zu bewegen.

Stunden später, sie hatte keine Ahnung, wie lange sie so dagesessen hatte, kam sie schlagartig in die Welt des Hotels Edelweiß zurück. Sie öffnete die Augen. Die Flurbeleuchtung war auf Sparbetrieb umgestellt, es herrschte ein diffuses grünes Licht. Sie blieb weiterhin bewegungslos sitzen, lauschte und versuchte, sich das Geräusch ins Gedächtnis zu rufen, das sie aus ihrer meditativen Starre geholt hatte. Es war metallisch gewesen, nicht das Öffnen einer Zimmertür, sondern mehr ein metallisches Schieben.

Mit einem Schlag war sie mehr als hellwach. Sie sprang hoch und riss die Tür zu Birgits Zimmer auf. Vor dem Bett stand eine dunkle Gestalt, ein Mann, der Größe seiner Silhouette nach.

„Hey, wer bist du?“, wollte Mercy fragen, doch schon flog die Gestalt auf sie zu und schlug mit der rechten Hand nach ihr. Mercy drehte sich um ihre Achse, dass die Faust nach ihrem Kopf vorbeischoss und zog ihr rechtes Knie hoch. Dieses verfehlte ebenfalls sein Ziel, weil ihr Angreifer sich mit einem Schritt nach hinten aus der Gefahrenzone bringen wollte, dabei allerdings über das Bett fiel, in dem Birgit immer noch lag und schlief.

Mercy setzte ihm nach und dachte an den Showdown im Colosseum zwischen Bruce Lee und Chuck Norris. Also versuchte sie, zwischen Badezimmertür und Bett eine optimale Kung-Fu-Position zu finden. Dazu standen ihr ein halber Meter Breite und zwei Meter Länge zur Verfügung. Während sie das rechte Bein nach hinten und das linke nach vorn stellte, die Arme rechts angewinkelt auf Brustkorbhöhe und links angewinkelt nach vorne positionierte, rollte der Eindringling auf der anderen Seite des Bettes auf den Boden. Er sprang auf die

Beine. Sie konnte immer noch nicht erkennen, wer das war, denn er trug eine Sturmhaube und war in Sportunterwäsche gekleidet.

Leider dachte er nicht daran, sich mit Mercy auf einen Kampf einzulassen, sondern lief durch die offene Tür auf den Balkon. Mercy wiederum wollte ihn so einfach nicht entkommen lassen und sprang ihm in den Rücken. Beide fielen zusammen nach draußen gegen einen Tisch, der mit einem lauten Rumpeln zusammenbrach.

Hinter ihnen, neben ihnen und über ihnen ging Licht an, eine Stimme rief: „Verdammt, was ist das für ein Lärm mitten in der Nacht?!" Eine andere brüllte: „Ruhe, sonst ruf' ich den Wirt!" Und eine verschlafene Stimme hinter ihnen sagte leise: „Fahren wir schon los?"

Mercy drehte den Kopf zu Birgit um und diesen einen, kleinen Moment der Unachtsamkeit nutzte der Mann unter ihr, um sich hochzustemmen, sie mit einem Ellbogenschlag abzuwerfen und über das Geländer nach unten zu springen.

„Fahren wir schon los?", wiederholte Birgit in der Tür. Mercy rieb sich ihren rechten Wangenknochen, der mit dem feindlichen Ellbogen kollidiert war und rappelte sich auf. Sie überlegte kurz, ob sie den Tisch wieder zusammensetzen sollte, entschied aber, es auf morgen zu verschieben. Sie wollte nicht wegen noch mehr nächtlicher Ruhestörung aus dem Hotel verwiesen werden.

„Hallo, Birgit", sagte sie deshalb, „ich wollte nur schauen, wie es dir geht."

„Danke", meinte Birgit schlaftrunken. „Das ist nett von dir. War da gerade nicht noch jemand? Julian? Wollte Julian auch schauen, wie es mir geht? Das finde ich echt nett von euch, da muss ich ihm morgen dafür danken. Das darf ich nicht vergessen. Erinnerst du mich daran?"

Mercy nickte und wusste, dass es das Letzte wäre, was sie tun würde. Birgit legte sich sofort wieder ins Bett und war sofort wieder eingeschlafen. Mercy holte ihren Klappstuhl ins

Zimmer, schloss alle Türen und legte sich in den Sessel. Dann schlief auch sie. Als die ersten Sonnenstrahlen gegen halb sieben ihre Nase kitzelten, musste sie eine ganze Minute lang überlegen, wo sie sich befand, bis ihr das nächtliche Abenteuer einfiel. Es würde interessant sein, ob der Angreifer Blessuren davongetragen hatte, ob er zu erkennen wäre, denn sie hatte selbst jetzt keine Ahnung, um wen es sich gehandelt haben konnte.

19.

Als Julian Punkt sieben Uhr zu seiner einsamen Joggingrunde aufbrechen wollte, sah er, dass Mercys Werkstatt offen stand. Ihr Engagement war wirklich bewundernswert. Obwohl gestern kaum mehr als 250 Kilometer auf die Motorräder gefahren worden waren, checkte sie diese vor der Grand Tour aufs Stilfser Joch noch einmal durch. Dieser Einsatz verdiente ein besonderes Lob, fand er, und beschloss deshalb, ihr schon vor seinem Lauf einen schönen Morgen zu wünschen. Er sprintete zu der Garage und warf einen Blick hinein.

Was er sah, entsprach allerdings nicht seinen Erwartungen: Ein mit einem dicken blauen Auge ausgestatteter weiblicher Struwwelpeter – nannte sich das dann Struwwelpetra? – stand knöcheltief in Öl.

„Ach du lieber Himmel!", rief er aus. „Ist dein Ölfass dir auf den Kopf gefallen? Immer noch besser als der Himmel, wovor die Bretonen so Angst haben."

„Davor haben nicht die Bretonen Angst, sondern das Dorf von Asterix und Obelix", antwortete Struwwelpetra. „Aber mir wäre lieber der Himmel auf den Kopf gefallen, glaube mir. Wir brauchen Sägespäne. Du kommst genau richtig …"

„Ich wollte laufen …"

„Vergiss deinen Lauf, du fährst jetzt zu der Sägerei am Ende des Dorfes und holst ein paar Säcke Sägespäne", bestimmte Mercy.

„Nicht, bevor du mir erzählst, was passiert ist."

„Du hast es doch gesagt, mir ist das Fass auf den Kopf gefallen. Nun fahr schon."

„Wenn dir das Fass auf den Kopf gefallen wäre und so viel auslaufen konnte, dann hättest du ja bewusstlos daneben gelegen haben müssen. Das kann ich nicht glauben. Du hast nicht einmal deinen Overall an, sondern bist noch in Freizeitkleidung", analysierte Julian. „Aber das Veilchen ist cool."

Instinktiv fasste sich Mercy an ihr rechtes Auge. Sie war heute Morgen direkt von Birgits Zimmer an die frische Luft gegangen, um nach Spuren des nächtlichen Überfalls zu suchen. Vor dem Eingang des Hotels war ihr aufgefallen, dass die Tür zur Garage, in der sich ein Teil der Motorräder und ihres Werkzeugs befand, offen stand. Voller Panik war sie über den Parkplatz gelaufen und hatte gähnende Leere erwartet, wo vier Bikes stehen sollten. Doch sie standen noch da. Und nahmen alle ein wohliges Ölfußbad. Irgendjemand hatte über Nacht alle Ölablassschrauben aufgedreht und eine wüste Sauerei veranstaltet.

„Jemand hat die Ölablassschrauben herausgedreht."

„Wie sieht es in der anderen Garage aus, bei den restlichen Maschinen?"

„Sie sind okay. War wohl eher eine symbolische Aktion", Mercy verdrehte die Augen.

„Hat die Spurensicherung deine Werkstatt wieder freigegeben?", fragte Julian. Er wartete nicht auf die Antwort, sondern ging ein paar Schritte nach rechts und sah, dass das Polizeisiegel verschwunden war.

„Wir können die Motorräder in die Werkstatt schieben", schlug er vor. „Sie ist wieder benutzbar."

„Wir brauchen trotzdem Sägemehl", beharrte Mercy.

„Sicher, ich hole es auch. Später. Aber zuerst müssen wir die Bikes richten, damit nachher die Tour wie geplant losgehen kann. Für unsere Tourengäste muss heute Normalität eintreten, sonst laufen sie uns davon."

„Stimmt, fahren können sie ja nicht", sagte Mercy trocken. „Aber wenn wir die Motorräder jetzt rausschieben, verteilen wir das Öl rund um die Reifen."

„Und sauen den ganzen Hof ein."

„Wer saut der ganze' Hof ein?", fragte ein Tiroler Idiom in ihrem Rücken.

Mercy und Julian fuhren herum und sahen Hotelbesitzer Otto vor sich stehen. Dieser hatte nur Augen für Mercy. Er starrte sie eine geschlagene Minute an, ohne einen Kommentar abzugeben. Anschließend schaute er auf den Boden der Garage, auf die Bikes und wieder auf Mercy. Dann auf Julian.

„Du bleibst hier", zeigte er auf Julian. „Und passt auf. Und du", er zeigte auf Mercy, „kommst mit."

Julian blieb, wie befohlen, in der Garagentür stehen und überlegte: Hier schien ein gewisser Jemand gefallen am Tatort Werkstatt gefunden zu haben. Zuerst erledigte er, und Julian glaubte fest an einen „er", denn er konnte sich nicht vorstellen, dass Blondie, was immer Mercy auch denken mochte, mit einer schweren Zange auf ihren Geliebten losgegangen sein sollte – also dieser „er" erledigte zuerst Robert Baldau und wollte sich dann an den Motorrädern vergreifen, ließ das Öl ab und musste feststellen, dass keine Schlüssel in den Schlössern steckten und konnte so sein zerstörerisches Werk nicht vollenden.

Sinn all dieser Vorfälle war, Bikinger & Motorowski zu schaden. Dessen war sich Julian sicher. Einer der Gäste fuhr den vollen Sabotagekurs. Er musste nur noch herausfinden, wer es war. Es musste jemand sein, der stark mit einer konkurrierenden Reiseagentur verbunden war. Deshalb hatte er gestern Abend seine ganzen Recherchekenntnisse eingesetzt und im Internet Infos über die Gäste gesucht. Auch die weiblichen. Er wollte sich von seinen vermaledeiten Gewissheiten nicht ins Bockshorn jagen lassen.

Nach vier Stunden musste er sich eingestehen, dass er nicht weit gekommen war. Er wusste jetzt, in welchen Filmen Sophie Sonntag mitgespielt hatte – hatte aber keinen davon gesehen.

Er wusste nun, dass Sam Weller ein weltweit angesehener Actionfotograf mit eigener Website war, Freddie als Lehrer in einer Berufsschule arbeitete und dort Vertrauenslehrer war. Von allen anderen fand er keine Spuren. Diese Methode konnte er also in Zukunft der Zentrale überlassen und sich auf seine Qualitäten besinnen. Er hatte da auch schon einen Plan.

* * *

Otto ging nach rechts um die Garagen herum, wandte sich in eine kleine Gasse und hielt nach etwa hundert Metern vor einem hölzernen Schuppen. Aus seiner Hosentasche zog er einen Bund mit geschätzten hundert Schlüsseln und öffnete das Tor. Mercy trat hinter ihm ein. In dem Raum befanden sich ein Auto unter einer Plane, ein Traktoranhänger aus Holz, mehrere Geräte, deren Anwendungsgebiete sich Mercy auf den ersten Blick nicht erschlossen, eine Werkbank für Tischlerarbeiten und eine Kreissäge. Neben der Kreissäge lagen Sägespäne und standen Säcke, in denen Sägespäne lagerten.

„Nimm", meinte Otto. „Und über heute Nacht reden wir noch." Dann warf er sich je einen Sack über je eine Schulter und trug sie aus dem Schuppen. Mercy versuchte, es ihm gleichzutun, musste aber feststellen, dass der Kampf doch mehr Blessuren hinterlassen hatte als ein dekoratives Veilchen. Sie konnte beispielsweise ihren linken Arm nicht richtig heben. Sie musste sich mit einem Sack zufrieden stellen. Sie folgte Otto, der am Tor wartete und hinter ihr abschloss.

Zurück bei den Garagen legten sie eine Sägemehlbahn zur Werkstatt, Mercy holte die Schlüssel aus dem Hotelsafe und gemeinsam schoben sie die Motorräder aus dem öligen Schlunz. Während die Männer sich ans Reinigen der Garage machten, begann Mercy, alle Ablassschrauben wieder zu schließen und Öl nachzufüllen. Ihr Fass war ja voll, es war ihr nicht auf den Kopf gefallen. Es stand auf der Werkbank und schaute sie an, als freue es sich, mitspielen zu dürfen. Und Mercy freute sich, wieder in ihrer Werkstatt zu arbeiten. Dabei grübelte sie, worin der Sinn dieses groben Unfugs bestehen konnte. Waren es Jugendliche aus dem Dorf gewesen, die ihre übersprießenden Hormone in einer Garagen-Ölpest auslebten?

An einen Zusammenhang zu den anderen „Zwischenfällen" glaubte sie persönlich nicht. Die Handschrift war klar eine andere. Einen Franzosen zu nehmen und damit jemandem den Hinterkopf einzuschlagen erforderte mehr kriminelle Energie, als ein paar Schrauben zu lockern. Es gab den Anschlag auf Julian, den sie nicht einem fahrlässigen Jäger anlastete. Leider war ihre Unterwasserinspektion von Birgits F 650 erfolglos geblieben. Die Ursache ihres Sturzes hatte Mercy nicht ermitteln können. Aber sie war sich sicher, dass es einen Zusammenhang zu dem Anschlag auf Julian gab, geben musste. Aus diesem Grund hatte sie sich die Nacht in Birgits Nähe um die Ohren geschlagen. Doch auf Dauer würde sie eine Überwachung der Journalistin nicht leisten können. Sie nahm zwar an, dass diese tagsüber im Hotel sicher war, aber wissen tat sie es nicht.

Nachdem alle Motorräder die vorgeschriebene Ölmenge hatten, sprühte Mercy Bremsenreiniger auf ein fusseliges Tuch und begann, die Reifen zu säubern, damit keiner ihrer Gäste in der ersten Kurve Gänseblümchen küssen würde.

„Ich gehe duschen und frühstücken", steckte Julian die Nase in die Werkstatt. „Wie weit bist du?"

Mercy hob den Kopf. Julian, der immer auf ein adrettes und sauberes Aussehen Wert legte, konnte jetzt locker als Heizer im Maschinenraum eines Vorkriegsüberseedampfers durchgehen. „Du siehst nach körperlicher Arbeit aus."

„Danke, ich höre aus deinen Worten ein Kompliment. Wir haben Sägemehl gestreut und es hinterher wieder zusammengekehrt. Es anschließend in Säcke getan und in unseren Transporter gestellt. Nun muss es zum Sondermüll." Julian schnippte ein Sägespänchen von seinem Joggingshirt. „Wie meine Kleidung wahrscheinlich auch. Brauchst du noch lange? Oder Hilfe?"

„Schon okay."

„Und das blaue Auge?"

„Ich bin gegen eine Tür gelaufen."

„Das kommt mir bekannt vor. Das hat meine Schwester auch immer behauptet, wenn ihr Mann sie geschlagen hatte."

„Sympathische Schwester."

„Ich glaube nicht, dass du ihre Situation richtig erfasst."

„Wer weiß? Vielleicht führte sie ein Doppelleben? War nachts als Batgirl unterwegs und musste Leben retten?" Mercy sprühte neuen Reiniger auf das Tuch.

„Meine Schwester?" Julian zog sich sein Shirt über den Kopf.

„Warum nicht deine Schwester? Kennst du nicht die Tarnexistenzen der Superhelden? Clark Kent als Superman, Peter Parker als Spiderman?" Mercy warf Julian einen Blick zu, um seine Reaktion zu beobachten und sah, dass er mit seinem nackten Oberkörper in der Tür stand und sich mit dem Shirt das Gesicht abwischte. „Verschwinde! Verschwinde sofort aus meiner Werkstatt. Nackte Männer haben hier nichts verloren." Sie wedelte ihn mit dem Tuch in ihrer Hand hinaus.

„Ciao, Supergirl, bis später", sagte er lachend und verschwand.

20.

Natürlich war an ein gemütliches Frühstück nicht mehr zu denken. Als Julian sich endlich sauber fühlte, zeigte die Uhr fünf Minuten nach neun. Er schlüpfte direkt in seine Motorradhosen, zog Stiefel an und nahm Jacke sowie Helm in die Hand. Im Restaurant trank er im Stehen einen Cappuccino und belegte ein Brötchen mit Putenbrust und Käse, bevor er das Hotel verließ und zu den Motorrädern schaute.

Da standen sie alle in Reih' und Glied, sieben motorisierte Zweiräder, ausgestattet mit Öl und sauberen Reifen, bewacht von Mercy, die immer noch aussah, als wäre sie in einer schlaflosen Nacht gegen mehrere Wände gelaufen.

„Du kannst die Z1 nehmen", sie deutete auf die frisch bereifte Kawa. „Die DKW ist immer noch nicht aufgetaucht, ich denke, das ist auch gut so, sonst eiert ihr nur herum. Sophie soll weiter MZ fahren."

„Was soll ich?", fragte Sophie, die wieder in ihrem roten Lederoverall erschien und Julian entzückte.

„Du bekommst von uns kostenlos dasselbe Motorrad zur Verfügung gestellt wie gestern", erklärte Mercy. „Schlüssel steckt."

„Hoffentlich fahren wir heute nicht auf so einen hohen Berg. Ich habe Höhenangst."

„Das Stilfser Joch ist nicht der Mount Everest, keine Angst."

„Und hoffentlich wird es heute nicht so heiß", stöhnte Sophie und legte ihren Handrücken an die Stirn. „Diese Temperaturen sind unter einem Helm nicht auszuhalten. Und dann die Frisur. In den dreißiger Jahren hatten sie noch nicht solche Helme. Die Rennfahrerin, die ich verkörpere, fuhr mit einer Kappe. Das war viel angenehmer."

„Da hast du Recht", stimmte ihr Mercy zu, „die ist im Winter nonstop von Hamburg über Heidelberg nach Berlin gefahren. Das mit Lederkappe, das war bestimmt angenehmer als im Sommer mit Helm."

Sie drehte sich um und ging zu Blondie, die ihre schwarzrote CBR 600 schüttelte.

„Was machst du?", fragte sie.

„Hören, ob noch Sprit drin ist."

„Und? Ist?"

„Ja, ich habe gestern Abend noch getankt", Blondie drehte den Zündschlüssel herum und startete. Das Motorrad sprang ohne Probleme an, sie legte den Killschalter um, das Motorrad ging aus.

„Funktioniert alles?", fragte Mercy verwundert.

Blondie nickte, schaute dennoch skeptisch.

„Du glaubst es nicht?"

„Ich hatte einmal eine … Mein Gott, was ist mit deinem Auge passiert?" Sie streckte ihre Hand aus, als wolle sie fühlen, ob Mercys Veilchen auch echt war, doch diese zuckte zurück, als Blondies Finger zehn Zentimeter vor ihren Wangenknochen angekommen waren. „Bist du mit dem Motorrad …"

„Nein, da trage ich einen Helm", belehrte sie Mercy und überlegte krampfhaft, welche Geschichte sie nun zum Besten geben sollte. „Ich bin gegen eine Tür gelaufen."

„Das ist mir auch schon passiert", nickte Blondie. „Bin volle Kanne gegen eine Glastür gerannt. In Sekunden stand ich voll in Glasscherben. Das war gruselig. Aber keine Verletzungen. Seitdem meide ich Glastüren."

„Meinst du, du bist fit fürs Stilfser Joch, nachdem Robert …" Mercy sprach den Satz nicht zu Ende.

„Ich weiß nicht, ich habe ihn zum Glück nicht gefunden, nicht gesehen, sonst würde ich nie mehr eine Werkstatt betreten, glaube ich. Aber Motorradfahren ist vielleicht nicht schlecht, habe ich gedacht. Lenkt mich ab von dem Schmerz", und wie auf Kommando lief eine Träne ihre Backe hinunter.

„Wo warst du denn, als Robert …", konnte sich Mercy nicht verkneifen, endlich einmal ihre Frage loszuwerden.

„Das hat mich der Kommissar …"

„Inspektor!"

„Inspektor?"

„Die Kriminalpolizisten in Österreich heißen Inspektor, nicht Kommissar", gab Mercy ihr Wissen zum Besten.

„Kommissar Inspektor?", fragte Blondie nach.

„Inspektor Schorlau", Mercy war erstaunt über so viel Ignoranz. „Wo warst du denn nun?"

„Oh, ja, ich war im Fahrradladen unten an der Kreuzung."

„Ich dachte, du warst Mountainbiken."

„Wollte ich auch. Aber ich wollte vorher die Bremsen checken lassen, weißt du, ich bin seit Monaten nicht mehr gefahren. Und der Mechaniker hat mir neue Bremsbeläge montiert und einen neuen Hinterreifen aufgezogen und die Züge geschmiert. Und sich nett mit mir unterhalten und mir bei einem Kaffee Tipps gegeben, welche Strecke ich fahren soll. Und gerade als ich loswollte, kam der Anruf vom Hotel, dass Robert …"

„Wo ist mein Motorrad?", unterbrach eine Stimme Blondie. Birgit stand in voller Fahrkleidung zwischen den Motorrädern und anderen Tourgästen und schaute wie eh und je verwirrt. Mercy fluchte innerlich. Diese hatte ihr gerade noch gefehlt. Warum war sie nicht in ihrem Zimmer, im Bett oder auf dem Balkon im Sonnenstuhl?

„Hallo, Birgit, komm", sie nahm die Journalistin am Arm, um sie ein wenig von den anderen Gästen wegzuziehen. „Du sollst dich schonen, du darfst heute nicht Motorrad fahren", flüsterte sie.

„Hey", rief Birgit, „du hast ja ein Veilchen. Mensch, ist das von heute Nacht?"

In diesem Augenblick startete Julian die Z1, so dass alles, was jemand sagen wollte, in dem satten Dröhnen der Kawa unterging. Er zwinkerte Mercy zu.

Sie packte Birgit fester und zog sie zum Hoteleingang.

„Birgit, erinnerst du dich nicht, was der Arzt gesagt hat?"

„Arzt? Welcher Arzt?"

„Du bist auf den Kopf gefallen, du musst heute einen Ruhetag einlegen, dich schonen. Geh wieder ins Bett oder lege dich auf den Balkon."

„Soll ich sie nach oben bringen?", fragte Kevin, der im Eingang auftauchte.

Birgit machte ein paar Schritte zurück. „Nein, ich schaffe das schon. Ich brauche keinen Beschützer." Mit hängenden Schultern schlich sie zurück ins Hotel. Im Eingang stieß sie fast mit Sam zusammen.

„Ich darf nicht mit", jammerte sie.

Sam schaute sie stumm an und zuckte mit den Schultern. „Ruh' dich aus", sagte er und ging an ihr vorbei. Birgit trottete davon.

„Ich besuche dich später", rief ihr Mercy hinterher. „Und was machst du heute?", fragte sie Kevin.

„Schwimmbad", Kevin schlenkerte mit einem gefüllten Rucksack. „Kommst du mit? Etwas Kühlung täte deinem Auge sicherlich gut."

„Wirklich?" Mercy fasste sich an ihr Auge und zuckte zusammen. „Tut mir echt leid. Ich kann nicht. Die verschwundene DKW, weißt du."

„Eine DKW ist verschwunden? Wieso?"

„Was heißt, wieso? Unsere Schauspielerin, Sophie, sollte hier auf einer alten DKW fahren üben und dieses Motorrad ist zwar vorgestern angekommen, doch dann sofort wieder verschwunden. Nun versuchen wir herauszufinden, was damit passiert ist."

„Das ist ja eine dumme Sache", bestätigte Kevin. „Soll ich dir vielleicht dabei helfen?"

Mercy schüttelte energisch den Kopf. „Geh du ins Schwimmbad. Du bist im Urlaub, du musst den Aufenthalt hier genießen."

„Dafür hat es hier zu viele Berge", meinte Kevin und ging weg.

Mercy schaute zu der Tourengruppe, die nun auf acht Köpfe angewachsen war. Freddie trug wie immer seinen quietschigen Ledereinteiler und stand mit Jasmin neben Annabels Bandit. Sophie saß auf der MZ, Blondie lehnte an der CBR, Wolfgang kniete neben der Z1, deren Motor Julian wieder gestoppt hatte und sich von Sam dessen Kamera erklären ließ. Alles sah friedlich aus, es versprach ein schöner Motorradtag zu werden.

In ihrem Augenwinkel entdeckte sie, wie ein heller Opel Astra in den Hof kam und ihr wurde klar, dass es gleich mit dem Frieden vorbei sein würde. Sie eilte über den Parkplatz und kam zeitgleich mit Schorlau bei der Z1 an.

„Herr Biedermann", sagte der Inspektor. „Dürfte ich Sie bitten, uns", dabei deutete er auf seinen Assistenten, „zu begleiten? Wir hätten noch ein paar Fragen an Sie."

„Hat das nicht Zeit bis nach der Tour?", mischte sich Mercy ein. „Heute steht das Stilfser Joch auf dem Programm, das ist das Highlight unserer Woche."

„Frau Kowalski, Sie verstehen sicherlich, dass auch wir gern unser persönliches Highlight der Woche hätten."

„Und das wäre?", konnte sie sich nicht verkneifen zu fragen.

„Das Veilchen steht Ihnen ausgezeichnet." Schorlau wandte sich an Wolfgang Biedermann, drehte sich aber noch einmal um. „Tragen Sie so Ihre Meinungsverschiedenheiten in der Tourleitung aus?" Er hob seinen Zeigefinger in Richtung Julian, der nur lachte.

„Verhaften Sie ihn?", fragte Mercy zerknirscht.

„Ihren Kollegen? Weil er Ihnen ein Veilchen verpasst hat? Wollen Sie Anzeige erstatten?"

„Ich bin gegen eine Tür gelaufen", blieb Mercy bei ihrer Story.

„Frau Kowalski, es gibt Untersuchungen darüber, wie Verletzungen entstehen. So etwas steht sogar auf den Wissens-Seiten der Tagespresse. Zumindest in Österreich. Und blaue Augen entstehen weder durch Kollision mit Türen noch durch Treppenstürze. Sie entstehen durch …"

„Verhaften Sie Wolfgang Biedermann?", unterbrach ihn Mercy, während Biedermann wie der sprichwörtliche begossene Pudel daneben stand.

„Sehen Sie Handschellen?" Schorlau lächelte, tätschelte Mercys Oberarm und bat Wolfgang Biedermann zu seinem Astra. Er platzierte ihn auf den Rücksitz, der Assistent nahm daneben Platz und Schorlau fuhr davon.

Julian mahnte zum Aufbruch. Ob Jasmin geschockt war, konnte Mercy nicht erkennen. Sie zog auf jeden Fall ohne weitere Kommentare ihren Helm auf den Kopf, bestieg die ER-6 und folgte Julian, der mit einem Abschiedswinken losfuhr. Zurück blieb eine einsame Harley.

21.

Mercy schob die Harley in die Garage zurück. Dass Blondie ein Alibi hatte, einfach so, ohne dass sie, Mercy, davon gewusst hatte, gefiel ihr nicht. Sie hatte viel Gedankenenergie darauf verwendet, sich Blondie als Mörderin vorzustellen, statt sich zu überlegen, wer es sonst gewesen sein konnte. Nun ja, sie musste zugeben, dass Blondie kaum als Angreifer von heute Nacht in Frage kam, dazu war sie zu klein und wies keinerlei offensichtliche Blessuren auf. Die ihr übrigens auch an sonst niemandem aufgefallen waren. Die einzige, die angeschlagen war, war sie selbst.

Mercy fluchte. Sie ging in ihr Zimmer, zog sich aus und stellte sich unter die Dusche. Mit viel Shampoo schrubbte sie sich das Öl aus den Haaren und ließ unendlich viel Wasser über ihren Körper laufen.

Sie trocknete sich ab und nahm die Bodylotion, die das Hotel den Gästen in kleinen Fläschchen ins Bad stellte, damit diese ihren Körper pflegen konnten. Nicht dass sie meinte, er würde dadurch schöner werden. Ihre Haut war hell und unter dieser Haut sprossen kleine Hämatome, die von fahler Bläue waren. Sie hatte so ein Bild schon einmal gesehen, in einem alten Kochbuch von Paul Bocuse. In einer Zeit, lange vor dieser, hatte sie gern Rezepte von Bocuse gekocht, die Gerichte gelangen und schmeckten, wenn man sich nicht von den Fotos abschrecken ließ. Für ein Bild hatte Bocuse Trüffel unter die Haut eines ungekochten Hähnchens geschoben und genau daran erinnerte sie nun ihr eigener Körper, an ein ungekochtes, unappetitliches Huhn. Nur ohne Trüffel. Dafür würde sie in ein paar Tagen aussehen, als hätte ein Rudel Kita-Kinder auf ihren Beinen und Armen Malkästen ausprobiert.

Apropos Kinder, wo waren eigentlich Franka und Joschka, die kleinen Lieblinge von Wolfgang und Jasmin? Schnell warf sie ein T-Shirt über und schlüpfte in Jeans, um sich die Kinderbetreuung des Hotels anzuschauen. Es wurmte sie, dass sie keine Ahnung hatte, warum Schorlau gerade Wolfgang Biedermann noch einmal und dazu mit viel Aufsehen vor allen anderen Gästen zur Vernehmung geholt hatte. Dazu war er nicht in sein Kabuff neben der Rezeption gegangen, nein, er war mit Biedermann davongefahren. Das hieß wahrscheinlich, dass Schorlau mehr als nur reden wollte. Er wollte Prints, DNA-Proben.

Mercy musste telefonieren. Die Zentrale meldete sich nie von selbst, auch dann nicht, wenn sie den CIA-Rechner geknackt hatte und wusste, wie oft und in welchen Stellungen Barack und Michelle miteinander Sex trieben.

„Bikinger & Motorowski, Lara Wilkens am Apparat, wie kann ich Ihnen dienen?"

„Jetzt übertreibst du wirklich, wem willst du denn dienen?", fragte Mercy.

„Dir auf jeden Fall nicht, was willst du schon wieder?"

„Lara-Schätzchen, erinnerst du dich an meinen Anruf von gestern?"

„Welchen?"

„Als ich dich bat, einmal abzuchecken, womit unsere Gäste ihren Lebensunterhalt verdienen?"

„An deinen oder den von deinem Tourguide?"

„Julian hat auch angerufen? Was wollte er denn?" Mercy trat ans Fenster und beobachtete, wie ein paar kleine Rabauken versuchten, eine der Holzbänke des Gartens in Richtung Teich zu transportieren. Eine Betreuung war nicht zu sehen.

„Dasselbe wie du, könnt ihr euch nicht absprechen?"

Mercy hörte Rascheln in der Leitung und sah, wie die Kleinen mit der Bank große Schleifspuren auf einem Kiesweg hinterließen.

„Ich musste mich gestern Abend um einen der Gäste kümmern, eine Journalistin, die mit dem Motorrad gestürzt war. Lara, was hast du entdeckt?"

„Die Zeitschrift, bei der diese Journalistin arbeitet, ist fast pleite. Massive Werbeeinbrüche zum einen. Zum anderen hat ihr Verleger, ein gewisser Mark Zumtor, sich ein wenig verspekuliert. Wenn ihm nicht bald etwas einfällt, kassiert die Bank seinen Besitz."

„Blondie Grothe?"

„Bekommt wirklich viel Geld aus einer Lebensversicherung."

„Hat aber dummerweise ein Alibi."

„Geprüft?"

„Von mir? Nein, aber ich gehe davon aus, es ist felsenfest. Kevin Meier?"

„Der Assistent? Ein kleines Minus auf dem Konto, aber keine riesigen Schulden, zahlt brav seine Miete, die Versicherung seines Autos, fährt zweimal im Jahr in Urlaub, im letzten Sommer war er tauchen in Ägypten, im Winter in Neuseeland drei Wochen, hm, eine Woche davon segeln, aber alles bezahlt. Wassernarr."

„Das ist nichts Neues. Wolfgang Biedermann?"

„Unauffällig. Chemieingenieur bei einem Unternehmen in Essen. Seit fünfzehn Jahren. Kleines Häuschen in Baldeney, das ist ein Stadtteil von Essen, altes Arbeiterviertel. Zu einem Drittel bezahlt. Jasmin Biedermann ist halbtags Steuerfachgehilfin in einem Büro, der Nachwuchs geht in die Schule beziehungsweise in den Kindergarten. Ach, noch was, die Abteilung, in der Biedermann bis jetzt gearbeitet hat, soll geschlossen werden, steht in der internen Betriebsplanung. Ein Teil der Belegschaft wird freigesetzt, ein Teil soll in die Altersteilzeit, aber dafür ist der Biedermann noch zu jung, ein Teil soll in andere Abteilungen versetzt werden."

„Klasse Arbeit", lobte Mercy, die interessiert beobachtete, wie die Kids nun am Teich angekommen waren, immer noch war keine Betreuung in Sicht. „Kannst du mir das alles mailen?"

„Auch noch!"

„Lara, du weißt doch, ich muss so etwas lesen, beim Hören kapiere ich nichts. Bitte." Die linken Beine der Bank standen nun schon im Wasser. Einer der Jungs stieg in den Teich und watete um die Bank herum, um sie besser versenken zu können.

„Und was ist mit deinem Tourguide? Gibst du die Informationen an ihn weiter? Oder soll ich ihm alles extra mailen?"

„Der Tourguide ist mit Tourguiden beschäftigt. Ich werde ihm heute Abend alles Wichtige berichten. Danke dir, Lara, bis bald." Mercy unterbrach die Leitung. Unten war gerade der Junge im Teich in den ebenselben gefallen. Joschka. Eines der Mädchen, das mit dem weißen Kleidchen, lag bäuchlings am Ufer im Schilf und schrie, alle anderen Kinder zerrten weiterhin an der Bank, als wäre nichts geschehen. Und jetzt kam endlich eine Betreuerin aus dem Hotel gerannt.

Ob es nun eine gute Gelegenheit wäre, Franka und Joschka auszufragen? Sie verließ ihr Zimmer, stieg im Treppenhaus in den ersten Stock, um eine kurze Stippvisite bei Birgit vorzunehmen. Im Flur stieß sie fast mit dem Servicewagen des Reinigungspersonals zusammen, der mit Toilettenpapier, Handtüchern und Pflegefläschchen beladen vor einer Zimmertür stand. Die Tür wiederum stand offen. Es war die 107, in der die Biedermanns wohnten. Polizei war keine zu sehen, also gab es noch keinen ausreichenden Grund für eine Durchsuchung.

Mercy klopfte an die offene Tür und trat ein. Im Raum befand sich niemand. Er sah aus wie ein normales Hotelzimmer mit Doppelbett und Schrank, dazu ein Tisch mit zwei Stühlen. Rechts ging es ins Bad, links in eine kleine Toilette. Eine Tür führte ins Domizil der Kinder. Zahlreiche Spielsachen lagen auf dem Boden herum, so dass es schwierig schien, ohne Verletzung in eines der beiden sich gegenüberstehenden Betten zu kommen.

Sie wandte sich wieder um. Auf einem kleinen Tischchen stand eine Blumenvase mit einer Nelke, daneben lagen eine Frauenzeitschrift und eine offene Tüte Gummibärchen. Auf einem Stuhl hingen ein T-Shirt und eine Hose. Sie ging zum Schrank in der Ecke und öffnete ihn. Kleider waren in den Fächern gestapelt, Hemden, Blusen und Jacken auf Kleiderbügel drapiert.

In einem der Fächer entdeckte sie eine schwarze Notebooktasche. Daneben lag allerlei technisches Gerät. Sie nahm ein Teil in die Hand, das aussah wie der Akku eines Handys.

„Hallo, ich bin noch nicht fertig mit dem Zimmer, sind Sie nicht auf Motorradtour?“, fragte eine Stimme ihren Rücken.

Mercy steckte schnell den Akku ein und fuhr herum. Scheiße, so wie sie erschrak, musste ein Blinder merken, dass sie nicht in dieses Zimmer gehörte. Vor ihr stand eine leicht übergewichtige, slawisch aussehende Frau in blauweißkarierter Gürtelschürze und weißem Mützchen auf dem Kopf. Sie hielt einen Staubwedel in der Hand.

„Oh, trauen sich nicht unter Leute“, meinte die Putzfee. „Wegen Auge, verstehe.“

„Nein, nein. Eines der Kinder, wissen Sie“, improvisierte Mercy. „Ist krank, schlief deshalb bei uns im Bett heute Nacht, War sehr eng, sehr eng. Hat mich beim Umdrehen mit dem Ellbogen erwischt. Jetzt will es“, sie deutete auf die Gummibärchen, „etwas Süßes. Ja, die lieben Kleinen, wenn sie krank sind, dann haben die Eltern nichts vom Urlaub.“ Mercy lachte auf. Es klang weniger verlegen als gekünstelt und einen Preis als Schauspielerin des Jahres würde sie damit nicht gewinnen. „Dann lasse ich Sie mal weiter in Ruhe putzen, gut machen Sie das, wir sind sehr zufrieden mit der Sauberkeit in diesem Hotel. Ich werde Sie bei Ihrem Chef loben.“ Sie schlängelte sich an der Putzfee vorbei.

„Ein Trinkgeld wäre mir lieber“, murmelte die Frau.

Mercy griff in ihre Hosentasche, fand einen Fünf-Euro-Schein und reichte ihn der Frau hinüber. Diese schaute auf den Schein, auf Mercy und bevor letztere es sich vielleicht anders überlegen konnte, griff sie den Fünfer und ließ ihn in ihrer Tasche verschwinden. Ohne ein Wort des Dankes begann sie nun, mit dem Wedel über das Mobiliar zu wedeln.

* * *

Julian machte eine erste kurze Pause am Reschenstausee, damit alle die Kirchturmspitze von Graun im Wasser fotografieren konnten. Für die nächste Rast fuhr er hinter Trafoi einen Aussichtspunkt an, von wo aus die Tourengäste den berüchtigten Blick nach oben genießen konnten: achtundvierzig extrem enge Kehren, in denen sich über zum Teil zwölf Prozent Steigung die gigantisch-graue Straßenschlange auf 2757 Meter Höhe wand. Alle stiegen ab und das bekannte Procedere begann. Frauen gingen pinkeln, die Männer fotografierten, dann drehte sich das Spiel um, die Männer pinkelten, die Frauen fotografierten. Ab und zu rauschte im Hintergrund eine Gruppe Motorradfahrer vorbei. Obwohl ihr Ausflug mitten in der Woche stattfand, waren sie hier nicht allein.

Jasmin stand etwas abseits, das Stilfser Joch schien sie kaum zu interessieren. Kein Wunder. Julian schlenderte zu ihr hinüber.

„Hallo, Jasmin, es tut mir leid, dass Wolfgang nicht mit dabeisein kann."

„Ja, schade", meinte sie. „Hoffentlich kann er dem Inspektor helfen. Es wäre schon wichtig, vor allem für Annabel und Blondie, wenn der Mord bald aufgeklärt wäre. Dabei war Wolfgang doch im Schwimmbad mit den Kindern. Aber er ist so klug, vielleicht will der Inspektor seinen Rat?" Fragend schaute sie Julian an, der nur ratlos nicken konnte. Wenn Wolfgang nun nicht im Schwimmbad gewesen wäre?

„Er war mit den Kindern zusammen, die können das bestimmt bestätigen", versuchte er, Jasmin zu beruhigen.

„Hast du Kinder?", fragte ihn Jasmin. Auf ihrer Stirn hatten sich Schweißtropfen gebildet, sie zog die Jacke ihres Motorradanzugs aus, die sie so gern im Partnerlook mit Wolfgang trug.

„Nicht dass ich wüsste", antwortete er.

„Das tut mir leid", sagte Jasmin.

Julian wusste nicht wirklich, was ihr leid tat, dass er keine Kinder hatte oder dass er nichts von einem möglichen Nachwuchs wusste.

„Wir sollten weiterfahren", sagte er deshalb. Er gab dem Rest der Gruppe ein Zeichen und stieg auf die Z1. Es würde ein besonderer Spaß sein, mit der alten Kawa die Serpentinen entlangzuzirkeln, während die Vibrationen ihm das Blut aus den Fingern trieben. Aber er war nicht zum Spaß hier, sondern um einen guten Job abzuliefern. Für sein eigenes Vergnügen würde er nicht ans Stilfser Joch fahren: Im Schritttempo durch enge, gemauerte Kehren zu rollen, da konnte er sich Schöneres vorstellen. Zumal die Vegetation mit dem Ausdruck „spärlich" noch üppig beschrieben war. Außerdem war ihm auf der Strecke einfach zu viel los. Immer wieder brausten einzelne Motorradfahrer oder ganze Gruppen an ihnen vorbei.

Julian verdrängte diese Gedanken und machte seinen Job. Das Stilfser Joch war ein Muss für jede Tourenwoche und die Gäste wollten hinterher davon erzählen können, auch wenn seine Anfänger Freddie, Birgit und Sophie sich schon sehr würden konzentrieren müssen, um hier elegant hochzukommen. Also rollte er ihnen voran bergauf.

Serpentine für Serpentine gewannen sie an Höhe, die Gruppe hielt gut zusammen, das Tempo schien passend gewählt zu sein. Plötzlich sah Julian in seinem linken Außenspiegel einen hellen Punkt aus der letzten Kehre herausschießen. Er raste an seinen Gästen vorbei, als von oben ein offener BMW Z4 entgegenkam. Der helle Punkt scherte nach rechts, klemmte sich rücksichtslos zwischen Annabel und Sam. Nun kam die nächste Serpentine, Julian verlor das Geschehen aus den Augen, doch nach fünfzig Metern hörte er trotz seines Helm das Aufheulen eines Motors und zwei Sekunden später knallte eine R 1 an ihm vorbei, der Fahrer trat vor der folgenden Linkskurve in die Eisen, dass das Hinterrad blockierte, legte um, das Hinterrad rutschte, der Fahrer nahm seinen linken Fuß auf den Boden und Julian schloss für einen kleinen Moment seine Augen. Als er sie wieder aufschlug, war der Fahrer samt Yamaha weg. Er selbst musste bremsen, nahm die nächste Serpentine und noch eine und noch eine. Auf dem Scheitelpunkt ignorierte er die schon gefüllten Parkplätze, die Andenkenbuden und fuhr direkt das Stichsträßchen zur Tibethütte hinauf.

Er wusste, sie mussten hier Minimum eine halbe Stunde Rast einlegen. Die Gäste wollten noch mehr Fotos schießen, auf der Sonnenterrasse einen Kaffee zu sich nehmen und die Aussicht auf die vergletscherte Ortlergruppe genießen. Er würde ihnen alle Zeit der Welt lassen und je nachdem, wie sehr dann der Tag fortgeschritten sein würde, den Weiterweg gestalten. Der Umbrailpass wäre die logische Folge, wie groß aber anschließend der Abstecher in die Schweiz sein würde, das würde er der Kondition der Gruppe überlassen.

Julian setzte sich mit einem Apfel auf eine Mauer und schaute in die Berge. Heute war so ein Tag, an dem er sich ernsthaft fragte, ob seine Entscheidung richtig gewesen war. Vielleicht lag es am Stilfser Joch. Er mochte diesen Pass nicht. Er hatte ihn noch nie gemocht und würde ihn nie mögen. Diese in Schotter gefrästen Serpentinen legten sich ihm jedes Mal bleischwer aufs Gemüt, wenn er hier hinauf- und hinunterfuhr. Wobei letzteres seine bevorzugte Tätigkeit war. Er wusste, dass es Menschen gab, die ihn beneideten. Er kaute und dachte an die Geschehnisse der letzten Tage. Was für ein Schlamassel.

In einem früheren Leben war es sein Job gewesen, Schlamassel wieder zu richten, je komplizierter, desto besser. Dafür hatte er vierzehn Stunden am Tag gearbeitet und war, das musste er im Nachhinein gestehen, fürstlich belohnt worden. Doch irgendwann hatte sich ihm die Frage gestellt, ob diese fürstliche Belohnung auch genug Lohn für all das war, das dabei verloren ging. Seine Ehe, seine Freunde, sein Gewissen. Aber er war längst über den point of no return hinweg, wenn ein Gewissen sich verabschiedet hatte, dann kam es von allein nicht mehr zurück.

Er warf das Apfelgehäuse gen Tal. Bei ihm hatte jemand anderes die Notbremse gezogen. Als er in der Notaufnahme zu sich kam, ein knallhelles Licht ihm in die Augen strahlte, dachte er, er wäre auf der Durchgangsstation in eine andere Dimension des Seins. Er war zum ersten Mal seit ganz, ganz langer Zeit völlig ruhig gewesen, nicht einmal eine homöopathische Spur von Adrenalin in seinen Adern. Und weil er sich dessen nicht bewusst war, weil er, als er sich überlegte, wie er sich fühlte, nichts fühlte, dachte er, er müsste tot sein. Erst viel später erkannte er, dass Emotionen für ihn nur noch existierten, wenn sie mit Kick verbunden waren: der Kick eines riskanten Deals, der Kick einer neuen Prämie, der Kick, einem Konkurrenten zuvorzukommen.

Die ärztliche Prognose war deutlich, wenn er in seinen alten Job zurückging, wäre es eine Frage der Zeit, wann sein Herz endgültig kapitulierte. Er wäre trotzdem gegangen, doch seine Chefs wollten ihn nicht mehr. Er war zum Risiko geworden. Er war gesundheitlich instabil, er konnte dem Job nicht mehr standhalten, er wurde aussortiert. Mit einer guten Abfindung, doch was war das für jemanden, der es gewohnt war, für seinen Job zu leben?

Er hätte das Geld anlegen können und sich zur Ruhe setzen, sich ein anständiges Handicap im Golf erarbeiten, eine neue Frau kennen lernen, ein Kind machen, sich einen Golden Retriever zulegen … Oder er wäre Abenteurer geworden, hätte mit dem Heißluftballon den Himalaja überfliegen können oder mit einer Yacht einen neuen Rekord im Weltumsegeln aufstellen. In der Reha hatte er Zeit, darüber nachzudenken. Anschließend nahm er einen Teil seines Geldes und spendete es für eine Stiftung, die sich für Straßenkinder in Mexiko einsetzte. Den Rest legte er so an, dass er jeden Job der Welt annehmen konnte, ohne auf die Bezahlung achten zu müssen. Und der Job, den er sich aussuchte, war genau die Beschäftigung, von der er als Achtzehnjähriger dachte, sie wäre der Himmel auf Erden.

Er hatte allerdings vergessen, dass er dabei auch das Stilfser Joch mitgebucht hatte. Ihn fröstelte leicht. Er sprang von der Mauer und suchte seine Schäfchen. Annabel stand schon wartend neben ihrer Bandit und unterhielt sich mit Jasmin. Sam machte Fotos von Blondie, die vor der Bergkulisse posierte,

Freddie daneben machte Faxen. Nur Sophie war noch nicht aufgetaucht.

Julian ging nun selbst auf die Tibethütte zu, um die Toilette zu besuchen. Als er fünf Minuten später wieder aus der Tür kam, war das Bild dasselbe: Annabel und Jasmin bei der Bandit, Sam, Blondie und Freddie machten Blödelfotos. Julian fluchte innerlich: nur nicht noch eine verschwundene Frau.

22.

Nach einem kurzen Abstecher bei Birgit, die im Schatten auf dem Balkon vor sich hindöste, begab sich Mercy in den Garten, um nach Franka und Joschka zu schauen. Die Betreuung hatte mittlerweile die Kinderbande mittels Schokoküssen und Coloradomischung von der Komplettwässerung der Parkbank abbringen können. Nun amüsierten sich die Kleinen damit, die nicht gegessenen Schokoküsse einem Birnbaum in die Rinde zu drücken. So würden ihrer Meinung nach die Früchte besonders süß ausfallen. Die Betreuerin saß auf der geretteten Bank und schaute ihnen dabei zu.

Mercy beobachtete das Geschehen aus einer gepflegten Entfernung und überlegte, wer als Gesprächspartner nun ergiebiger wäre: der wählerische Joschka oder die gierige Franka. Letztere jagte mit dunklem Schokomund um den Baum und quietschte vor Vergnügen. Joschka dagegen stand neben einem Mädchen, das energisch den Kopf schüttelte. Mercy verstand etwas in der Art wie:

„Ich mag aber nicht Doktor spielen."

Kurz dachte Mercy darüber nach, ob sie sich dem Jungen als Anschauungsobjekt zur Verfügung stellen sollte, um aus ihm herauszuholen, was sie wissen wollte, doch dann fiel ihr kein geeigneter Ort dafür ein. Hier mitten auf der Wiese wäre sicherlich nicht die beste Location und mit aufs Zimmer nehmen konnte sie den Achtjährigen wohl kaum. Mercy ging hinüber zu der Betreuerin.

„Ich entführe kurz Joschka. Seine Eltern sind in meiner Tourengruppe“, informierte sie die junge Frau, die ihre Augen hinter einer überdimensionalen Sonnenbrille versteckte, ihre Locken mit einem geblümten Tuch zusammenhielt und ihre hellgrünen Zehennägel im Teich badete. Sie nickte.

„Wie bekommt man denn so was?“, fragte sie und deutete auf Mercys Auge. „Hätte ich auch gern. Kann man sich das machen lassen? Wo? Und wie viel kostet das?“

„Geschenk von einem Freund“, antwortete Mercy und ging eilig davon.

„Deine Mama hat gerade angerufen“, sagte Mercy zu Joschka. „Du sollst dir trockene Hosen anziehen.“

„Woher weiß sie denn, dass meine Hosen nass sind?“, fragte Joschka spitzfindig zurück. „Hast du es ihr verraten?“

„Klar, ich rufe jedes Mal die Mama an, wenn eines der Kinder aus unserer Motorradgruppe in den Teich fällt“, antwortete Mercy.

„Petze“, meinte Joschka, vollkommen unempfänglich für Ironie. „Deshalb das blaue Auge, gell? Dich hat jemand gehauen, weil du ihn verpetzt hast.“

„Ich habe es deiner Mama nicht verraten“, überging Mercy die neueste Interpretation ihres Veilchens, „das würde ich nie tun, Indianerehrenwort.“ Sie hob die rechte Hand mit Zeige- und Mittelfinger.

Und Joschka schaute sie dankbar an. „Ehrlich nicht?“

„Ehrlich nicht.“

Er nahm ihre Hand in seine. Sie klebte von Schokoküssen und Coloradomischung.

„Wie war's mit dem Papa im Schwimmbad?“, fragte sie.

„Schwimmbad, au ja, lass uns ins Schwimmbad gehen“, rief Joschka begeistert. Zum Glück hörten die anderen Kinder ihn nicht, sie waren zu sehr mit Kreischen beschäftigt.

„Nein, ich darf nicht.“

„Warum nicht? Ich will ins Schwimmbad, Schwimmbad, Schwimmbad.“

„Ohne deinen Papa darf ich nicht mit dir ins Schwimmbad“, behauptete Mercy, obwohl sie am liebsten sofort die klebrigen Kinderfinger in einen Swimmingpool gesteckt hätte.

„Die Frau gestern war auch mit uns im Bad“, sagte Joschka. „Schwimmbad, Schwimmbad, Schwimmbad.“

„Und vorgestern?“

„Wann war vorgestern?“

„Da war der Papa mit euch im Bad.“

„Der Papa war nie mit uns im Bad“, Joschka zog seine Hand aus Mercys und rannte weg zu den anderen Kindern. Mercy ging hinterher. Sie hielt ihn an der Schulter.

„Der Papa war nie mit euch im Schwimmbad?“

„Nein, der scheriert sich wegen seinem dicken Bauch.“ Er rannte zur Bank im Wasser, auf der die Betreuerin immer noch herumlümmelte und begann, sie mit Wasser vollzuspritzen. Sofort rannten die anderen Kinder hinterher, und sprangen und hopsten um die Bank herum, dass die junge Frau schneller patschnass war, als sie flüchten konnte.

Mercy beschloss, dem Jungen zu glauben. Eine zweite klebrige Hand wäre mehr, als sie heute beabsichtigte zu ertragen. Wolfgang Biedermann hatte also kein Alibi. Jetzt fehlte nur noch das Motiv.

Vielleicht sollte sie noch einmal im Biedermannschen Hotelzimmer spionieren. Immerhin hatte sie jetzt den Vorteil, bei der Putzfrau als Bewohnerin eingeführt zu sein. Andererseits wusste sie nicht, wann die Polizei Biedermann wieder laufen ließ. Ob sie Inspektor Schorlau anrufen sollte? Unschlüssig ging sie zum Hotel zurück. Eine List wäre genau das, was sie jetzt brauchte. Eine Idee, um bei der Polizei anzurufen und nachzufragen.

„Hey, Mercy, ich glaube, ich habe euer Motorrad gefunden“, rief eine Stimme hinter ihr, als sie das Foyer betrat. Sie drehte sich um und Kevin stand vor ihr. Über der Schulter hatte er einen Beutel hängen.

„Was hast du?“, fragte Mercy nach.

„Ich komme gerade vom Schwimmbad, schlendere so vor mich hin und da sehe ich in einer Seitenstraße eine Schachtel auf Rädern. Also schaue ich nach und sehe, dass der Karton auf einer Seite aufgerissen ist und DKW auf dem Tank steht. Könnte das euer verschwundenes Moped sein?“ Kevin grinste ein wenig schräg unter seinen feuchten, verwuschelten Haaren.

„Wo?“, fragte Mercy sehr kurz.

„Komm, ich zeige es dir“, bot Kevin an.

Mercy wollte sofort losgehen, doch Kevin hielt sie am Arm. „Unter einer Bedingung. Du gehst mit mir essen.“

„Wie stellst du dir das vor?“, fragte Mercy. „Ich mache hier einen Job, ich kann nicht einfach mit einem Gast essen gehen.“

„Also, später, nach dieser Tourenwoche. Wo wohnst du? Wo lebst du? Wo bist du zu Hause?“

„Ich bin den ganzen Sommer unterwegs. Nach der Gruppe nächste Woche habe ich einen Einsatz in den Pyrenäen, anschließend Korsika, dann – ich weiß nicht, ich müsste nachschauen.“ Mercy zuckte mit den Achseln.

„Du bist nie daheim?“, fragte Kevin ungläubig, während er seinen Beutel auf einen Sessel warf.

Sie schüttelte den Kopf. „Selten. Komm, lass uns nach dem Motorrad schauen.“

„Wenn du zu Hause bist, wo bist du dann?“, ließ Kevin nicht locker.

„Das ist mein Geheimnis“, sagte Mercy lachend. „Ich lade dich heute Abend auf einen Drink ein. Okay?“

„Besser als gar nichts“, meinte Kevin und trat aus der Lobby ins Freie.

* * *

Diesmal musste Julian nicht lange nach der verschwunden Frau suchen. Er hörte einen Schrei und sah, wie einige der Gäste auf der Terrasse aufsprangen und zum Geländer liefen. Er schaute seine verbliebenen Schützlinge der Reihe nach an und sah, wie Annabel und Jasmin ganz blass wurden.

Und Julian rannte los. Mit ein paar großen Sätzen passierte er die Tibethütte und gelangte an den Absatz, an dem die schreiende Frau stand. Als er mit den Blicken ihrem ausgestreckten Arm folgte, sah er einige Meter weiter unten eine Frau in rotem Ledereinteiler liegen. Sophie Sonntag.

„Bergwacht, wo bleibt die Bergwacht?“, rief ein Mann am Geländer der Tibethütte.

Doch dass die Bergwacht Sophie Sonntag noch helfen konnte, das bezweifelte Julian. Wer solch einen Sturz überleben konnte, hätte Knochen aus Stahl. Was sich Julian allerdings fragte, war: Warum war Sophie Sonntag hier von diesem Absatz gestürzt? Sie wäre kaum von sich aus an den Rand des Abgrunds gegangen, bekanntermaßen litt sie unter Höhenangst.

Bevor Julian weitere Überlegungen anstellen konnte, wurde er vom Wirt der Tibethütte beiseite geschoben. Er machte Platz für zwei Männer mit Helmen, Klettergurt und klirrender Ausrüstung, die nun begannen, Seile durch in den Fels gehauene Haken zu ziehen und in Richtung Sophie zu werfen. Anschließend klinkten sie sich ein und seilten sich ab. Kurze Zeit später landeten sie neben der Frau. Einer legte ihr die Hand an den Hals, schaute anschließend nach oben und schüttelte den Kopf.

Der Wirt reckte den Hals und fragte in die zusammengelaufene Menschenmenge hinein. „Kennt hier jemand diese Frau?“

„Ja, ich“, antwortete Julian. „Sie heißt Sophie Sonntag und gehört zu meiner Tourengruppe.“

„Kommen Sie“, der Wirt zog Julian aus der Menschenmenge. „Es tut mir leid, es Ihnen sagen zu müssen, aber die Frau ist tot.“ Sein wettergegerbtes Gesicht sah ernst und traurig aus.

Julian nickte. „Das habe ich mir fast gedacht. Was passiert jetzt?“

„Meine beiden Söhne bleiben unten bei der Toten, bis die

Polizei kommt und die Bergwacht. Ich werde hier jetzt den Platz absperren, damit die Leute weggehen", antwortete er. „Aber es wäre gut, wenn Sie bleiben könnten. Hat die Tote Angehörige?"

Julian zuckte mit den Schultern. „Ich weiß es nicht. Ich werde es in Erfahrung bringen. Und ich muss mich um unsere übrigen Gäste kümmern." Er blickte sich um und sah Annabel, Jasmin, Sam, Blondie und Freddie in der Menge stehen.

„Ihr seid mit dem Motorrad unterwegs?" Julian nickte. „Wo wohnt Ihr?"

Julian erklärte es ihm.

„Ich denke, ihr solltet alle hierbleiben, bis die Polizei kommt."

Julian schüttelte den Kopf. „Ich schicke die Gäste ins Hotel zurück. Wir sind der Polizei bekannt." Und als der Wirt die Augenbrauen hob, fügte er hinzu: „Wir hatten schon einen Todesfall in der Gruppe. Kommissar Schorlau ist damit befasst."

„Kenn' ich nicht. Ich meine, es wäre besser, Ihr würdet bleiben", beharrte der Wirt.

„Ich bleibe auch, als Pfand sozusagen. Der Rest geht."

Bevor der Wirt noch etwas entgegnen konnte, trat ein Mann in Bergwachtjacke an ihn heran.

„Hallo, Luis, was ist denn hier los?"

Die beiden entfernten sich. Julian ging zu Annabel, die an das Geländer gelehnt stand und überall hinschaute, nur nicht zu der toten Sophie auf dem Felsvorsprung.

„Geht's?", fragte Julian.

„Muss", versuchte Annabel, einen Scherz zu machen.

„Du bist unsere beste Fahrerin, meinst du, du kannst die Gruppe zum Hotel zurückbringen?", fragte Julian. „Ich muss hierbleiben und warten, bis die Polizei kommt."

Annabel antwortete nicht, sondern knetete ihre Hände.

„Eigentlich müssten wir alle hierbleiben", fuhr Julian fort. „Doch ich finde, euch wird schon genug zugemutet. Vor allem dir und ..." Er beendete den Satz, aber Annabel wusste, dass er

Blondie meinte. „Oder ich frage Sam, ob er für die Rückfahrt den Leader spielt."

„Nein", sagte Annabel endlich. „Ich mach's. Damit wir schnell hier wegkommen."

„Ja, bevor die Polizei erscheint. Ich rufe Mercy an, dass sie euch entgegenfährt."

„Das wäre super."

„Gut, das hätten wir geklärt. Dann sammeln wir die Schäfchen einmal ein."

23.

Mercy schob die DKW zurück. Schon seltsam, dachte sie. Da steht ein Motorrad aus den dreißiger Jahren mit Umzugskartons, Klickfolie und Paketband fast gänzlich verhüllt, so dass nur Lenkerenden und Räder herausschauen, auf dem Parkplatz vor dem Hotel. Ein paar Minuten später ist es verschwunden und taucht nach zwei Tagen ebenfalls vollständig verpackt in einer Seitenstraße einen Kilometer entfernt wieder auf.

Mysterien über Mysterien. Aber egal, das Motorrad war wieder da und Sophie Sonntag würde sich freuen. Konnte sie endlich Ilse Thouret spielen, die Rennfahrerin, die auf zwei Rädern flott unterwegs war, als zum Motorradfahren noch ein guter Schuss Heldentum gehörte. Und nicht wie heute, wo sich jeder halbwegs erwachsene Schnösel zweihundert PS unter den Arsch klemmen und einen auf Valentino Rossi machen konnte.

Mercy fluchte, als ihr Handy klingelte. Sie war noch dreihundert Meter vom Hotel weg. Sie würde jetzt nicht den Oldtimer abstellen und schauen, wer sie anrief. Sie schob weiter. Über den Parkplatz direkt in die Garage. Sie schloss das Tor, drehte den Schlüssel und rüttelte am Griff, um sicher zu gehen, dass die Garage verriegelt war.

Sie atmete auf. Es ging stetig aufwärts. Die verschwundene Birgit ruhte in ihrem Zimmer, die DKW in der Garage, Schorlau hatte einen Verdächtigen. Was sollte jetzt noch schiefgehen? Auf dem Weg zum Hoteleingang fummelte sie ihr Handy aus der Tasche. Der Tourguide hatte angerufen. Wie schön, wollte ihr wahrscheinlich mitteilen, dass die Gruppe das Stilfser Joch erklommen hatte. Sie drückte seine Nummer.

„Weißt du, ob Sophie Sonntag Angehörige hat?“, fragte Julian anstelle einer Begrüßung.

„Erst einmal: Hallo!“, sagte Mercy gut gelaunt. „Ich habe die DKW gefunden. Das kannst du ihr ausrichten. Wo seid ihr?“

„Die DKW ist im Augenblick zweitrangig. Kannst du sofort losfahren?“

„Was willst du? Wohin soll ich fahren?“

„Ich habe die Gruppe zurückgeschickt, du müsstest ihnen entgegenfahren.“

Mercy lehnte sich an die Wand neben dem Eingang. Der Gesprächsverlauf gefiel ihr überhaupt nicht. Angehörige von Sophie Sonntag, DKW unwichtig, Gruppe ohne Tourguide auf dem Rückweg, sie drehte und wendete die wenigen Infos, die Julian herausgerückt hatte, in ihrem Kopf hin und her. Es gab nur einen Schluss.

„Was ist mit Sophie Sonntag? Hatte sie einen Unfall? Ist sie mit dem Motorrad gestürzt? In welchem Krankenhaus liegt sie? Bist du dort?“ Sie drückte ihr Handy, bis ihre Finger schmerzten und ihre Ohrmuschel drohte, sich in pulverisierte Gelantine zu verwandeln.

„Sophie Sonntag braucht kein Krankenhaus mehr“, flüsterte Julian fast.

„Scheiße!“

„Du sagst es.“

„Und du sagst mir jetzt sofort, was passiert ist!“

„Sophie ist am Stilfser Joch von einem Felsen gestürzt.“

„Mit der MZ? Wie konnte denn so etwas passieren? Wo warst du?“

„Nicht mit der MZ. Allein. Wollte wahrscheinlich die Aussicht genießen.“

„Sophie hatte Höhenangst."
„Ich weiß."
„Sie wäre nie so weit an den Rand, dass sie …"
„Ich weiß."
„Oh, Scheiße, Scheiße, verdammte Scheiße."
„Da kann ich dir nur zustimmen."
„Wo sind die anderen? Freddie? Jasmin? Annabel? Blondie? Sam?"
„Wie gesagt: auf dem Rückweg."
„Allein? Du hast sie allein mit den Motorrädern das Stilfser Joch hinuntergeschickt?"
„Die Alternative wäre gewesen: Alle bleiben hier, bis die Polizei kommt."
„Das ist keine Alternative. Lass mich nachdenken. Ist die Polizei schon da? Was passiert mit Sophie?"
„Alle warten, dass die Polizei kommt, damit die Bergwacht die Leiche bergen kann. Ich muss hierbleiben, immerhin war sie unser Gast."
„Ist klar. Ruf doch die Zentrale an wegen der Angehörigen. Lara kann das herausbekommen. Ich fahre den anderen entgegen. Was für eine Scheiße."

* * *

Nachdem die Tourengruppe unter Leitung von Annabel losgefahren war, rief Julian sofort die Zentrale an. Sie versprach, über Sophie Sonntags Agentin die Angehörigen ausfindig zu machen. Kaum hatte er die Leitung unterbrochen, hörte er die Sirenen der Polizei. Keine fünf Minuten später wimmelte es von Uniformierten an der Tibethütte.

Ein Teil der Beamten sperrte den Absturzort weiträumig ab, der andere begann direkt damit, Zeugen zu suchen und zu verhören. Julian hielt sich am Rand, konnte aber sehen, wie der Wirt mit einem Mann in Zivil sprach und auf ihn deutete. Bevor es so aussah, als würde er sich einer Befragung entziehen, ging er auf die beiden zu. Ärger würde er noch genug bekommen.

„Guten Tag, meine Name ist Julian Brandt", stellte er sich vor. „Die Tote gehörte zu meiner Tourengruppe."

„Wie ist der Name der Toten?", fragte der Mann in Zivil, ohne sich selbst vorzustellen.

„Darf ich fragen, mit wem ich es zu tun habe?" Julian schaute den Polizisten an, der – blond, blauäugig, braungebrannt – eher einem Bergführer als einem Kriminalbeamten glich. Dieses Aussehen stand im krassen Gegensatz zu einer sanften Stimme, die leicht singend ihre Fragen vortrug.

„Stellen's nicht so an. Diese Piefkes. Als ob's bei euch keine Polizei geben tät'", brummte der Wirt und zog ab.

„Tenente Rainer Nowak, entschuldigen Sie. Wie heißt nun die Tote?" Nowak unterstrich seine Entschuldigung mit einem leichten, nervösen Lächeln, das sich kurz um seine Augen schlich, um sofort einem Blick zu weichen, den das Polizeilehrbuch wohl mit „einschüchternd" bezeichnete.

„Die Frau war Sophie Sonntag, Schauspielerin, Tourengast von Bikinger & Motorowski."

„Angehörige?"

„Waren keine dabei. Unsere Zentrale recherchiert gerade, ob sie welche hat und wo diese leben." Julian musterte den jungen Polizisten, der alles, was er sagte, in ein Notizbüchlein schrieb.

„Wir waren mit Motorrädern unterwegs. Vom Reschenpass hierher."

„Oh, mit Motorrädern. Deshalb Stilfser Joch. Ist zwar trotzdem nicht lohnend, da gibt es Schöneres, aber für die deutschen Touristen ...", lächelte er, während er laut dachte.

„Ich kann Ihnen nur zustimmen, ich finde das Stilfser Joch auch nicht lohnend", meinte Julian. „Aber wir müssen es anbieten."

„Ja, richtig", Nowak nickte zustimmend, „und wo sind die anderen der Gruppe? Ich sehe keine Motorräder. Besser gesagt, ich sehe nur zwei. Waren Sie allein unterwegs mit Sophie Sonntag? Wo waren Sie, als Sophie abstürzte?"

„Ich war auf der Toilette. Als ich herauskam und Sophie suchte, hörte ich, wie eine Frau anfing zu schreien."

„Sophie?", fragte Nowak sanft singend lächelnd.

„Nein, die Frau, die sie gefunden hat."

„Und Sophie hat nicht geschrieen, als sie gestürzt ist?"

„Ich weiß es nicht, ich war, wie gesagt, auf der Toilette." Julian war froh, dass der Oberleutnant so auf seinem Aufenthaltsort herumritt und sich weniger dafür interessierte, ob sie nun allein zu zweit unterwegs waren oder nicht. „Und die Toiletten, die sind auf der anderen Seite der Hütte, weit weg vom Absturzort."

„Ich weiß", stimmte ihm Nowak zu. „Und Sie waren allein zu zweit unterwegs, Sie", er schaute kurz hoch von seinem Block zu Julian, „und die Dame in dem roten Lederoverall?"

Jetzt konnte sich Julian sehr gut vorstellen, welche Phantasien sich in des Tenentes Hirn abspielten und da konnte dieser noch so sanft reden und noch so nervös lächeln, das hatte die tote Sophie nicht verdient. Er war nicht James Bond, der die Frauen reihenweise flach legte. Und nun fiel Julian auch ein, an wen ihn diese Stimme erinnerte. Und warum sie so wenig zu diesem durchtrainierten Bergburschen passte.

„Hören Sie, diese Peter-Lorre-Nummer zieht bei mir nicht", wehrte er sich. „Können Sie sich nicht einen anderen Schauspieler zum Imitieren aussuchen? Einen der mehr zu Ihnen passt? Luis Trenker vielleicht?"

„Lassen Sie sich nicht ärgern, Rainer", mischte sich eine neue Stimme ins Gespräch, „Herr Brandt hat's mit den Filmen. Dass es auch wirkliche Menschen gibt, das zu sehen, fällt ihm manchmal schwer. Wie allen Menschen, die auch kein wirkliches Leben führen." So sprechen konnte nur einer, Inspektor Hektor Schorlau.

„Hallo, Herr Inspektor", grinste Julian schief. Der österreichische und der italienische Kripobeamte schüttelten sich die Hände. „Leisten Sie hier grenzüberschreitende Amtshilfe?"

„Ich bin nur zufällig hier."

„Und ich habe nichts gegen Peter Lorre", meinte Nowak und lächelte zuerst Schorlau, dann Julian an. „Aber ich habe auch nichts gegen Luis Trenker. Beide hatten ihren eigenen Stil, was man von den meisten heute lebenden Leuten nicht behaupten kann. Mich würde dennoch interessieren, Herr Brandt, ob Sie nun allein mit Frau Sonntag unterwegs waren oder nicht?"

„Das würde mich auch interessieren", stimmte ihm Schorlau zu. „Wenn nicht, wo denn die anderen Ihrer Gruppe sind."

„Ja, ob sie sich unrechtmäßig von einem möglichen Tatort entfernt haben?", setzte Nowak hinterher.

„Ich habe sie ins Hotel zurückgeschickt", gab Julian zu.

„Habe ich mir gedacht", sagte Schorlau.

„Ich mir auch", sagte Nowak.

„Aber dort laufen sie nicht weg", sagte Julian.

„Nein, das tun sie wahrscheinlich nicht", bestätigte Schorlau. „Ich glaube, das war eine gute Idee."

„Was?", fragte Nowak.

„Die Leute ins Hotel zurückzuschicken", sagte Schorlau. „Sie sind aus dem Weg und laufen nicht weg."

„Aber sie verlassen Italien. Noch können wir sie stoppen", behauptete Nowak.

„Ich habe gedacht, ob Österreich oder Italien, Tirol ist Tirol?", meinte Julian.

„Halten Sie sich da raus", entgegnete Nowak.

„Rainer", wandte Schorlau ein, „diese Leute haben den zweiten Mordfall in ihrer Gruppe. Lass uns unbürokratisch zusammenarbeiten."

24.

Mercy bemühte sich, kontrolliert und ruhig zu fahren. Am liebsten hätte sie das Gaspedal durchs Bodenblech gedrückt, um schnellstens auf die Tourengruppe zu treffen. Doch es war niemandem gedient, wenn sie jetzt wegen Überschreiten der zulässigen Höchstgeschwindigkeit von der Polizei aus dem Verkehr gezogen wurde.

Kurzzeitig hatte sie überlegt, ob sie Birgit mitnehmen hätte sollen. Der nächtliche Überfall war kein harmloser Dummer-Jungen-Streich gewesen und die Redakteurin möglicherweise immer noch in Gefahr. Wenn nun aber die Morde und der Überfall zusammenhingen, dann musste der Mörder sich in dem Teil der Tourengruppe verstecken, die sich gerade auf dem Weg zurück ins Hotel befand. Wolfgang Biedermann war aus dem Schneider, er war in den Fängen der Kripo, Birgit saß auf dem Balkon ihres Hotelzimmers und Kevin hatte im Schwimmbad seine Runden gedreht. Selbst wenn er nicht im Schwimmbad gewesen wäre, so war sie ihm heute im Laufe des Vormittags mehrmals begegnet, er hätte kaum die Zeit gehabt, zum Stilfser Joch zu fahren, Sophie in den Abgrund zu stürzen und wieder zurückzukommen.

Blieben Jasmin, Annabel oder Blondie, Freddie oder Sam. Doch genau diese fünf Personen hatten alle für den ersten Mord an Robert Baldau ein Alibi. Alle außer Blondie waren beim Sicherheitstraining gewesen und Blondie wiederum hatte sich in einem Fahrradladen beraten lassen. Aber vielleicht hingen die Morde auch nicht zusammen. Vielleicht waren lauter Einzeltäter oder –innen unterwegs: eine Person, die auf Julian geschossen hatte, eine Person, die Robert erschlagen hatte, eine Person, die die DKW geklaut und zwei Straßen weiter abgestellt hatte, eine Person, die einen Anschlag auf Birgit verübt hatte, eine Person, die nachts in Birgits Zimmer eingedrungen war, eine Person, die das Öl aus den Motorrädern gelassen hatte und eine Person, die Sophie…

Mercy zählte und kam auf sieben Täter. Das wären quasi alle, die noch lebten oder nicht überfallen worden waren. Sie erinnerte sich an den Agatha-Christie-Film *Mord im Orientexpress*, in dem sich herausstellte, dass alle Verdächtigen einmal mit dem Messer zugestochen hatten. Film wie Buch waren an die Entführung und Ermordung des Charles-Lindbergh-Babys angelehnt, alle Täter hatten einen persönlichen Bezug zur Lindbergh-Familie und wollten den Täter stellen, der sich durch Flucht aus den USA einer Verhaftung entziehen konnte. Mercy überlegte, ob hier ein ähnlicher Fall vorlag. Robert Baldau und Sophie Sonntag hatten ein gemeinsames Verbrechen begangen, möglicherweise eine Gruppe von Menschen um ihr Geld betrogen und diese rächten sich jetzt …

Sie musste sich eingestehen, so kam sie nicht weiter. Sie brauchte jemanden zum Reden, jemanden, mit dem sie die Fakten hin und her wälzen konnte, der ihre blinden Flecke sah und eigene Theorien hatte. Jemanden wie Julian. Mercy fluchte. Neben dem ganzen Schlamassel hatte ihr das gerade noch gefehlt: Dass sie einen anderen Menschen brauchte, um ihre Probleme zu bewältigen. Das war ihr in den ganzen Jahren bei Bikinger & Motorowski noch nicht passiert.

Sie eierte hinter einem Obsttransporter her durch St. Valentin, als ihr am Ortsausgang fünf Motorräder entgegenkamen: ihre Tourengruppe, angeführt von Annabel. Mercy grüßte die Biker mit der Lichthupe und gab mit dem Arm aus dem Fenster Zeichen zum Anhalten. Sie wendete den Transporter und fuhr ebenfalls auf den Parkplatz, auf dem ihre fünf Schützlinge warteten.

„Alles klar?", fragte sie Annabel. Sie nickte. „Braucht ihr mich? Oder kommt ihr allein ins Hotel?"

„Ich glaube, die restlichen paar Kilometer schaffen wir auch noch", sagte Annabel, doch Mercy sah, wie ihre Hand zitterte, als sie ihren Rückspiegel justierte.

„Bist du sicher?"

„Was willst du tun? Alle Motorräder passen nicht in den Transporter, wir fünf ebenfalls nicht. Wir müssen fahren."

„Ich könnte euch shuttlen. Ihr setzt euch in dieses Café hier und ich fahre ein paar Mal hin und her. Das wäre eine Möglichkeit."

Annabel warf einen Blick auf die restliche Gruppe, die auf den Motorrädern saß und wartete. „Nein, lass mal. Es geht ja fast nur noch geradeaus." Sie drehte den Zündschlüssel, startete die Bandit und gab der Gruppe ein Zeichen, dass es weiterging. Mercy schaute ihnen nach, wie sie einer nach dem anderen den Parkplatz verließen und sich in den nach Norden fließenden Verkehr einreihten. Erst als sie keinen mehr erkennen konnte, setzte sie sich in den Wagen und machte sich auf, als Letzte das Stilfser Joch zu erklimmen.

* * *

Julian schaute zu, wie die Kriminaltechniker zu Sophies Leiche abgeseilt wurden, er schaute zu, wie sie auf dem kleinen Felsvorsprung Spuren untersuchten und sammelten, und er schaute zu, wie sie Sophie in einen Sack verpackten und mit Karabinern an Seilen befestigten, und der Bergwacht oben an der Tibethütte Zeichen zum Hochziehen gaben.

Er dachte daran, wie Sophie noch vor zwei Tagen abends in der Bar „As time goes by" gesungen hatte. So einen Tod hatte sie wahrlich nicht verdient. Es musste etwas geschehen und zwar bald. Er warf einen Blick die Straße hinunter. Mercy sollte langsam da sein, sie hatte ihm eine SMS geschickt. Er wollte hier weg, er wollte etwas tun, er wollte, dass der Mörder überführt wurde und Ruhe einkehrte.

Er wollte, dass endlich Mercy kam.

Und als hätte sie ihn gehört, fuhr sie auf den Parkplatz. Sie begrüßten sich sparsam und begannen, ohne groß zu reden, die beiden Motorräder, die Z1 und die MZ über die Schiene in den Transporter zu schieben. Nachdem sie die Maschinen mit Spanngurten festgezurrt hatten, gingen sie zu Inspektor Schorlau, um sich zu verabschieden.

„Ihr Veilchen ist nicht viel besser geworden", sagte Schorlau, als er Mercy sah. „Aber Sie sind noch einmal mit einem blauen Auge davongekommen, seien Sie froh. Anderen ist es schlechter ergangen." Er deutete auf den Metallsarg, der gerade in einen Kombi verfrachtet wurde. „Sie wollen fahren? Dann sehen wir uns später im Hotel. Ihre Gäste werden keinen gemütlichen Abend haben. Ein Mord, da sind wir noch kulant, aber bei zweien hört auch für die österreichische Kripo die Gemütlichkeit auf."

Schorlau sah müde aus, so wie er zwischen den einpackenden Technikern und Kripoleuten herumstand, seine Körpersprache hatte etwas sehr Sacklastiges: Die Schultern hingen, als hätte jemand Sandsäcke daran befestigt, und seine Augen lagen eingebettet in dicken Tränensäcken, von seinem sackähnlichen Jackett ganz zu schweigen.

Julian und Mercy machten, dass sie wegkamen.

Sie schwiegen, bis sie die achtundvierzig Kehren des Stilfser Jochs hinter sich gebracht hatten. Nie mehr Stilfser Joch, schwor sich Julian, er konnte diesen Pass jetzt noch weniger leiden, als es vor der Tour der Fall gewesen war.

„Hast du eine Ahnung, wer ...?", fragte Mercy. „Immerhin warst du vor Ort."

„Keinen blassen Schimmer", Julian schüttelte den Kopf.

„Und wenn du dir alles noch einmal vorstellst, wie ihr angekommen seid, wer wann wohin gegangen ist?"

„Tue ich, liebste Mercy, tue ich ja." Julian betrachtete eine Kuh, die auf einer Wiese lag und wiederkaute.

„Hast du eine Ahnung, warum Schorlau Wolfgang heute in der Mangel hatte? Er kann ja nicht der Mörder sein."

„Außer er steckt mit seiner Frau Jasmin unter einer Decke."

„Du meinst ...?", Mercy überholte einen Radfahrer. „Das könnte sogar hinhauen. Wolfgang hat für den ersten Mord kein Alibi, er war nicht im Schwimmbad, wie er behauptet hat. Die Kinder waren mit der Betreuung im Bad, er selber geniert sich, hat sein Sohn behauptet."

„Hm", reagierte Julian verhalten. „Und warum?"

„Hast du eine Ahnung von keramikbeschichteten Vliesstoffen?"

Julian schüttelte den Kopf.

„Sie gelten als die Lösung für Separatoren in den Lithiumionenbatterien."

„Junge Frau, machen Sie es nicht so spannend", sagte Julian.

„Gut, Robert Baldaus Firma hat einen ganz neuartigen Kompositwerkstoff entwickelt für diese Lithiumionen-Batterien, die gerade hauptsächlich für Hybridautos schwer gefragt sind."

„Okay, lassen wir das einmal so stehen. Und was hat Wolfgang Biedermann damit zu tun?"

„Er arbeitet in einem Chemiekonzern, der sich ebenfalls mit der Entwicklung von Keramikseparatoren beschäftigt. Seine Abteilung wird gerade aufgelöst, möglicherweise haben die Chefs seinen Verbleib in der Firma an Bedingungen geknüpft? Ihn zur Werkspionage gezwungen?" Sie machte eine kleine Pause. „Er wurde von Robert Baldau erwischt. Kurze Zeit später hat er ihn in meiner Werkstatt erschlagen."

„Du meinst, der Kampf um die Arbeitsplätze geht heute schon so weit, dass die Unternehmer ihre Angestellten zu illegalen Tätigkeiten zwingen?", war Julian nicht ganz überzeugt.

„Ich bin mir ganz sicher, dass derlei Erpressungen laufen, klar", bestätigte Mercy.

„Hast du Beweise?"

„Hm, noch nicht", sagte Mercy.

„Und wie kommt Sophie ins Spiel? Sie war zu diesem Zeitpunkt noch überhaupt nicht im Hotel."

„Das gilt es noch herauszufinden. Auf jeden Fall können so beide Morde passieren, ohne dass nur eine Person dafür verantwortlich ist." Mercy strahlte über beide Backen, dass sie eine mögliche Lösung gefunden hatte. „Wolfgang hat Baldau kalt gemacht, Jasmin Sophie den Berg hinuntergestoßen."

„Ich bin beeindruckt", sagte Julian und meinte es auch so.

25.

Im Hotel angekommen, luden sie die Motorräder aus und brachten sie in die Garage. Anschließend gingen beide ins Foyer, um nach ihren Gästen zu schauen. Diese hingen auf den Sofas in der Lobby herum, zumindest Freddie, Kevin, Blondie und Sam. Von Familie Biedermann war nichts zu sehen, Annabel stand an der Rezeption und verhandelte mit Toni.

Plötzlich bekam Mercy Angst um Birgit. Verflucht, diese hatte sie ganz vergessen. Da nun sowohl Wolfgang als auch Jasmin als mutmaßliche Mörder wieder ins Hotel zurückgekehrt waren, bestand für Birgits Leben Gefahr.

„Ich muss nach Birgit schauen", sagte Mercy zu Julian und rannte die Treppe hinauf in den ersten Stock. Sie war sich dabei sehr wohl im Klaren darüber, dass die Eile unnötig war. Hätte jemand Birgit etwas antun wollen, dann wäre dies jetzt schon geschehen. Aber irgendwie glaubte sie nicht daran. Irgendwie ging sie davon aus, dass die Mordlust von Täter oder Täterin mit einem Mord für heute gestillt war.

Sie stand vor Birgits Tür und klopfte. Nach außen drangen Kampfgeräusche.

„Birgit", rief Mercy, „was ist mit dir?"

Sie begann, an der Tür zu rütteln. Panik stieg ihr vom Bauch über den Hals in den Kopf. „Birgit, Birgit", rief sie weiter. Die Tür wurde aufgerissen und Birgit stand vor ihr. Sie schaute verdutzt.

„Was ist? Ist etwas passiert?", fragte sie Mercy.

„Geht's dir gut?", fragte diese zurück und versuchte, an Birgit vorbei ins Hotelzimmer zu schauen.

„Ja, klar", antwortete Birgit, „willst du hereinkommen?"

Sie hielt ihr die Tür auf. Mercy ging mit schnellen Schritten in den Raum hinein. Der Fernseher lief. Eine Frau fuhr mit einem Motorrad durch die Nacht. Sie trug eine Art Schweißerbrille auf dem Kopf, hatte kurze Hosen an und Knieschützer.

„Was ist das?", wollte Mercy wissen.

„*Heroic Trio*", stellte Birgit vor. „Eine Art Science-Fiction-Comic aus Hongkong. Mit Michelle Yeoh."

„Aha, wer ist das?"

„James Bond, ‚Der Morgen stirbt nie'."

„Oh, *Crouching Tiger, Hidden Dragon*", ergänzte Mercy.

„Stimmt, Ang Lee", meinte Birgit und setzte sich aufs Bett. „Willst du mitschauen? Die mit dem Motorrad heißt übrigens auch Mercy."

„Von Mercedes?"

„Nein, von Mercenary …"

„Bedeutet?"

„Söldner, glaube ich."

„Interessante Frau," Mercy setzte sich ebenfalls. „Worum geht's?"

„In Hongkong werden männliche Babys entführt und in einer finsteren Unterwelt in Vogelkäfigen von einem bösen Geist gefangen gehalten. Drei Frauen wollen sie retten, mehr musst du nicht wissen. Der Rest erklärt sich von selbst."

Die nächste Stunde versank Mercy in diesem Comic mit herrlichen Stunts und abstruser Story. Sie vergaß alles. Welch schönes Gefühl.

Als der Abspann lief, kam sie wieder zu sich.

„Wie geht es dir eigentlich?", fragte sie Birgit.

„Gut", meinte diese. „Sehr gut. Morgen kann ich wieder mit euch fahren."

„Ich glaube nicht, dass es morgen eine Ausfahrt geben wird", zweifelte Mercy.

„Nein? Warum nicht? Meinst du, es wird regnen?" Birgit warf einen Blick aus dem Fenster. Der Himmel war blau und ohne Wolken.

Mercy schüttelte den Kopf.

„Warum dann nicht?"

„Es gab heute leider einen Unfall, Sophie Sonntag ist verunglückt."

„Mit dem Motorrad? Oh, das tut mir leid. Sie wollte doch

unbedingt lernen, wie Ilse Thouret zu fahren. Hat sie sich schwer verletzt?" Birgit hatte den Kopf leicht schräg und einen mitleidigen Blick in die Augen gelegt.

Mercy scheute sich, der kranken Birgit von Sophies Tod zu erzählen, doch wusste sie, tat sie es nicht, würde Birgit es von den anderen erfahren. Und sich anschließend fragen, warum Mercy es ihr nicht sagen wollte.

„Nein, nicht mit dem Motorrad. Sie ist", Mercy versuchte, den Kloß hinunterzuschlucken, der in ihrem Hals steckte. „abgestürzt. Am Stilfser Joch. Sie ist tot."

„Ach, du Scheiße", entfuhr es Birgit. „Hat sie jemand gestoßen? War es wieder Mord?"

Mercy nickte.

„Du musst mir alles erzählen, jede Einzelheit, jedes Detail." Birgit sprang auf und ging an einen kleinen Tisch, der im Eck stand. Von der Platte nahm sie Stift und Block und kam zurück.

„Was hast du vor?", fragte Mercy verwundert.

„Mensch, Mercy, zwei Morde! Das ist die Story meines Lebens. Damit komme ich groß raus", Birgit fuchtelte mit dem Stift in der Luft herum, „oder zumindest ist es eine Chance, aus dem Reisegeschäft zu verschwinden. Das hat doch mit Journalismus nichts mehr zu tun."

* * *

Nachdem Mercy die Treppe hochgelaufen war, ging Julian zu den herumhängenden Gästen, um herauszufinden, wie die allgemeine Stimmung war.

Die Männer unterhielten sich über Fußball. Über die TSG 1899 Hoffenheim und Bayern München, über Trainer, die entlassen wurden, über Spieler, die sich als Nieten herausgestellt hatten, über Systeme, dass selbst bei offensiv ausgerichtetem Spiel die Defensive nicht vernachlässigt werden darf … Blondie hielt mit. Sie verblüffte durch detaillierte Kenntnisse ihres

Lieblingsvereins, des VFB Stuttgarts, und outete sich als regelmäßige Stadionbesucherin.

Julian folgte dem Gespräch zehn Minuten, als er Jasmin die Treppe herunterkommen sah. Schnell stand er auf und ging ihr entgegen. Ihr rundliches Gesicht war von roten Flecken überzogen.

„Hallo, Julian", begrüßte sie ihn. „Ich bin total fertig. Der erste Mord, den habe ich ja nicht so bewusst mitbekommen. Dann Wolfgang verhaftet und jetzt Sophie … Ich fasse es überhaupt nicht, wer tut denn so etwas? Sie hat doch niemandem etwas getan, oder?"

„Sollen wir einen Tee zusammen trinken?", schlug Julian vor. Er machte dabei eine Armbewegung in Richtung Restaurant und Terrasse. Jasmin nickte dankbar.

Sie suchten sich einen Schattenplatz unter einem großen Sonnenschirm und bestellten. Julian Earl Grey, Jasmin Radler.

„Wolfgang ist wieder zurück?", fragte Julian vorsichtig.

„Ja, zum Glück", nickte Jasmin. „Er schläft."

„Und die Kinder?"

„Sie sind in der Betreuung."

„Warum hat die Kripo eigentlich Wolfgang mitgenommen? Er kann doch kaum Robert Baldau ermordet haben, oder?" Julian ließ ein Stück Kandiszucker in seinen Tee fallen.

„Wolfgang Robert ermord…", Jasmins Stimme überschlug sich. „Um Himmels Willen, nein, nein." Sie verstummte. Sie sah links an Julian vorbei in den Hotelgarten. „Der CIA sucht einen Auftragskiller. Drei Bewerber kommen in die engere Auswahl: Zwei Männer und eine Frau. Sie müssen noch einen letzten Test bestehen. Dazu wird der erste Mann an eine große Stahltür gebracht. Der CIA-Agent drückt dem Bewerber eine Pistole in die Hand und sagt: ‚In diesem Test geht es darum, dass Sie unter allen Umständen, egal um was es geht, tun, was wir Ihnen sagen. Hinter dieser Tür sitzt Ihre Frau. Bringen Sie sie um.' Der Kandidat weigert sich: ‚Ich werde meine Frau nicht umbringen.' Der zweite Mann lässt sich die Waffe geben und geht durch die Stahltür. Drei Minuten später kommt er mit Tränen in den Augen wieder heraus. ‚Ich habe es versucht, aber ich kann meine Frau nicht töten.' Bleibt nur noch die Frau. Diesmal geht darum, ihren Mann zu erschießen. Sie nimmt die Pistole und geht in den Raum mit ihrem Mann. Schüsse ertönen, Schreie, Poltern, Krachen. Nach einer Minute ist es still. Die Stahltür öffnet sich langsam und die Frau kommt wieder heraus. Sie wischt sich den Schweiß von der Stirn und sagt: ‚In der Pistole waren nur Platzpatronen. Ich musste ihn mit dem Stuhl erschlagen." Jasmin grinste schief.

Julian war ratlos. Jasmins Art, ihr Leben mit Witzen zu kommentieren, befremdete ihn zusehends.

„Ich weiß nicht, ob ich dich jetzt richtig verstehe", begann er langsam und wählte seine Worte genau, „willst du damit andeuten, dass Wolfgang nicht in der Lage ist, einen anderen Menschen umzubringen, du aber schon?"

Aus Jasmins rosigem Gesicht wich alle Farbe. „Himmel hilf, nein, nein. Mein Gott." Sie schlug ihre Hände auf die Backen und sofort kamen die roten Flecken wieder. Doch Julians Befremden wich nicht.

„Es wäre vielleicht besser, du versuchst, die Witze wegzulassen", schlug er vor. „Und erzählst in deinen Worten, was passiert ist."

„Das ist nicht so einfach", Jasmin nahm den letzten Schluck ihres Radlers.

„Versuch es!" Julians Geduld nahm langsam ein Ende.

„Wolfgang, weißt du, er ist Chemiker. Er arbeitet bei einer großen Firma in Essen. Schon ganz lange. Eigentlich schon seit seinem Studium. Also wirklich ganz lange, als Chemiker, weißt du", stakste Jasmin herum.

Julian konnte Jasmin zustimmen, sie hatte echte Schwierigkeiten, in ihren eigenen Worten ihre eigene Geschichte zu erzählen.

„Ich weiß, dass Wolfgang Chemiker ist, also weiter", versuchte Julian, sie anzutreiben.

„Also …"

„Vielleicht hilft das hier weiter", Mercy war an den Tisch getreten und legte ein schwarzes, rechteckiges Teil neben Julians Teekanne. Sie ließ sich in einen der übrigen Stühle fallen. Julian winkte der Bedienung, bestellte noch ein Mineralwasser für Jasmin, einen Cappuccino für Mercy und einen weiteren Earl Grey für sich.

Julian nahm das Teil in die Hand. „Interessant. Was ist das?", fragte er.

„Sieht aus wie ein Akku", antwortete Mercy. „Jasmin?"

„Das ist ein Akku, sieht zumindest so aus. Oder gibt es ein Problem damit?"

„Meinst du, es ist ein normaler Akku?", fragte Mercy.

„Weiß nicht, warum nicht?" Jasmins rote Backen wurden immer röter. „Woher hast du das?"

„Ich war damit in einem Handyladen und habe den Akku untersuchen lassen. Der Verkäufer wollte ihn mir sofort abnehmen, denn dieser Akku hier ist illegal. Er ist präpariert. Mit ihm lassen sich Gespräche auf Chip speichern und in andere Räume übertragen. Handys können heimlich angestellt und zu Raummikrophonen umfunktioniert werden."

„Du hast ihn aus unserem Zimmer!? Du warst heimlich in unserem Zimmer, du hast unser Zimmer durchsucht!?"

Weder Mercy noch Julian sagten ein Wort. Jasmin begann zu weinen. Die Tränen liefen ihr in dicken Rinnsalen aus den Augen, lösten die Wimperntusche und bildeten schwarze Streifen auf ihren roten Wangen.

„Es ist alles so schrecklich. Das wollte doch niemand", schluchzte Jasmin.

Julian schob ihr eine Serviette über den Tisch. Sie schnäuzte sich die Nase und ihr Gesicht wurde noch roter. Sie blickte erwartungsvoll von Mercy zu Julian, doch beide schwiegen.

„Vor vier Wochen ließ Wolfgangs Chef, also nicht sein Abteilungsleiter, sondern der richtige Chef, ihn zu sich rufen. Der Betrieb würde umstrukturiert, seine Abteilung geschlossen.

Nicht mehr rentabel. Sie boten ihm an, in eine andere Abteilung zu wechseln. Allerdings gebe es in dieser Abteilung nur noch zwei Chemikerstellen und fünf Bewerber." Jasmin zog geräuschvoll ihre Nase hoch.

Sie war sehr gut in der Lage, ihre Geschichte zu erzählen, ohne Sinnlosschleifen einzubauen, fand Julian.

„Und sie hatten sich ein ganz spezielles Ausscheidungsverfahren ausgesucht", setzte sie ihre Erzählung fort. „Jeder bekam eine Aufgabe. Recherche nannten sie es. Einen Rechercheauftrag. Wolfgang bekam die Aufgabe, bei dieser Tour hier herauszufinden, ob Robert Baldau mit seinen Separatoren weiter war als die Forschung der Firma, in der Wolfgang arbeitet."

„Und wie sollte er das ihrer Meinung nach herausfinden?", konnte sich Mercy nicht verkneifen zu fragen. „Sollte er ihn abends an der Bar ausfragen?"

„Im Grunde war es ihnen egal, wie er es anstellte. Aber ihnen war klar, dass Robert seine Firmengeheimnisse selbst unter Alkohol nicht einfach preisgeben würde. Deshalb gaben sie Wolfgang allerlei technisches Gerät mit wie diesen Akku oder eine kleine Kamera. Wir sind extra ein paar Stunden früher angekommen, haben versucht herauszufinden, in welchem Zimmer Baldau untergebracht werden sollte. Wir haben den Schlüssel ausgeliehen, sind reingegangen …", Jasmin begann wieder zu stocken.

„… und von Baldau erwischt worden", ergänzte Mercy, die sich noch gut an ihr Erlebnis mit dem Zimmermädchen erinnern konnte.

„Nein, aber ich hatte noch nie so viel Angst. Es war furchtbar. Ich stand vor der Tür und Wolfgang hat die Minikamera angebracht. Ein Handy war ja noch nicht da, deshalb konnten wir den Akku auch nicht austauschen. Und am nächsten Morgen war Robert Baldau tot." Jasmin begann wieder zu weinen. „Aber damit haben wir nichts zu tun. Ich war doch beim Sicherheitstraining und Wolfgang mit den Kindern unterwegs."

„Er war aber nicht mit ihnen im Schwimmbad", sagte Mercy.

„Woher? Egal. Nein, er war nicht mit ihnen im Schwimmbad, er hat sie in die Betreuung gegeben. Er wollte noch einmal ins Zimmer von Baldau, weil die Kamera nicht funktioniert hat. Doch als er beim Hotel ankam, stand schon überall die Polizei. Ihr könnt bei der Betreuung nachfragen, sie weiß bestimmt noch, wann sie die Kinder übernommen hat. Und dann bei der Kripo, wann der Mord geschehen ist. Er kann es nicht gewesen sein, ganz sicher nicht."

26.

„Jetzt können wir noch einmal von vorn anfangen", beklagte sich Mercy bei Julian, als Jasmin gegangen war. „Sie waren's nicht."

„Entweder hat sie eine oscarreife Vorstellung abgeliefert, oder sie waren es nicht. Prinzipiell traue ich ja jedem Menschen einen Mord zu …"

„… aber den beiden dann wieder doch nicht."

„Aber auch sonst niemandem aus unserer Gruppe. Da wir aber nun einmal einen Mörder unter uns haben, muss es jemand gewesen sein." Julian verschränkte die Arme hinter seinem Kopf.

„Das war nun höchst philosophisch. Anders ausgedrückt: Wo Morde, dort auch Mörder."

„Sie sollten zur Kripo, Frau Kowalski", meldete sich Inspektor Schorlau zu Wort. Er stand mit einem Mal neben Julians und Mercys Tisch. „Sie selbstverständlich auch, Herr Brandt, doch könnten Sie ebenso gut der Mörder sein. Warum haben Sie Frau Sonntag das Stilfser Joch hinuntergestürzt, Herr Brandt?"

„Interessante Frage, die stelle ich mir auch schon die ganze Zeit, warum habe ich das nur getan?" Julian zog die Augenbrauen hoch und kniff die Lippen zusammen. „Was ich mich aber noch viel mehr frage, ist: Wie ist es mir gelungen, Robert Baldau zu erschlagen, wenn ich gleichzeitig ein Sicherheitstraining geleitet habe?"

„Ich habe eine Theorie", antwortete Schorlau. „Sie wollten überhaupt nicht Baldau treffen. Was hatte dieser in der Werkstatt zu suchen? Nichts. Und niemand konnte damit rechnen, dass er in der Werkstatt sein würde. Nein, Sie wollten Frau Kowalski ausschalten. Sie verbanden Schraubenschlüssel mit Tür. Öffnet Frau Kowalski die Werkstatttür, löst sich der Schraubenschlüssel und fällt ihr auf den Kopf. Doch es traf eben Herrn Baldau, der nicht in der Werkstatt sein sollte."

Julian kratzte sich am Kopf. Mercy grinste. „Erzählen Sie weiter", forderte sie Schorlau auf.

„Deshalb haben Sie auch ein blaues Auge. Sie sind knapp einem Attentat entkommen. Alles passt zusammen."

„Und das Motiv?", fragte Mercy. „Für beide Morde?"

„Eifersucht? Neid? Sie wollen die Firma übernehmen und Frau Kowalski steht Ihnen im Weg bei Ihren Plänen."

„Herr Schorlau, ich glaube, Sie überschätzen meine Wichtigkeit bei Bikinger & Motorowski, ich bin Mechanikerin, nicht die Chefin. Mein Tod nützt niemandem."

„Was meinen Sie, Herr Brandt?"

„Ich denke darüber nach. Warum Sophie?"

„Ich habe da eine Theorie", bekannte der Inspektor. „Sie haben mit Sophie Sonntag ein Verhältnis angefangen, sie letzte Nacht in Ihr Hotelzimmer mitgenommen, um ein Alibi zu haben. Dann sind Sie mitten in der Nacht losgezogen, um endlich Frau Kowalski aus dem Weg zu räumen. Das hat, wie wir sehen, nicht geklappt. Und Sophie Sonntag ist aufgewacht und hat bemerkt, dass Sie nicht im Zimmer waren. Als sie morgens das Veilchen von Frau Kowalski gesehen hat, hat sie eins und eins zusammengezählt und Sie am Stilfser Joch zur Rede gestellt. Ihnen blieb nichts anderes übrig, als noch einmal zu morden. Und immer noch lebt Ihr eigentliches Opfer. Frau Kowalski, sehen Sie sich vor. Und jetzt vernehme ich Ihre Tourengäste."

Inspektor Schorlau hob die Hand zum Gruß und ging von der Terrasse.

„Das war ja mal eine interessante Geschichte", kommentierte Mercy.

„Er wollte uns damit etwas mitteilen", sagte Julian.

Mercy schaute verständnislos.

„Er wollte uns mitteilen, dass wir nicht unterschätzen sollen, dass wir in Gefahr sein können. Hauptsächlich du, Mercy. Ein blaues Auge kommt selten allein."

* * *

Mercy spürte eine starke innere Unruhe. Dass Jasmin und Wolfgang nichts mit den Morden zu tun hatten, beruhigte sie keinesfalls. Noch weniger beruhigte sie, dass sie sich nicht vorstellen konnte, wer hier brutal zum Franzosen gegriffen haben oder gar eine attraktive Frau das Stilfser Joch hinunterstoßen konnte. Auch glaubte sie, dass Birgit immer noch in Gefahr schwebte, doch konnte sie schlecht den ganzen Tag vor deren Hotelzimmer Wache schieben oder mit ihr im Zimmer Filme schauen.

Sie hatte ihr immerhin eingeschärft, niemanden hereinzulassen, dem sie nicht bedingungslos vertraute. Daraufhin hatte Birgit Mercy einen Blick zugeworfen, aus dem einige Verzweiflung herauszulesen war: Wem vertraute sie wirklich bedingungslos? Hätte sich Mercy die gleiche Frage gestellt, dann dürfte sie selbst niemanden, der hier im Hotel wohnte, jemals Eintritt in ihr Zimmer gewähren.

Es war sechs Uhr, in einer Stunde würden sich alle Gäste zum Abendessen versammeln, und Mercy war gespannt darauf zu sehen, wie die einzelnen der Gruppe sich untereinander verhielten. Sie hatte von einem amerikanischen Wissenschaftler gehört, der konnte anhand der Mimik erkennen, ob jemand log oder die Wahrheit sagte. Dieser Mann behauptete, jeder könne das lernen. Er hatte sogar Bücher geschrieben und Mercy verfluchte sich, dass sie keines davon gelesen hatte.

Und jetzt war es zu spät. Also tat sie, was sie immer tat, wenn sie nicht weiter wusste. Sie ging in ihre Werkstatt. Dort angekommen, griff sie sich die Fahrtenbücher und notierte die Kilometerstände. Alle hatten die gleichen Entfernungen zurückgelegt, wenn man von den Tacho-Ungenauigkeiten einmal absah, das stellte sie ohne Verwunderung fest. Klar, da alle zum Stilfser Joch hin- und zurückgefahren waren.

Gestern ein ähnliches Bild, morgens die Silvretta-Hochalpenstraße, nachmittags die Fotoaktion, kleine Differenzen von ein, zwei Kilometern waren nachvollziehbar, aber mehr nicht. Sie überflog die Angaben des ersten Tages, die sie ebenfalls eingetragen hatte und erwartete ein ähnliches Ergebnis. Mit Erstaunen konnte sie feststellen, dass eins der Motorräder mehr gefahren worden war als die anderen. Das war ihr beim Niederschreiben vor zwei Tagen völlig entgangen.

Sie dachte nach, kam aber zu keinem Schluss, wie die Diskrepanz zu erklären war. Sie musste sich mit Julian beraten. Er hatte behauptet, niemand hätte sich vom Sicherheitstraining wegbewegt. Er hatte allen seinen Schützlingen ein Alibi ausgestellt, doch genau hier lag der Haken. Nicht alle Alibis waren echte Alibis. Eines war keins.

Sie klappte die ganzen Fahrtenbücher zu, als sie ein Geräusch hinter sich hörte. Mercy wollte sich umdrehen, doch sie kam nicht mehr dazu. Sie spürte einen Schmerz am Hinterkopf, bevor es dunkel wurde.

27.

Julian sah, als er die Hotellobby verließ, wie Inspektor Schorlau die Reisegruppe um sich geschart hatte und eine Erklärung abgab. Er stellte Nowak vor, der mit Sam zum Büro des Hotelbesitzers ging, während Schorlau Blondie zur Vernehmung bat. Julian beschloss, etwas Sinnvolles zur Klärung des Falls beizutragen und Blondies Alibi für den Mord an Robert Baldau zu checken. Sie bekam eine millionenschwere Lebensversicherung bezahlt, wenn das kein ausreichendes Motiv für einen Mord war, dann wusste er nicht, was ein wirklich ausreichendes Motiv für einen Mord war.

Er zog den Helm über den Kopf und stieg auf die Kawa. Mercy war in ihre Werkstatt gegangen, um sich zu sammeln. Er hoffte, sie hatte Erfolg dabei. Julian startete die Z1 und fuhr vom Hotelparkplatz ins Dorf hinein. Nach anderthalb Kilometern bog er links ab und sah von ferne schon das Radschild über der Tür des Ladens baumeln. Er stellte die Maschine auf dem Gehweg ab und betrat das Fahrradgeschäft. Ein junger Typ mit Strickmütze stand hinter dem Tresen und sortierte Schläuche.

„Hi", begrüßte er Julian.

„Hi", grüßte Julian zurück.

„Wir haben nur Fahrradsachen", informierte er Julian.

„Danke, ich brauche nur eine Information."

„Stehe zu Diensten", sagte der junge Mann und schob die Packungen mit den Schläuchen beiseite.

„Vor zwei Tagen war eine junge Deutsche hier, ungefähr so groß", Julian zeigte mit der Hand, wie groß er meinte. „Blondierte Haare, hübsch."

Der junge Mann nickte. „Bist du ihr Kerl?"

„Nein", Julian lachte. „Sie ist eine Kundin von uns. Wir machen hier Motorradtouren."

„Vorgestern ist sie auf jeden Fall nicht Motorrad gefahren, sie war hier und wollte eine Mountainbiketour machen. Fand ich keine so gute Idee. Ortsfremde Frau, nicht trainiert, allein in die Berge, ich habe ihr abgeraten. Wir haben Kaffee getrunken, dann ist sie wieder gegangen."

„Hat sie einen Anruf erhalten?"

„Nicht dass ich wüsste", der junge Mann schüttelte den Kopf.

„Wann ist sie ungefähr gegangen? Hast du auf die Uhr geschaut?"

„Muss ich nicht, die Kirche ist direkt nebenan. Und die Glocke hat genau zwölf Uhr geschlagen. Es war ganz genau zwölf, als Blondie wieder weg ist." Er grinste. „Dafür dass du nicht ihr Kerl bist, interessierst du dich aber sehr für sie."

„Ihr Kerl", Julian legte auf „Kerl" eine ganz besondere Betonung, „wurde umgebracht."

Der junge Mann riss die Augen auf.

„Und du bist ihr Alibi."

Der junge Mann schluckte. „Wann wurde ihr Kerl umgebracht?"

„Zirka 12 Uhr 30, soweit ich weiß."

„Scheiße", sagte der junge Mann. „Dann hat sie keins. Alibi, meine ich."

* * *

Mercy hatte Schmerzen. Ganz grässliche Kopfschmerzen. Dazu der Lärm. In ihrem Schädel dröhnte es, als würden Hunderte von Motorrädern um die Wette fahren. Sie versuchte, die Augen zu öffnen, doch es blieb dunkel. Sie versuchte, sich zu bewegen, doch ihre Arme waren an ihren Rücken zusammengebunden. Sie versuchte, ihren trockenen Mund zu öffnen, doch er war zugeklebt.

Je mehr sie zu sich kam, umso deutlicher spürte sie, dass hier irgendetwas überhaupt nicht stimmte. Es war stockdunkel, sie war nicht nur an den Armen, sondern auch an den Beinen gefesselt, ihr Mund war zugeklebt und das Dröhnen, das kam nicht etwa aus ihrem Kopf, sondern von den drei Motorrädern, die in ihrer Werkstatt geparkt waren. Jemand hatte alle drei gestartet und ließ nun die Motoren laufen. Trotz des Schlags auf ihren Kopf kapierte sie langsam, worauf die Aktion hinauslaufen sollte. Kohlenmonoxidvergiftung.

Sie begann, an ihren Armfesseln zu zerren, sofort schnitten sich die Fesseln, wahrscheinlich Kabelbinder, in ihre Handgelenke. Sie würde es nicht schaffen, diese durchzureißen, soviel war klar. Sie überlegte fieberhaft, was sie machen konnte.

Möglichkeit Nummer eins: Sie wurde schnellstens gefunden. Chance: Schlecht. Julian war weggefahren, sie hatte die Z1 gehört, wie sie den Hof verlassen hatte. Sonst würde sich niemand herwagen, alle anderen waren bei Schorlau und Nowak in der Vernehmung.

Möglichkeit Nummer zwei: Sie konnte die Motoren der Bikes stoppen. Chance: Schlecht. Sie hatte keine Hände, keine Sicht und würde bald ohnmächtig werden.

Möglichkeit Nummer drei: Sie konnte die Tür öffnen, um an frischen Sauerstoff zu gelangen. Chance: Schlecht. Sie hatte keine Beine, keine Hände und würde bald ohnmächtig werden.

* * *

Julian verließ den Fahrradladen. Kurz und schmerzlos war Blondies Alibi geplatzt. Sie hatte also alle Chancen gehabt, sowohl Robert Baldau als auch Sophie Sonntag zu töten. Er konnte sich zwar nur schwer vorstellen, wie die schmale, junge Frau einen Franzosen über den großen, schweren Baldau geschwungen und zugeschlagen haben sollte, aber vielleicht war sie dazu auf einen Stuhl gestiegen. Und ein kleiner, dreckiger Schemel stand in Mercys Werkstatt herum, daran erinnerte er sich. Doch auch dieses Szenario erschien ihm wenig wahrscheinlich. Baldau würde kaum zuschauen, wie seine Geliebte mit einem Rollgabelschlüssel in der Hand auf einen Schemel stieg, um ihm den Schädel einzuschlagen.

Er musste zu Mercy, um sich mit ihr zu beraten. Allein kam er nicht weiter. Er rieb sich über sein Kinn, es kratzte, ihm fehlte eine Rasur. Seit zwei Tagen spross sein Bart, denn er hatte vergessen, Rasierschaum einzupacken. Bis jetzt hatte es auch keine Zeit gegeben, dieses Loch in seinem Reiseequipment zu stopfen. Nun wäre eine günstige Gelegenheit dazu, er war schon im Dorf und hatte noch eine halbe Stunde bis zum Abendessen. Er beschloss, einen Drogeriemarkt zu suchen. Er gehörte definitiv nicht zu den Männern, die gerne mit Dreitagebart unterwegs waren.

Im Zentrum stellte er die Kawa neben einem kleinen Park ab. Touristen führten auf den Rasenflächen Hunde spazieren, auf Bänken saßen Lesende oder Paare. Eine Gruppe Nordic Walker kam mit klirrenden Stöcken an ihm vorbei. Einen kurzen Moment sehnte sich Julian an die Zeit zurück, als er seine Urlaube auf Mauritius verbracht hatte. Aber er war hier nicht auf Urlaub, er war hier zum Arbeiten. Und dieser Job war weitaus besser als viele andere, schalt er sich. Schnell machte er sich auf die Suche nach einem Drogeriemarkt.

* * *

Der Gestank nach Abgasen wurde immer unerträglicher. Mercy spürte Anfänge von Übelkeit. Sie wünschte sich die Toughheit ihrer Namensvetterin aus *Heroic Trio*. Diese würde unter solchen Umständen auf keinen Fall aufgeben. Sie hatte aber auch zwei Kämpferinnen in der Nähe, die sie im Zweifelsfall retten würden.

Sie rollte sich weg von den lärmenden Bikes in die Richtung, in der sie die Werkbank vermutete. Dort wollte sie versuchen, in den Stand zu kommen, ein Messer zu suchen und ihre Fesseln durchzuschneiden. Soweit der Plan. Sie wusste auch, je mehr sie sich bewegte, um so mehr würden ihre roten Blutkörperchen nach Sauerstoff lechzen und Kohlenmonoxid anlagern. Sie hatte irgendwo gelesen, wie viel höher die Affinität des Gifts zu Hämoglobin als die des Sauerstoffs war, die Zahl im Laufe der Zeit vergessen. Es war auch egal, wenn sie nichts tat, würde sie sterben, wenn sie etwas tat ebenfalls. Also war letztere Variante vorzuziehen.

Sie stieß mit dem Knie an etwas Hartes. Sofort drehte sie sich so, dass sie mit dem Gesicht fühlen konnte, um was es sich handelte. Sie tastete mit Nase und Wangen die Struktur des Gegenstands ab, es war nicht die Werkbank, sondern die Reifenmontiermaschine, neben der Robert Baldau ermordet worden war. Kein gutes Omen. Dennoch versuchte Mercy erneut, sich zu orientieren. Die Werkbank musste sich links von ihr befinden. Sie robbte über den Boden, stieß nun mit den Fußspitzen auf etwas Hartes. Diesmal hatte sie Glück, es war die Werkbank.

Sie drückte sich gegen das rechte Bein und schaffte es, in eine sitzende Position zu gelangen. Ihr wurde schwindelig.

* * *

Im Drogeriemarkt war niemand. Nicht einmal Verkaufspersonal. Julian schlenderte durch die Reihen, bis er zu den Rasierutensilien kam. Vergebens suchte er seinen Lieblingsrasierschaum. Dieser schien nicht Teil des Tiroler Standardsortiments zu sein. Es verwirrte ihn ein wenig, denn er gehörte zu den Menschen, die immer dieselben Mittelchen benutzten. Dasselbe Shampoo, dieselbe Waschlotion, dasselbe Rasierwasser. Und schon seit Jahren. Wurde ein Artikel aus den Regalen genommen, stand er am Rand der Verzweiflung, musste er nun eine ganze Reihe verschiedener Produkte testen, bis er eines gefunden hatte, das seinen Ansprüchen an Pflegewirksamkeit und Duft gerecht wurde.

Er starrte die Dosen an, als könne er per Röntgenblick feststellen, welche eine ähnliche Zusammensetzung besaß wie sein bevorzugter Schaum. Die Dosen starrten zurück, offenbarten ihm aber nicht ihr Geheimnis.

„Kann ich Ihnen weiterhelfen?", fragte eine Stimme in seinem Rücken. Er fuhr herum. Hinter ihm stand eine hübsche Brünette mit grünen Augen und Grübchen in den Wangen.

„Gerne", antwortete Julian und zauberte sein charmantestes Lächeln auf sein Gesicht. „Normalerweise habe ich einen Schaum von Venia, den es anscheinend in Österreich nicht gibt. Kennen Sie ihn zufällig? Venia Power Shaving Foam for Men."

„Klar, Sie sind nicht der Erste, der diesen Schaum sucht. Ich kann Ihnen hier als Alternative den Lettig Soft & Shave empfehlen, der enthält Aloe Vera." Sie nahm eine blaue Dose aus dem Regal. „Oder Sie nehmen den Dawela Supershave, der ist auch eine gute Wahl, hier sorgt Kakaobutter für eine weiche Haut.“ Sie hielt ihm mit der anderen Hand eine rote Dose entgegen.

* * *

Nachdem sich der Schwindel gelegt hatte, stellte Mercy überrascht fest, dass sie sehen konnte. Die Kontrollleuchten der laufenden Motorräder spendeten ein wenig Licht und nun, nachdem sich ihre Augen an die Dunkelheit gewöhnt hatten, konnte sie Umrisse erkennen. Sie saß tatsächlich an der Werkbank. Mühsam gelang es ihr, ihre festgezurrten Körperteile von der sitzenden in eine kniende Position umzuschichten.

Sie schaute auf die Arbeitsplatte. Ganz hinten an der Wand lag ein Messer. Zu weit weg, um es mit dem Kopf über die Platte schieben zu können und es anschließend neben sie fallen zu lassen. Was sie brauchte, war ein langes Teil, mit dem sie an das Messer heranreichen würde. Der Zollstock! Sie könnte ihn sich unter die Achseln schieben und dann versuchen, damit das Messer zu erreichen. Aber wo war der Zollstock? Sie drehte ihren Kopf nach links und sofort wurde ihr wieder schwindelig. Schlecht war ihr auch, verdammt schlecht. Doch übergeben durfte sie sich auf keinen Fall mit dem Klebeband vor dem Mund. Sie würde sofort ersticken.

Mercy konzentrierte sich auf den Zollstock, um die Übelkeit aus ihrem Bewusstsein zu verdrängen. Wann hatte sie ihn das letzte Mal benutzt? Wo hatte sie ihn hingelegt? Es fiel ihr nicht mehr ein, ihr Gehirn funktionierte nicht mehr richtig, sie wurde dösig, alles war wie in Watte getaucht, weich, grau, sie wollte schlafen, nur noch schlafen.

Da sah sie den Zollstock. Er lag am Ende der Arbeitsplatte an der hinteren Wand. Sie ließ sich fallen und begann mittels einer krebsartigen Rutsch- und Ziehbewegung an der Werkbank entlang in den hinteren Teils des Raums zu gelangen. Dort angekommen, setzte sie sich, lehnte den Kopf mit der Stirn an eine Metalltür. Lange würde sie nicht mehr durchhalten. Soviel war klar. Mit jeder Bewegung wurde ihr Sauerstoffgehalt im Blut geringer, wurde sie müder, wurde ihr übler…

* * *

Julian entschied sich für Lettig Soft & Shave. Und weil ihm die Verkäuferin so gut gefiel, kaufte er noch einen neuen Rasierer und Ersatzklingen.

„Brauchen Sie auch ein Aftershave?", fragte die Frau. „Ich hätte eines, das könnte genau zu Ihrem Typ passen. Hat auch bei den Warentests gut abgeschnitten. Sind Sie Allergiker?"

Julian verneinte.

„Mögen Sie's lieber fruchtig oder herb?"

„Herb", meinte Julian.

„Dann nehmen Sie das hier", sagte die Frau und ging voran an die Kasse. Sie zog Julians Einkauf über den Scanner. „Macht zwanzig Euro und dreißig Cent."

Julian griff sein Portemonnaie, nahm eine Karte heraus und reichte sie hinüber zu der Verkäuferin. Sie steckte das Plastikteil in das Kartenlesegerät.

„Ich habe jetzt Feierabend", lächelte die Frau Julian an. „Wollen Sie mich zu einem After Work-Drink begleiten?" Sie reichte ihm den Beleg und einen Stift zum Unterschreiben.

„Ihr Angebot ist sehr verlockend", schmunzelte Julian. „Doch auf mich wartet ein Abendessen im Hotel."

„Dann lassen Sie es doch warten", schlug die Frau vor. „Oder wartet zu dem Essen auch eine Frau?"

„Nein", sagte Julian. „Mehrere."

„Dann kommt es auf eine mehr doch nicht an, oder?" Je mehr sie lächelte, umso größer wurden ihre Grübchen. Julian begann, sich ihr Angebot ernsthaft zu überlegen. Gegen einen kleinen Flirt am frühen Abend war im Grunde nichts einzuwenden. Mercy würde die Gäste gut betreuen, das stand außer

Frage. Es gab also kein Argument dagegen, mit der hübschen Tirolerin einen Drink zu nehmen und für eine halbe Stunde Morde und Mörder zu vergessen.

„Okay", sagte er. „Einen Drink."

* * *

Mercy dämmerte langsam, dass sie, selbst wenn sie es noch einmal schaffen würde, auf die Knie zu kommen, selbst wenn sie es schaffen würde, den Zollstock mit dem Kopf von der Werkbank zu schubsen, dass er auf dem Boden landen würde, selbst wenn es ihr dann auch gelänge, diesen in ihre Hände zu bekommen, das ihr alles nichts nützen würde. Wie sollte sie den Zollstock unter ihre Achseln bekommen? Es war eine dumme Idee gewesen, sie wäre besser zur Tür gerobbt und hätte gegen das Kipptor getreten. Oder hätte besser … immer wieder fielen ihr die Augen zu.

In einem verzweifelten Akt stemmte sie sich auf die Knie, hob den Kopf über die Tischplatte, stieß mit der Nase an den Zollstock, schob diesen Millimeter für Millimeter in Richtung Rand, bis er endlich über die Kante plumpste. Als sie ihm nachsah, kippte sie zur Seite und wurde bewusstlos.

* * *

„Was darf ich Ihnen bestellen?", fragte Julian, als sie an der Bar saßen.

„Sagen wir doch Du zueinander", schlug die Drogeriemarktverkäuferin vor. „Ich bin die Thea. Und ich hätte gern einen Prosecco."

Julian bestellte einen Prosecco und für sich einen Brandy. Kaum standen die Gläser vor ihnen, begann sein Handy zu klingeln. Er entschuldigte sich bei Thea und nahm das Gespräch entgegen.

„Annabel hier", sagte die Anruferin. „Ich wollte gerade

Mercy zum Essen holen, doch die Werkstatt ist abgeschlossen und drinnen laufen die Motorräder. Mercy ist weit und breit nicht zu sehen. Ist das nicht seltsam? Was soll ich tun?"

Julian spürte einen Stich in der Herzgegend. Schorlaus Warnung.

„Ist die Kripo noch da?", fragte er.

„Nein", antwortete Annabel. „Die sind seit ein paar Minuten weg."

„Dann sind sie weg. Besorg einen Zweitschlüssel beim Wirt. Ich bin unterwegs."

Julian warf einen Zwanzigeuroschein auf den Tisch. „Entschuldige, Thea", sagte er. „Ich muss weg. Leider. Leben retten."

Dann war er zur Tür draußen und während er den Helm überzog, rannte er zur Z1. Er raste durchs Dorf, schoss im Slide um die Kurven und kam keine fünf Minuten später vor der Werkstatt an.

Annabel stand davor, der Rezeptionist Toni und der Wirt Otto. Letzterer hatte eine Kippe im Mund und schob gerade den Schlüssel ins Schloss. Julian rannte und sprang. Er landete auf dem Wirt, den er nach rechts wegriss. Gemeinsam rollten sie drei Meter weiter.

„Bist du deppert?", polterte der Wirt, als Julian von ihm abließ und aufstand. Der Rest seiner Worte ging in einem Quietschen unter. Die Werkstatttür schob sich nach oben und heraus torkelte Mercy.

28.

„Wie geht es ihr?", fragte Julian den Doc.

„Wird wieder", antwortete dieser, als er aus Mercys Hotelzimmer kam. „Aber hat Glück gehabt."

„Was kann ich tun?", fragte Julian weiter.

„Dafür sorgen, dass dieser Quatsch hier aufhört", meinte der Doc, hob seine Hand zum Gruß und ging.

Julian klopfte und betrat den Raum. Mercy saß an ein dickes

Kissen gelehnt im Bett. Sie war mehr grün als weiß im Gesicht und schaute alles andere als glücklich aus.

„Tut mir leid“, sagte Julian, als er sich an ihren Bettrand setzte.

„Was tut dir leid?“

„Dass ich nicht hier war“, meinte Julian.

„Ist ja noch…“, Mercys Körper wurde von konvulsiven Bewegungen geschüttelt, sie deutete auf einen Eimer, der neben dem Bett stand. Julian schnappte ihn und hielt mit einer Hand die Öffnung unter Mercys Kopf, die andere Hand legte er auf ihre Schulter, während sie sich übergab.

Es dauerte ein paar Minuten, bis sie sich wieder beruhigt hatte. Julian trug den Eimer ins Bad, leerte und spülte ihn. Anschließend ging er zurück zu Mercy, die mit geschlossenen Augen auf dem großen Kissen lag. Er stellte leise den Eimer ab und zog sich einen Stuhl neben das Bett. Dort ließ er sich nieder, um über Mercy zu wachen.

„Ich habe gedacht, ich schaffe es nicht“, begann sie nach ein paar Minuten. „Ich habe gedacht, das ist das Ende. Ich habe schon die Doors gehört. Kennst du den Song?“

Julian sagte nichts. Natürlich kannte er den Song. Wer kannte den Song nicht? Apocalypse Now. Er dachte an seinen Herzinfarkt und wie er sich damals gefühlt hatte. This is the end, my only friend, the end/Of our elaborate plans, the end/No safety or surprise, the end …

„Wie hast du es geschafft?“, Julian merkte, dass er mehr krächzte, als sprach. „Du warst gefesselt und geknebelt. Wie konntest du dich befreien?“

„Nachdem ich ohnmächtig auf den Boden gestürzt war, bin ich doch noch einmal zu mir gekommen. Ich wollte eigentlich den Zollstock holen, um an ein Messer zu gelangen …“

Julian musste sehr verständnislos geschaute haben, denn Mercy fühlte sich gezwungen zu sagen: „Ich weiß, eine dumme Idee. So unter Sauerstoffmangel erscheinen Dinge logisch, die sonst eher idiotisch sind. Ich muss schon halluziniert haben, auf jeden Fall habe ich statt des Zollstocks die Metallsäge erwischt." Sie holte tief Luft. „Das hätte ich auch viel früher haben können, doch ich bin einfach nicht darauf gekommen. Mit der Metallsäge war es ein Kinderspiel. Handfessel durch, Fußfessel durch, Klebeband weg und zur Tür."

„Aber die war abgeschlossen", meinte Julian.

„Nein", schüttelte Mercy den Kopf. „Sie klemmt nur, das tut sie aber immer."

„Dann verstehe ich das Ganze nicht", Julian goss Wasser in ein Glas und hielt es Mercy hin. Sie schüttelte den Kopf.

„Ich habe etwas entdeckt", sagte sie und schloss wieder die Augen. „Jemand hat kein Alibi."

„Ich habe auch jemanden entdeckt, der kein Alibi hat", ergänzte Julian.

Mercy öffnete die Augen. „Wer?"

„Zuerst du!"

Mercy lächelte. „Wir können die Namen auf Zettel schreiben und tauschen. Erhöht die Spannung."

Nun lächelte auch Julian: Wenn Mercy wieder Witze machen konnte, dann ging es ihr besser. Er stand auf, nahm den Hotelblock von dem kleinen Tischchen, das im Zimmer stand, riss zwei Stückchen Papier ab und reichte davon eins mit einem Kugelschreiber an Mercy weiter. Sie schrieb etwas darauf und gab ihm den Stift zurück. Er notierte ebenfalls etwas auf seinem Zettel. Nachdem beide ihre Papierstückchen gefaltet hatten, tauschten sie.

„Blondie?", sagte Mercy erstaunt.

„Annabel?", Julian war nicht minder überrascht. „Wieso denn Annabel?"

„Zuerst du!", befahl Mercy, „ich bin hier die Kranke."

Julian erzählte von dem geplatzten Alibi vom Fahrradladen.

„Blondie war also im Hotel? Das verkompliziert die Sache. Vielleicht haben die beiden Frauen gemeinsame Sache gemacht? Eine hat Robert Baldau abgelenkt, die andere zugeschlagen? Das würde einiges erklären." Mercy bekam langsam Farbe ins Gesicht.

„Was ich nicht verstehe: Wie kommst du auf Annabel? Sie war beim Sicherheitstraining."

„Erinnerst du dich, dass du mich dumm angemacht hast, weil ich die Fahrtenbücher für die Gäste geschrieben habe am ersten Abend?" Julian nickte. „Heute Abend habe ich sie noch einmal kontrolliert. Und Annabels Bandit hat deutlich mehr Kilometer am ersten Tag gefahren als die anderen. Ziemlich genau zweimal die Strecke Hotel-Parkplatz. Wie du aber selbst bestätigt hast, seid ihr gemeinsam vom Hotel zum Trainingsplatz gefahren und mittags wieder zurück. Sie muss zwischendurch zurück sein ... Irgendwann."

Julian runzelte die Stirn, kniff die Augen zusammen und wurde langsam rot. Zuerst liefen seine Backen rosig an, bis sich die Röte auf seinem ganzen Gesicht ausbreitete und sich Schweißperlen auf seiner Stirn bildeten.

„Scheiße", sagte er. „Scheiße. Wie konnte ich das nur vergessen? Annabel hat die Lunchpakete geholt, die ich in der Hektik morgens liegen gelassen habe."

„Wann war das?"

„Zwischen zwölf und zwölf Uhr dreißig."

29.

Mercy war nicht mehr zu halten. Sie schlug die Bettdecke auf und schwang die Beine über die Kante.

„Hey, du bist krank, du solltest liegen bleiben", versuchte Julian, sie zu stoppen.

„Verstehst du denn nicht? Wir müssen mit den beiden Frauen reden. Vielleicht haben sie sich zusammengetan, um den alten Baldau auszunehmen. Blondie schmeißt sich ihm an den Hals, er schließt auf ihren Namen eine Lebensversicherung ab. Kurz vor der Scheidung murksen sie ihn ab, um doppelt abzusahnen. Annabel bekommt die Firma, Blondie die Lebensversicherung und sie machen halbe-halbe."

„Was ist mit Sophie? Warum musste Sophie sterben?", so leicht war Julian nicht zu überzeugen.

„Sie hat etwas entdeckt, vielleicht hat sie ein Gespräch belauscht? Was weiß ich?"

„Und der Anschlag auf mich, auf Birgit, auf dich? Meinst du, das waren alles die beiden Frauen? Annabel hat mich immerhin vorhin angerufen, dass in der Werkstatt etwas nicht stimmt, dass Motorräder laufen, du nicht zu sehen bist und die Tür verschlossen ist."

„Langsam gehe ich von zwei Tätern oder Tätergruppen aus", meinte Mercy, die ein Softshell überzog. „Denn ich bin definitiv von einem Mann niedergeschlagen worden. Kurz bevor bei mir das Licht ausging, konnte ich einen Anflug von Eau de Toilette riechen. Das war ein echter Männerduft."

„So wie der, der dir das Veilchen verpasst hat?" Julian dachte an seinen Einkauf im Drogeriemarkt und an Thea, die allein in der Bar ihren After-Work-Drink zu sich nehmen musste.

„Gute Frage! Dumm, in Birgits Zimmer ist mir kein spezieller Duft aufgefallen." Mercy zog sich den Reißverschluss des Softshells zu, obwohl es immer noch zwanzig Grad hatte. „Aber den von heute werde ich erkennen, dann stellen wir ihm eine Falle."

„Wen zuerst? Die Frauen oder den Mann?", fragte Julian. „Ich bin für die Frauen!"

„Und ich für den Mann", bestimmte Mercy. Sie ging an Julian vorbei zur Tür. „Du warst es auf jeden Fall nicht, du riechst anders."

„Besser?", fragte Julian, der ihr folgte.

„Anders."

* * *

In der Bar hingen alle außer Jasmin und Wolfgang in ihrer mittlerweile angestammten Sesselecke herum. Annabel sprang auf, als sie Mercy und Julian kommen sah, und lief ihnen entgegen.

„Mensch, Mercy, du kannst schon wieder gehen?“, fragte sie, nahm Mercy in den Arm und drückte sie. Julian, der in Mercys entgeistertes Gesicht blickte, konnte sich ein Grinsen nicht verkneifen. „Solltest du nicht im Bett bleiben? Wie geht es dir?“

„Gut, gut“, antwortete Mercy, als Annabel sie endlich losließ. „Nur noch etwas wackelig auf den Beinen, aber sonst prima.“

An der Gruppe angelangt, rückten alle etwas zusammen, um Julian und Mercy Platz zu machen. Mercy setzte sich neben Sam, Julian blieb stehen.

„Ich gehe an die Bar, was hättest du gern? Einen Kamillentee?“

„Einen Spänling“, antwortete Mercy und Julian machte sich auf den Weg.

„Was ist das für ein Tee?“, fragte Blondie.

„Das ist ein Wildzwetschgenschnaps“, erklärte Sam. „Lokale Spezialität. Wenn du den trinken kannst, dann kann es dir nicht mehr schlecht gehen, oder?“ Er stupste Mercy mit dem linken Ellbogen in die Seite, die ob so viel körperlicher Zuwendung zusammenzuckte.

„Du musst mir alles ausführlich erzählen“, forderte Birgit, „für meinen Artikel, ich habe schon Interessenten für die Mordreportage. Und der Titel steht: Mord am Stilfser Joch!“

Ein lautes Stöhnen kam von Kevin, Freddie und Sam.

„Uh“, sagte Freddie, „das klingt ja schon nach Groschenroman.“

„Aber es ist doch wahr“, protestierte Birgit. Sie schien sich von ihrer Gehirnerschütterung gut erholt zu haben. „Es war doch Mord am Stilfser Joch. Das Leben ist nun mal ein Groschenroman.“

Julian stellte ein Schnapsglas vor Mercy, die ihn dankbar anlächelte. Sie nippte an dem Glas und ihr Magen begann sofort zu rebellieren. Wahrscheinlich war die Dosis zu klein, sie kippte den ganzen Wildzwetschgenbrand in sich hinein und hoffte inständig, dass sie sich nicht sofort übergeben musste. Sie holte dreimal Luft, doch ihr Magen beruhigte sich. Lange würde sie es nicht durchhalten, das war ihr klar. Aber sie musste noch etwas loswerden.

„Wie war das nun mit dem Überfall auf dich?", fragte Freddie. „Warum wollte dich jemand töten?"

„Wahrscheinlich habe ich etwas gesehen, was in Zusammenhang mit dem Mord an Sophie von Bedeutung ist", mutmaßte Mercy.

„Aber du warst nicht dabei", warf Kevin ein, „du warst hier. Ich bin so froh, dass dir nichts passiert ist." Er beugte sich nach vorn und tätschelte Mercys Hand. So viel Zärtlichkeit wurde ihr langsam unheimlich. Als wären alle froh, dass es nicht noch einen Toten gegeben hatte, dass sie vor Erleichterung am liebsten in ein allgemeines Knuddeln ausbrechen würden. Fehlten nur noch ein paar Streicheleinheiten von Blondie und Freddie. Doch die beiden hatten hauptsächlich Augen für einander. Sie saßen eng zusammen und zwinkerten sich immer wieder an. Unter den alten Schulkameraden bahnte sich eine amouröse Gefühlsverdichtung an, da war sich Mercy sicher.

„Möglicherweise hast du den Mörder des ersten Opfers gesehen, oder?", sagte Sam, der in sein Colaglas starrte.

Mercy überlegte, ob Sam darauf jetzt eine ernsthafte Antwort wollte, und was sie sagen sollte.

„Roberts Mörder? Nein, ich glaube nicht, dass Mercy ihn gesehen hat", kam ihr Kevin zu Hilfe. „Wir haben uns in der Werkstatt getroffen und gemeinsam Robert gefunden, ihr erinnert euch doch? Und Mercy war vorher in den Hof gefahren, das habe ich gesehen. Außer natürlich: Ich bin der Mörder."

Alle lachten. Nur Julian nicht. Er war heute Abend nicht fröhlich aufgelegt. Mercy war immer noch sehr weiß um die Nase und sah aus, als würde sie jeden Moment aus dem Sessel kippen. Und Sophie? Sophie würde nie mehr wieder mit dem Pianisten in der Bar „As Time goes by" singen. Er fand, zu größerer Fröhlichkeit bestand kein Anlass.

„Ich weiß nicht", sagte er, „ob euch eigentlich klar ist, dass einer oder eine hier am Tisch ein Mörder ist?"

Augenblicklich war Stille.

„Es könnten doch auch Wolfgang oder Jasmin …", begann Blondie nach ein paar Schweigeminuten, brach aber mitten im Satz ab.

„Wolfgang und Jasmin waren es nicht", behauptete Julian. „Sie sind keine Engel, sie sind aber auch keine Mörder."

Mercy erhob sich. „Es ist Zeit für mich, wollte mich nur mal kurz sehen lassen. Um zu zeigen, dass ich noch lebe. Aber wer auch immer mich überfallen hat, er oder sie hat in der Werkstatt Spuren hinterlassen. Morgen ganz früh kommen noch einmal die Techniker der Kripo. Habe extra den Schlüssel an der Rezeption deponiert, damit ich ausschlafen kann", sagte sie und warf noch ein „Gute Nacht" in die Runde, bevor sie nach oben in ihr Zimmer ging.

30.

„Jetzt verstehe ich, warum du dich in die Bar gequält hast", meinte Julian, als er eine halbe Stunde später wieder bei Mercy im Zimmer saß. Sie lag mit halb geschlossenen Augen auf dem Bett und schaute eine US-amerikanische Serie, die sich *Heroes* nannte.

„So, warum denn?"

„Dann werden wir heute Nacht den Mörder fangen", konstatierte Julian. Er lümmelte im Sessel, das linke, lange Bein von sich gestreckt, das rechte hing über der Armlehne.

„Glaubst du das?"

„Hm. Du weißt, wer kommt?"

„Ja, und du?"

„Ich auch."

„Woher?"

„Woher du?"

„Ich hab's gerochen. Und du?"

„Ich habe die Zentrale angerufen. Und die hat es mir gesagt."

Mercy warf Julian einen skeptischen Blick zu, während er konzentriert dem Geschehen in der Glotze folgte.

„Wann sollen wir runtergehen?"

„Vor zwölf passiert nichts."

„Du hast recht, vor zwölf passiert nichts."

* * *

„Verdammt, stinkt das hier immer noch."

„Psst. Sonst ist alles umsonst."

„Du hast hier heute auch nicht herumgelegen."

Sie saßen in der Hocke hinter der Hebebühne und warteten. Um halb zwölf hatten sie ihre Stellung bezogen, jetzt war es nach eins. Mercy war sich nun nicht mehr sicher, ob ihr Angreifer von heute Nachmittag kommen würde. Vielleicht ging er davon aus, keine Spuren hinterlassen zu haben. Wer allerdings schon einmal CSI angeschaut hatte, wusste, dass sich niemand sicher sein konnte. Spuren hinterließen alle Menschen.

Julian neben ihr hockte total ruhig, als wäre er eine Statue. Sie beneidete ihn darum, ihr kribbelten die Beine, sie hatte permanent das Gefühl, aufstehen und davonlaufen zu müssen. Diesen Impuls zu unterdrücken, kostete sie so viel Kraft, dass sie mitunter dachte, wieder ohnmächtig zu werden. Verflucht, wo blieb dieser verdammte Kerl bloß?

Und dann, Ewigkeiten später, hörte sie, wie sich ein Schlüssel ins Schloss der Werkstatttür schob, wie der Schlüssel gedreht wurde, wie sich die Tür öffnete und eine Gestalt hereinkam. Er schloss die Tür sofort wieder und Licht ging an. Mercy erschrak. Daran hatte sie nicht gedacht, dass der Mann Licht machen würde. Sie hatte angenommen, er würde mit einer Taschenlampe kommen, aber mit der Deckenbeleuchtung war es eine Frage der Zeit, dass er sie entdecken würde.

Diese Gedanken erwiesen sich als völlig überflüssig. Sie

hörte einen leisen Fluch, Gescharre und als sie über die Hebebühne schaute, sah sie, wie Julian dem Eindringling den rechten Arm nach hinten bog und in Richtung Schulterblatt drückte. Sie stand auf und ging zu den beiden Männern.

„Warum?", fragte sie Sam, als sie vor ihm stand.

„Ich wollte, äh, dir, äh, nichts tun, ehrlich, äh, nicht", ächzte Sam.

Mercy schnappte sich einen Kabelbinder und hielt ihn Julian hin. Dieser zog auch Sams linken Arm nach hinten, damit Mercy die Hände zusammenzurren konnte. Sie gab sich keine Mühe, darauf zu achten, dass die Fesseln locker waren. Sie wollte Sam leiden sehen.

Sie stellte sich vor ihn hin. „Warum?", wiederholte sie.

„Er ist Teil einer Organisation, die sich ‚Motorradfreie Alpen' nennt", erklärte Julian. „Sie sind für Sperrungen aller Pässe von hier bis zu den Dolomiten, bleiben im Augenblick aber an der Gastronomielobby hängen. Die Zentrale hat im Netz ein Forum gefunden, in dem sich der radikale Flügel austauscht. Ein Forumsmitglied mit dem Namen Einauge hat vorgeschlagen, zuerst bei den organisierten Motorradtouren anzufangen, denn da könne man mit gezielten Anschlägen ganze Gruppen treffen."

„Dann finden wir", Mercy holte tief Luft, „in deinem Zimmer auch das Gewehr, mit dem auf die Z1 und F 650 geschossen worden ist?"

„Sam war in seiner Jugend Biathlet", erzählte Julian. Und als Sam die Augen aufriss, fügte er hinzu: „Unsere Zentrale weiß alles."

„Findest du Mord nicht ein wenig heftig, um die Alpen motorradfrei zu bekommen?", fragte Mercy.

„Mit Mord habe ich nichts zu tun", behauptete Sam. „Weder mit dem an Robert, noch mit dem an Sophie. Und auf Birgit habe ich auch nicht geschossen, da war ich fotografieren, wie ihr wisst."

Dem konnte Mercy nicht widersprechen. Doch so einfach

kam ihr Sam nicht davon. „Aber der Angriff gestern auf mich war Mord.“

„Nein, warum denn? Ich wollte doch nur die Motorräder zerstören und habe Zucker in den Tank geschüttet.“

„Das hat wohl nicht wirklich funktioniert. Wie viel Zucker hast du denn reingeschüttet?“

„Einen Löffel pro Tank“, gestand Sam.

„Das reicht nicht“, erklärte Mercy. „Du brauchst Minimum ein halbes Kilo pro Motor. Du hättest mich fast vergiftet.“

„Es tut mir leid, das wollte ich wirklich nicht. Ich dachte, die Motorräder gehen nach ein, zwei Minuten wieder aus. Und die Tür habe ich auch nicht abgeschlossen, du konntest doch raus. Ich wollte, dass du dich befreien kannst, aber erst wenn die Motorräder kaputt sind. Ich habe sogar die Metallsäge auf die Werkbank gelegt, oder?“

„Ruf Schorlau an“, sagte Mercy, „oder nein, warte. Wir schauen uns das Zimmer von diesem Typ hier einmal an. Ohne Polizei. Ich finde, das haben wir verdient.“

„Gute Idee“, stimmte Julian zu. „Interessant sind vor allem die Fotos von der Session, wer wann wo war. Wegen des Anschlags auf Birgit.“

„Auf die F 650“, widersprach Mercy.

„Du spinnst“, kommentierte Julian.

Und Sam schaute irritiert von einem zur anderen.

Mercy begann Sam zu durchsuchen und fand in seiner linken Hosentasche den Schlüssel. Auf der Werkbank lag die Rolle Gafferband, mit dem Sam ihr den Mund zugeklebt hatte, also riss sie ein Stück ab und klebte ihm ebenfalls den Mund zu. Sie wusste, das hatte etwas von alberner Rache, aber solange sie Sam nicht ohnmächtig neben laufende Motorräder legte, war ein wenig Rache ihrer Meinung nach legitim.

„Was machen wir mit ihm hier?“, fragte sie Julian. „Lassen wir ihn hier? Ich könnte ihn an die Reifenmontiermaschine fesseln.“

„Nein, wir nehmen ihn mit", entschied Julian nach einem kurzen Zögern. „Wer weiß, was passiert. Vielleicht wird ihm schlecht, er kotzt und erstickt."

„Das ist nicht dein Ernst?"

„Doch, ist es."

„Und der Nachtportier wird sich kaum wundern, wenn wir einen gefesselten Hotelgast durch die Lobby schleppen."

„Hast du hier jemals einen Nachtportier gesehen?" Julian schmunzelte. „Entweder schauen sie obskure Filme im Hinterzimmer oder sie schlafen. An der Rezeption sitzt nachts nie jemand. Muss ja auch nicht."

Sie machten sich auf den Weg. Sam leistete keinerlei Widerstand. Brav zottelte er zwischen Mercy und Julian aus der Werkstatt über den Parkplatz ins Hotel. An der Rezeption saß erwartungsgemäß niemand, als sie vorbeischlichen. Sams Zimmer lag im zweiten OG direkt gegenüber von Robert Baldaus Suite. Mercy öffnete die Tür, Julian zog Sam hinein und drückte die Tür wieder zu.

Im Zimmer herrschte Chaos. Kleidungsstücke lagen wild verstreut auf Boden und Sesseln herum, dazwischen Zeitschriften und Handtücher, CDs und Objektive bedeckten Tischchen und Schränkchen.

„Interessantes Ordnungsprinzip", meinte Mercy und gähnte.

„Du solltest ins Bett", sagte Julian, während Sam sich auf das seine setzte und die beiden beobachtete.

„Jetzt, wo's interessant wird? Niemals!" Mercy steuerte das Notebook von Sam an, das auf dem Tischchen im Eck stand. Sie klappte den Monitor hoch, der Computer lief noch. Triumphierend schaute sie zu Julian. Dieser blieb stehen, wo er war. Also wandte sich Mercy wieder Sams Notebook zu. Auf dem Monitor waren verschiedene Icons angeordnet, mit denen sie wenig anfangen konnte.

„Julian, hast du eine Ahnung? Ich muss zugeben, ich hab's nicht so mit Computern", fragte sie hilfesuchend.

Sam unter seinem Klebeband grinste verächtlich.

Julian stieg mit spitzenden Füßen über die Haufen am Boden, um zu Mercy zu gelangen. Er legte einen Arm auf die Lehne von Mercys Stuhl und beugte sich nach vorn.

„Probier's mal mit Digital Photo Professional", sagte Julian. „Okay, links siehst du nun die ganzen Ordner mit den Fotos. Klick mal auf den 26. Juli, das war vorgestern."

Mercy tat, wie geheißen. Auf der rechten Seite erschienen in einem Dia-Rahmen eine ganze Menge Fotos neben- beziehungsweise untereinander.

„Ich nehme an, die Bilder sind chronologisch geordnet", Julian blickte über seine Schulter zu Sam, der in unbequemer Haltung mit den Händen auf dem Rücken auf dem Bett saß und möglichst unbeteiligt in die Ferne blickte. „Klick mal ein Foto an, ja, schön, das ist Birgit, nun gehe auf Eigenschaften und dort auf Info, hier kann man die Zeit sehen, zu der das Bild gemacht wurde. Aber wie ich das sehe, hat unser Fotograf eh noch keine Zeit gehabt, die Bilder nach Fahrern zu ordnen. Jetzt können wir verfolgen, wer wann dabei war."

Mercy scrollte sich durch die Aufnahmen und gähnte wieder herzhaft. „Da sind nie alle drauf. Und wegen der Vernehmungen war es sowieso ein Kommen und Gehen."

„Stimmt, wir müssten die Bilder mit den Vernehmungsterminen abgleichen", auch Julian gähnte. „Und die habe ich nicht in der Tasche."

„Was machen wir jetzt?", fragte Mercy und deutete auf Sam. „Vor allem, was machen wir mit Sam?"

„Wir übergeben ihn der Kripo. Das Notebook leihen wir uns aus", überlegte Julian, der sich wieder aufrichtete.

„Schorlau wird schäumen", mutmaßte Mercy.

„Keine Frage, Schorlau wird schäumen", stimmte ihr Julian zu. „Vor allem, da Sam bestimmt erzählen wird, dass wir sein Notebook ausgeliehen haben, stimmt es, Sam?"

Julian blickte zu Sam hinüber, der keine Miene bewegte.

„Laufen lassen können wir ihn aber auf keinen Fall. Sperren

wir ihn in die Werkstatt, bis wir die Daten ausgewertet haben, dann rufen wir die Polizei", schlug Mercy vor.

„Das ist Freiheitsberaubung", sagte Julian. „Außerdem ist mir die Verantwortung zu groß. Ich will diesen Typ nicht die ganze Zeit bewachen, damit ihm nichts passiert. Aber ich habe eine Idee. Doch die muss Sam nicht unbedingt erfahren. Deshalb bringe ich euch jetzt wieder runter in die Werkstatt, wir rufen die Kripo, wenn sie in den Hof fährt, lasse ich euch kurz allein. Bis sich die Polizei sortiert hat, bin ich wieder zurück."

31.

Inspektor Schorlau war sauer, sehr sauer sogar. Warum sie, verdammt noch mal, ihn nicht nach dem Überfall verständigt hatten? Diese Alleingänge bei der Verbrecherüberführung konnte er nicht ausstehen, weder bei Österreichern, noch bei Tirolern und schon gar nicht bei Piefkes. Mercy sollte sich um ihre Motorräder kümmern, da würde er ihr auch nicht hineinpfuschen. Wo denn Julian sich jetzt schon wieder herumtrieb? Und was sie beide eigentlich glaubten, wer sie seien? Fünfzehn Minuten ging seine Standpauke, inzwischen war auch Julian wieder zurückgekehrt. Sie standen im Hof vor der Werkstatt, es war mittlerweile sechs Uhr morgens, der Morgen dämmerte im Osten, das Stehen bekam Mercy nicht gut: sie fror, ihre Knie zitterten, ihr Kreislauf sackte in sich zusammen wie ein leerer Kartoffelsack und weg war sie.

Sie kam in ihrem Bett wieder zu sich, als Julian sie hinlegte und zudeckte.

„Ich bin schon wieder umgekippt", seufzte sie.

„Auch eine Methode, sich polizeilicher Vernehmung zu entziehen", meinte Julian. „Du solltest aufpassen, dass das nicht zur Gewohnheit wird. Das Jahrhundert der ohnmächtigen Frauen ist eigentlich vorbei."

„Dann lass mich schlafen, den ersten Fall haben wir gelöst. Der andere hat Zeit bis zum Morgen." Sie schloss die Augen.

„Es ist morgen“, sagte Julian.

„Dann bis mittag“, murmelte Mercy und war eingeschlafen.

Julian ließ sie allein. Überall im Hotel geisterte die Kripo herum, es war kaum davon auszugehen, dass für Mercy weitere Gefahr drohte. Bald würden die ersten Gäste aufstehen, zum Frühstück erscheinen und wollten berechtigterweise erfahren, was für heute auf dem Programm stand. Das entzog sich größtenteils seines Einflusses, da Inspektor Schorlau auf jegliche Einmischung seinerseits wohl mehr als allergisch reagieren würde. Schorlau hatte ihnen gegen Ende der frühmorgendlichen Standpauke sogar eine Art Sicherheitsverwahrung angedroht, sollten Julian und Mercy sich nicht aus dem Fall heraushalten.

Julian zog sich Joggingkleidung an. So gern er den Inspektor auch hatte, er dachte nicht daran, seiner Anweisung Folge zu leisten. Er würde jetzt eine Runde laufen gehen und anschließend Blondie und Annabel, den beiden Frauen ohne Alibi, auf den Zahn fühlen. Um halb sieben verließ Julian das Hotel und trabte durchs Dorf. Nach zweihundert Metern verließ er die Häuser und rannte an einem Bach entlang. Der Weg war flach und anspruchslos. Sams Geschichte ging ihm nach. Vor allem war ihm unklar, wie der Fotograf hatte wissen können, dass und wann er – Julian – an dem Morgen vor drei Tagen über das Hahntennjoch fahren würde. Niemand hatte davon gewusst. Außer Sam hatte es so angestellt wie die Zentrale mit Birgit: sich seine Handynummer besorgt und angepeilt.

Gleichzeitig wurmte ihn gewaltig, wie er vergessen konnte, dass er selbst Annabel am Tag des Sicherheitstrainings losgeschickt hatte, die Lunchpakete zu holen. Es hatte sich angeboten: Annabel war fahrtechnisch die Beste der Gruppe, sie konnte am ehesten auf die Übungen verzichten. Natürlich hatte er nicht auf die Uhr geschaut, wie lange sie unterwegs gewesen war, deshalb konnte er nicht einschätzen, ob sie Zeit gehabt hätte, ihren Nochgatten mit einem Rollgabelschlüssel zu erschlagen. Wenn, dann war es eine schnelle, ungeplante

Aktion gewesen, denn Annabel hatte nicht vorher wissen können, dass er sie mit der Lunchpaketaufgabe betrauen würde.

Aber es hatte am Morgen Zoff mit dem Ex gegeben, den hatte er selbst beobachtet, wie sauer Annabel darauf reagiert hatte, dass Robert mit seiner neuen Freundin an der Tour teilnehmen wollte. Und nach dieser Szene hatte Robert es vorgezogen, den Tag anderweitig zu verbringen, obwohl er schon in Motorradkleidung war. Sogar Blondie hatte sich umgezogen und wollte allein auf Mountainbiketour gehen. Eine sehr seltsame Geschichte. Nichts passte zusammen. Vor allem: Hatten sich Annabel, Robert und Blondie nicht schon am Abend vorher beim Essen getroffen? Oder war eine der beiden Parteien später angereist? Das würde er zuerst mit der Rezeption klären müssen, bevor er mit den Frauen sprach.

Julian querte über eine kleine Brücke den Bach und begab sich am anderen Ufer auf den Rückweg. Es gab noch so viele Fragen zu klären, er musste sich beeilen, wollte er sein sich selbst gestecktes Ziel erreichen: Bis heute Abend den Mörder oder die Mörderinnen überführt zu haben.

Er rannte zurück zum Hotel, wo Toni an der Rezeption stand.

„Guten Morgen, Toni", begrüßte er ihn. Toni nickte. „Sie hatten doch vorgestern Morgen Dienst?" Toni nickte wieder. „Als die DKW kam?" Toni nickte. „Als Annabel die Lunchpakete holte?" Toni nickte. „Haben Sie eine Ahnung, wie lange sich Annabel im Hotel aufhielt?"

Nun kam Toni mit Nicken nicht mehr weiter. Er musste, ob er wollte oder nicht, etwas sagen. „Ging sofort wieder. A Motorrad sprang an. Weg war sie."

„Sind Sie sicher, dass es Annabel war?"

„An dem Morgen war a ständig's Hin und Her, wer weiß, vielleicht war's auch der Herrgott?"

Dem hatte Julian wenig hinzuzufügen, also ging er in sein Zimmer, duschte, zog Hemd und Hose an und begab sich zum Frühstück.

Am Tisch hatten sich alle übrig gebliebenen Tourgäste versammelt, sogar Wolfgang, Jasmin und die beiden Kinder waren anwesend. Julian ging ans Buffet und lud sich einen Teller voll mit Brötchen, Schinken, Käse und Tomaten. Er hatte einen Bärenhunger. Als er an den Bikinger & Motorowski-Tisch zurückkam, wunderte sich Birgit gerade über das Ausbleiben von Sam.

„Julian, hast du eine Ahnung, wo Sam ist?", fragte sie.

Julian setzte sich und überlegte, wie er jetzt am geschicktesten antworten sollte. Sollte er erzählen, dass Sam wegen des Anschlags auf ihn und den Überfall auf Mercy verhaftet worden war? Oder sollte er ihm alle Morde anhängen, damit der oder die Mörder sich in Sicherheit wiegen würden und eventuell Fehler begingen?

„Sam wurde heute Nacht verhaftet", begann er und erntete erstaunte Blicke. „Er ist für den Überfall auf Mercy verantwortlich und wahrscheinlich für den Mord an Sophie."

„Sam? Mein Fotograf Sam?" Birgit ließ sich im Stuhl zurückfallen. „Ich glaube es nicht. Das kann nicht sein. Er ist so ein friedlicher Mensch. Ruhig, zurückhaltend. Manchmal etwas mürrisch, aber doch kein Mörder. Das glaube ich nicht."

„Die Polizei offensichtlich schon", behauptete Julian. „Ohne Frage hat er Mercy überfallen, das hat er zugegeben."

„Aber warum?", fragte Kevin. „Warum sollte jemand Mercy überfallen? Wo ist sie überhaupt?"

„Sie schläft", antwortete Julian. „Sie war die ganze Nacht wach, um Sam zu überführen." Er beschmierte sich ein Brötchen dick mit Butter und legte eine dicke Scheibe Schinken, eine Scheibe Käse und eine aufgeschnittene, halbe Tomate darauf. Mit der Pfeffermühle würzte er sein Frühstück, bevor er herzhaft hineinbiss.

Wären Franka und Joschka nicht gewesen, hätte ein düsteres Schweigen über dem Tisch gelegen. Die beiden Kinder zankten sich um ein Süßstück, das Jasmin auf einem Teller zwischen ihnen deponiert hatte. Warum dort nur noch ein Teil lag, wusste Julian nicht, aber sowohl Wolfgang als auch Jasmin schienen so abwesend, dass das Geschrei der zwei Kleinen nicht zu ihnen durchzudringen schien. Vielleicht waren sie auch durch die tägliche Konfrontation mit dem Kinderterror abgestumpft. Julian war es nicht und die beiden Kiddies gingen ihm gehörig auf die Nerven.

„Schluss jetzt", fuhr er sie an.

Franka und Joschka waren für einen kleinen Moment still, dann legten sie wieder los.

„Ich will die Schneckennudel, das ist meine, ich hatte noch keine und du schon zwei", schrie Franka.

„Nein, das stimmt nicht, du hattest schon zwei Brötchen mit Marmelade und eine Schokimaus, die Nudel gehört mir", setzte Joschka dagegen.

Julian nahm ein Messer und schnitt die Schnecke in der Mitte durch. Er legte jeweils eine Hälfte auf Frankas und Joschkas Teller, bevor er sagte: „Und wenn ihr jetzt nicht ruhig seid, dann sperre ich euch eigenhändig in den Keller." Die beiden Kinder rissen ihre Augen vor Schreck auf, senkten die Köpfe und begannen, ihre Süßteile zu zerpflücken. Natürlich hatte keines der beiden noch Hunger.

„Ich kann der ganzen Sache nicht mehr folgen", meinte Freddie, „gestern wurdest du, Wolfgang, mitgenommen, dann wieder freigelassen, heute ist Sam dran. Vielleicht lassen sie ihn ja in ein paar Stunden auch wieder laufen. Ich glaube einfach nicht, dass es jemand aus unserem Kreis war. Ich glaube, es ist eine Verschwörung. Hatte Robert jemals mit dem Geheimdienst zu tun?" Er schaute bei seiner Frage von Annabel zu Blondie, die beide verneinend den Kopf schüttelten. „Nicht? Vielleicht wisst ihr nur nichts davon. Er ist mit seinem Ingenieurbüro mit irgendetwas in Verbindung gekommen, das den CIA oder FSB …"

„FSB?", fragte Blondie.

„Das ist der russische Geheimdienst, die Nachfolgeorganisation des KGB, Federalnaja Sluschba Besopasnosti Rossijskoj

Federazii", artikulierte er in fehlerfreiem Russisch, soweit Julian es beurteilen konnte.

„Er hatte mit keramikbeschichteten Separatoren für Lithiumionenakkus zu tun", meinte Annabel. „Sein Büro war an einem neuartigen Patent dran. Aber das interessiert doch keinen Geheimdienst, allerhöchstens die Konkurrenz in der chemischen Industrie."

Julian sah, wie Jasmin rot wurde und Wolfgang weiß. Es hatte sich noch nicht herumgesprochen, warum Wolfgang gestern so lange bei der Kripo festgehalten worden war.

„Vielleicht auch die Chinesen", ließ sich Freddie nicht abbringen.

„Hast du irgendwelche Chinesen hier gesehen? Ist dir überhaupt ein asiatisch aussehender Mensch in den letzten Tagen begegnet?", fragte Annabel.

„Und wie passt Sophie in deine Theorie mit rein?", wollte Kevin wissen.

„Vielleicht war Sophie eine Spionin, sie war auf Robert angesetzt, ist aber zu spät gekommen. Oder noch besser: Wir haben es hier mit zwei rivalisierenden Geheimdiensten zu tun. Dem russischen und dem amerikanischen. Die Russen wollten mit Robert verhandeln, sie trafen sich mit ihm in der Werkstatt, doch Robert kam ohne das Patent. Wütend hat ein russischer Agent Robert erschlagen. Die Amis mit Sophie kamen sowieso zu spät. Sophie hat versucht, an Roberts Patent zu kommen, sie hat sich an Inspektor Schorlau herangemacht, damit er sie einen Blick in Baldaus Sachen werfen lässt. Oder nachts das Siegel geknackt von seiner Suite. An der Tibethütte wäre die Übergabe an den CIA gewesen, dort ist es mit den vielen Touristen doch sehr unauffällig. Doch die Russen schlafen nicht, sie wollten mit allen Mitteln verhindern, dass die Amis an das neue Patent kommen und haben Sophie in den Abgrund gestürzt."

Julian musste ein Lächeln unterdrücken, Freddies Theorie war bestes Geheimdienstgarn. In Zeiten des Eisernen Vorhangs hätte daraus eine wunderbare Spionagegeschichte werden können, verfilmt von Billy Wilder. Leider waren diese Zeiten endgültig vorbei. Dennoch dankte er in seinem Innern Freddie. Dieser hatte mit seiner Story die Spannung aus der Gruppe genommen. Birgit und Kevin diskutierten mit ihm, wo die Löcher in seiner These lagen und der Rest hörte amüsiert zu.

Julian stand auf, um sich einen weiteren Teller mit Frühstücksmaterial zu holen: Müsli mit Joghurt und Früchten, dazu ein Schokocroissant – er brauchte Energie für einen anstrengenden Tag.

Als er wieder zurück an den Tisch kam, stand dort Inspektor Schorlau.

„Sie scheinen einen guten Appetit zu haben", begrüßte dieser Julian. „Dann hoffen wir mal, dass er Ihnen nicht vergeht. Kommen Sie mit!"

„Das ist nicht Ihr Ernst", entgegnete Julian mit Blick auf seine gesammelten Köstlichkeiten.

„War nur ein Scherz. Nein, ich möchte gern", er machte eine kleine Kunstpause und blickte die am Tisch sitzenden der Reihe nach an, „Sie, Sie und Sie zur Vernehmung bitten." Er deutete auf Kevin, Freddie und Birgit. Alle drei standen ohne Widerrede auf. Auch Wolfgang und Jasmin erhoben sich, um ihren zwischen den Tischen herumtobenden Nachwuchs einzufangen und ins Freigehege zu bringen, wie Jasmin sich äußerte.

Julian war mit Blondie und Annabel allein. Blondie rückte den Stuhl nach, den Freddie verlassen hatte und saß nun direkt neben Annabel. Es schien beiden nichts auszumachen. Vielleicht hatte Mercy Recht mit ihrem Verdacht, dass die beiden Frauen unter einer Decke steckten.

„Was steht heute auf dem Programm?", fragte Annabel. „Außer den üblichen Verhören, meine ich."

„Wie wäre es mit einem Besuch im örtlichen Museum?", schlug Julian vor.

„Das mit den Scherzen ist anscheinend ansteckend", grinste Blondie.

„Wisst ihr übrigens", sagte Julian auf seinem Müsli herumkauend, „dass ihr beide kein Alibi habt."

„Wie kommst du denn darauf? Ich war im Fahrradladen, das kann der Ladenbesitzer bestätigen", Blondie winkte der Bedienung und bestellt noch einen Cappuccino.

„Ja, aber du hast den Radladen um zwölf verlassen, das kann der Besitzer auch bestätigen. Und Robert wurde um halb eins ermordet." Julian hatte sein Müsli ausgelöffelt und widmete sich nun dem Schokocroissant. „Und du, Annabel, bist von mir zum Holen der Lunchpakete ins Hotel geschickt worden, erinnerst du dich? So gegen viertel nach zwölf. Seid ihr beide euch nicht vielleicht hier im Hotel begegnet? Das wäre ganz praktisch, dann könntet ihr euch gegenseitig ein Alibi geben."

„Wir uns gegenseitig? Ich soll dieser …?", Annabels Empörung schien echt, doch für Julians Dafürhalten eine Nummer zu dick aufgetragen. Er wartete auf Blondies Reaktion.

„Nein, wir sind uns nicht begegnet", behauptete Blondie nach einer langen Pause. „Es stimmt, ich bin nach dem Radladen wieder zum Hotel zurück, der Typ hat mir abgeraten, allein hier zu mountainbiken. Dann dachte ich, nehme ich doch das Leihmotorrad, das Robert für mich gemietet hat und fahre doch, egal was sie hier meint, zum Sicherheitstraining und bin ins Zimmer, um mich umzuziehen. Als ich runterkam, war schon die Polizei da."

„Und ich bin hier rein, habe die bereitgestellten Lunchpakete in Empfang genommen, sie in meinen Rucksack gepackt und bin wieder auf die Bandit und zu euch zurück. Das kann der Mann an der Rezeption bestätigen."

„Stimmt kann er. Aber er weiß nicht, was du getan hast, als du wieder auf dem Parkplatz warst. Er hat nicht darauf geachtet, wann das Motorrad gestartet wurde", interpretierte Julian Tonis Aussage sehr frei.

Er sah die beiden Frauen an, wie sie vor ihm saßen und nun schwiegen. „Warum ist Robert eigentlich nicht mit zum Sicherheitstraining? Lag es allein an dem Streit, den ihr, du, Annabel und er, hattet, morgens bei dem Treffen vor dem Hotel? Ich bin leider erst in dem Moment angereist, aber habe erfahren, dass ihr alle drei am Abend davor noch einträchtig an einem Tisch beim Essen gesessen seid. Das ist doch alles sehr seltsam."

„Finde ich auch", sagte Blondie an Annabel gerichtet. „Ich habe es auch voll nicht gecheckt, warum du plötzlich Zoff gemacht hast an dem Morgen. Wir wollten zum Sicherheitstraining und nach deinem Gekeife wollte Robert nicht mehr. Er hat gesagt, ich soll Radfahren gehen, er würde arbeiten. Mit Kevin."

„Kevin sagt, er war allein in seinem Zimmer, um zu arbeiten. Wo Robert war, wisse er nicht. Hast du ihn vielleicht getroffen, Annabel?", fragte Julian scheinheilig.

„So ein Quatsch, ich habe ihn nicht getroffen, warum sollte ich? Er hat mich verlassen, wollte die Scheidung, wollte dieses Flittchen heiraten und mich mit ein paar Kröten abspeisen. Mir reicht es jetzt." Annabel stand auf und stapfte davon.

Eine Sekunde später stand auch Blondie auf. „Mir reicht es auch, das lasse ich mir nicht bieten!" Und Blondie ging ebenfalls davon.

Julian lehnte sich in seinem Stuhl zurück und war zufrieden. Besser hätte das Gespräch nicht laufen können. Er drehte sich um und gab Anderl ein Zeichen. Dieser grinste, nickte und verschwand.

32.

Es war hell, zu hell, um zu schlafen, fand Mercy. Die Sonnenstrahlen drangen durch den Spalt zwischen den Vorhängen zu ihr aufs Bett und brannten ihr ins Gesicht. Ihr Wecker zeigte zehn Uhr, sie hatte Kopfschmerzen, rasende Kopfschmerzen. So konnte sie auf keinen Fall dem Tag begegnen. Als sie sich aufsetzte, kippte kurz die Welt weg. Sie legte sich noch einmal fünf Minuten hin und startete dann einen zweiten Versuch. Mit Sternchen vor den Augen kroch sie ins Bad und suchte in ihrem hängenden Waschsalon nach einem Aspirin, besser noch nach zwei, schüttete die Tabletten mit einem halben Liter Tiroler Leitungswasser hinunter, zog die beiden Teile des Vorhangs fester zusammen und rutschte wieder unter das Laken. Eine Minute später war sie im Reich der Träume versunken.

* * *

Nachdem Anderl verschwunden war, zog Julian sein Handy aus der Tasche.

„Einen wunderschönen guten Morgen, Lara", begrüßte er die Zentrale. „Wie geht es dir?"

„Wenn man einmal davon absieht, dass es hier schüttet, schwül ist, dauernd Gäste absagen, weil sie von den Morden gehört haben, die Presse das Telefon blockiert, um einen Interview-Termin mit dem Chef zu bekommen ..."

„Seltsam", sagte Julian, „hier sind bis jetzt keinerlei Medien aufgetaucht."

„Das würde mich bedenklich stimmen. Seid ihr so abgeschottet von der Umwelt?"

„Kaum. Zumindest der Mord am Stilfser Joch geschah unter den Augen von zig Touristen."

„Tja, aber niemand ist euch ins Hotel gefolgt, oder?"

„Nein, das nicht. Aber ein guter Rechercheur wird schnell herausfinden, wo wir uns aufhalten."

„Es gibt in diesem Dreiländereck Hunderte an Hotels, das dauert. Aber lange habt ihr keine Ruhe mehr", Julian hörte, wie die Zentrale kaute.

„Guten Appetit, was gibt es denn Gutes?", fragte er.

„Weiße und rosa Mäuse", antwortete Lara. „Manche sehen sie, ich esse sie. Dennoch, ihr solltet dem Spiel ein Ende bereiten, schnellstens."

„Deshalb rufe ich an. Ich habe einen Plan. Ich habe für heute

Abend den Konferenzraum hier gemietet, nun brauche ich deine Hilfe."

Und Lara lauschte.

* * *

Mercy erwachte wieder. Ein Blick auf den Wecker sagte ihr, dass es kurz nach elf Uhr war. Die Kopfschmerzen hatten sich gelegt. Medizin war doch etwas Schönes, dachte sie und nahm sich vor, in Zukunft weniger über die Pharmaindustrie zu schimpfen. Sie schälte sich aus dem Laken, stellte ihre Füße auf den Boden und siehe da, die Welt blieb stabil, selbst die Sternchen verzichteten auf ein erneutes Erscheinen. Unter der Dusche kamen ihre restlichen Lebensgeister zurück.

Als sie eine halbe Stunde später in der Lobby ankam, knurrte ihr Magen. Dummerweise war das Frühstücksbuffet längst abgeräumt, das Mittagessen aber noch nicht bereit. Mercy schickte Julian eine SMS, in der sie fragte, wo er sich aufhalte, wo die Gäste seien und ihm mitteilte, dass sie einen kurzen Abstecher zur Bäckerei unternehmen würde, um zu Nahrung zu kommen.

Sie schloss die Werkstatt auf, zog ihren Helm über und schob die MZ ins Freie. Aus der Erfahrung der letzten Tage klug geworden, schloss sie sofort die Werkstatt wieder ab, setzte sich auf die Mastiff und fuhr vom Hof. In der Bäckerei stand die Bäckerin und packte gerade einer zugereisten Dorfbewohnerin allerlei lokale Spezialitäten in eine Tüte, wobei sie zu jeder Leckerei noch ein paar Verzehrtipps parat hatte.

„Schokimaus und Cremeweckli?", fragte die Bäckerin.

„Nein, heute brauche ich etwas Herzhaftes", antwortete Mercy und ließ ihre Augen über die Auslagen schweifen.

„Dann nehmen's ein Vinschgerl mit Wurzn, wir haben Hirschwurzn, Kaminwurzn oder Lammwurzn. Und für das zweite Vinschgerl kann ich Bergkäse, Sennkäse, Steinbeißer oder Almweichkäse bieten." Die Bäckerin schaute Mercy erwartungsvoll an, die wiederum keine Ahnung hatte, wovon die Tirolerin eigentlich sprach.

Doch heute war nicht der Tag der Blößen, zumindest nicht Mercys. „Ich hätte gern eine Hirschwurzn und ein Stück Steinbeißer", bestellte sie deshalb. „Und zwei Vinschgerl."

„Vinschgerln sind immer zwei", erklärte die Bäckerin. „Wollen's ein Vinschgerln oder zwei, also vier?"

„Eins, also zwei", sagte Mercy.

Die Bäckerin packte ein, Mercy zahlte. Vor der Tür der Bäckerei suchte sie sich einen Platz im Schatten, um genüsslich ihre Vinschgerl und Wurzn und Steinbeißer zu verschlingen. Auf einer kleinen Bank wurde sie fündig. Mercy setzte sich hin und öffnete die Tüte, als sie aus dem Augenwinkel eine Bewegung wahrnahm.

Sie hob den Kopf. Eine schwarzverkleidete Maschine fuhr in beeindruckender Schräglage um die Rechtskurve vor der Bäckerei dorfauswärts. Die Verkleidung erinnerte sie an die legendäre Ducati 916, aber dann doch wieder nicht. Was aber am Erstaunlichsten war: Das Motorrad machte so gut wie kein Geräusch. Es surrte vorbei, bis mit einem Schlag Sound einsetzte, der Sound einer Ducati auch noch. Im Sattel saß ein schwarzgekleideter Fahrer mit schwarzem Helm und dunklem Visier.

Mercy wäre nicht Mercy, wenn sie jetzt weiterhin ruhig auf ihrer Bank gesessen und ihre Vinschgerl und Wurzn und Steinbeißer verzehrt hätte. Ohne eine Sekunde zu zögern, ließ Mercy alles auf der Bank liegen, stülpte sich den Helm auf den Kopf und sprang auf die MZ. Dann nahm sie die Verfolgung der Maschine auf, die – da war sie sich vollkommen sicher – ein Erlkönig sein musste.

Sicher war sich Mercy allerdings auch darüber, dass sie bei einer ernstzunehmenden Verfolgungsjagd mit der MZ keine Chance hatte. Sie verfluchte, dass sie nicht auf einer schnelleren Maschine unterwegs war, schließlich hatte sie genug Motorräder zur Auswahl.

Doch Mercy hatte Glück. Keine fünf Kilometer außerhalb

der Stadt bog der Erlkönig links ins Gebirge ab. Die Straße wurde schmaler und begann anzusteigen. Vor der ersten Kurve bremste der Fahrer ab, legte die Maschine um und zirkelte durch die Kehre. Mercy bremste später, drückte die MZ in die Schräglage und ließ das Hinterrad leicht rutschen, bis sie wieder Gas gab. Nun folgte Kurve auf Kurve, auf den Geraden dazwischen entwischte ihr der Erlkönig, bei den Kurven kam sie wieder an ihn heran.

Mittlerweile war es dem Fahrer nicht entgangen, dass eine Verfolgerin hinter ihm her war. Er zwang seine Maschine in mehr Schräglage, was er, das musste Mercy neidvoll gestehen, auch sehr gut beherrschte. Dennoch schien ihn etwas zu irritieren. Auch Mercy fand seine Bewegungsfolge seltsam, bis sie erkannte, dass er nicht schaltete. Sie sah das Bremslicht vor der Kurve, dann erwartete sie den Griff zur Kupplung mit der linken Hand und die Kippbewegung des Fußes, um die Gänge nach unten zu wechseln. Nichts dergleichen geschah. Manchmal beobachtete sie das hektische Drücken eines Knöpfchens mit dem rechten Daumen.

So gelang es Mercy, am Erlkönigfahrer dranzubleiben, aber sie war sich auch bewusst, dass sie auf dieser schmalen, kurvenreichen Straße nicht überholen konnte, ohne sie beide zu gefährden. Und oben auf dem Pass angekommen würde der Biker am Quirl ziehen und sie weit hinter sich lassen. Bei der Fahrt ins Tal würde sie wieder an ihn herankommen, um sich unten angekommen endgültig abhängen lassen zu müssen. Was fehlte, war ein Heroic-Trio-würdiger Stunt. Sie müsste abkürzen, querfeldein den Berg hinauffahren und vor dem Erlkönig auf die Straße hüpfen.

In einem Film würde daraus eine wilde Verfolgungsjagd werden, sie würde mindestens fünfmal hinter dem anderen Fahrer landen, Traktoren würden in Wiesen landen, entgegenkommende Fahrzeuge abstürzen oder in Scheunen hineinrauschen. Was in der Fiktion ohne größere Konsequenzen blieb, hätte in der realen Welt diverse Schadensersatzansprüche zur Folge.

Mercy und das Objekt ihrer Verfolgung kamen aus einer Linkskurve, die in eine längere Gerade mündete, der sich eine lang gezogene Rechtskurve anschloss. Sie sah einen Fußweg, der in der Diretissima untere und obere Straße verband und fuhr spontan hinein. Sie schaltete zwei Gänge runter und stellte sich auf die Rasten. Dann gab sie Gas und hoffte, mit einem Mal zu schaffen, was in Filmen die erwähnten fünf Anläufe brauchte. Der Weg wurde steiler und steiler und es war eine Frage von Sekunden, wer als Erster den Einmündungspunkt erreichte: Der Erlkönig oder sie. Sie sprang über die Bodenwelle kurz vor Ende des Wegs, flog auf die Straße und bremste. Mit blockierendem Hinterrad rauschte sie fast in die gegenüberliegende Wand aus Fels und Gras, rollte zurück und schaute nach unten.

Der Erlkönig war keine zehn Meter mehr von ihr entfernt. Mercy schloss die Augen und wartete auf den Crash. Als dieser nach zehn Sekunden immer noch ausgeblieben war, hob sie ihre Lider und sah ihn vor sich stehen. Die Schultern des Fahrers hoben und senkten sich wie nach einem schweren Lauf. Sie schauten sich fast eine halbe Minute an, bis Mercy den Seitenständer mit dem linken Fuß ausklappte und von der MZ stieg.

Sie zog den Helm vom Kopf und ging auf den Fahrer zu. Er rührte sich immer noch nicht. Er saß nur da und wartete.

„Schönes Motorrad", sagte sie zu dem Dark Rider. „Noch nie gesehen. Was ist das für eine Marke?"

Der dunkle Biker antwortete nicht. Kurz bevor Mercy bei ihm angekommen war, gab er Gas. Sie sprang zur Seite, der Erlkönig schoss im spritzenden Schotter des Seitenstreifens an der Mastiff vorbei und wollte gen Pass verschwinden. Dort stand nur jetzt ein Auto und versperrte den Weg. Der Fahrer des Erlkönigs steckte in der Falle.

Die Fahrertür öffnete sich. Heraus stieg Julian.

33.

Sie nahmen ihn in die Zange. Mercy kam von unten, Julian von oben. Einen kurzen Moment dachte Mercy, der Fahrer würde vom Motorrad steigen und versuchen, zu Fuß zu fliehen. Doch er nahm nur seinen Helm ab und heraus kam: Annabel.

Julian blickte überhaupt nicht erstaunt, sondern hatte so einen allwissenden Gesichtsausdruck, dass Mercy sich sofort ärgerte. Warum hatte sie den Erlkönig nicht allein stellen können? Warum musste Julian immer diese coole Nummer abziehen?

„Beginnen wir noch einmal von vorn", sprach sie Annabel an, bevor ihr Julian die Initiative nehmen konnte. „Warum flüchtest du vor mir? Hat es etwas mit diesem Fahrzeug zu tun?"

„Flüchte ich vor dir?", fragte Annabel zurück. „Ich mache nur eine kleine Ausfahrt."

Mercy trat näher an Annabel und ihr Motorrad heran. „Mit einem dick gefüllten Daypack. Ich würde mal die Vermutung anstellen, dass du hier mehr als eine Probefahrt unternehmen wolltest. Und ich vermute, dass es sich hier um ein Elektromotorrad handelt, das mit einem Soundsimulator ausgestattet ist. Wie viele Soundarten hat es?"

„Dieser Prototyp hier hat nur zwei, F 4 und 1098. Später wird man sich von der Website alles Wünschenswerte downloaden können." Stolz klang aus Annabels Stimme.

„Aber das ist sicherlich nicht das Highlight der Maschine? Wer baut sie denn?"

„Das sind mehrere Partner. Der Motor kommt aus den Staaten von einem Elektroautobauer, der schon einen coolen Roadster auf die Beine gestellt hat. Fahrwerk und Verkleidung sind, das ist nicht zu übersehen, aus Italien. Von uns kommen die Akkus."

„'Uns' meint Robert und du? Ihr seid doch getrennt gewesen?"

„Er hat längst bereut, mich wegen dieses blonden geldgierigen Kinds verlassen zu haben. Er wollte zu mir zurück."

„Blondie war davon wenig begeistert, oder?"

„Ich war auch nicht begeistert, als er mich verlassen hat, was soll's?" Annabel zuckte mit den Achseln.

„Was ist am Montagmorgen genau passiert?", mischte sich Julian in das Gespräch.

„Wieso?" Annabel schien nicht bereit, ihre Informationen leicht herauszugeben.

„Der seltsame Streit, die Absage des Sicherheitstrainings von Robert, Blondie muss auf Fahrradtour, du meldest dich freiwillig zum Lunchpaketeholen", zählte Julian auf. „Ja, ich habe mich endlich erinnert: Ich habe gefragt, wer die Lunchpacs holt und du hast dich gemeldet. Für mich fehlt hier noch der rote Faden."

„Ich könnte eine Theorie beitragen", meinte Mercy. „Robert bekam einen Anruf, dass dieses Motorrad gleich geliefert wird. Ihr wolltet es testen, stimmt's? Für den Fall hattet ihr abgemacht, er gibt dir ein Zeichen, du veranstaltest irgendeinen Zinnober, damit er das Sicherheitstraining absagen kann, ohne dass Blondie Verdacht schöpft. Dummerweise konnte sie nach der Szene auch nicht hin. Um sie aus dem Hotel zu bekommen, hat Robert Blondie Radfahren geschickt. Wobei sie bekanntermaßen nur bis zum nächsten Radladen kam. Und du warst so neugierig auf diese Maschine, dass du unbedingt zum Hotel zurück musstest. Hast du ihn noch getroffen?"

„Nein, ich habe ihn gesucht, aber nicht gefunden", Annabel schien mit einem Mal alt und traurig. „In deiner Werkstatt habe ich allerdings nicht geschaut. Vielleicht hätte ich ihn retten können, wenn ich geschaut hätte …"

„Vielleicht hast du ihn doch gefunden und ihm den Franzosen übergezogen?", fragte Julian.

„Nein, ich war's nicht, ich habe ihn geliebt. Immer noch."

„Das kann niemand beweisen", sagte Julian ohne Überzeugung.

„Dann lassen wir das alles jetzt einmal so stehen“, meinte Mercy. „Wo war das Motorrad nun die ganze Zeit versteckt?“

„Nachdem die Kripo Roberts Sachen freigegeben hat, fand ich den Schlüssel zu einer Garage zwei Straßen vom Hotel entfernt.“ Als sie Mercys fragendes Gesicht sah, fügte sie hinzu: „Die Adresse stand auf dem Schlüsselanhänger. Wird wohl öfter an Touristen vermietet.“

„Hast du noch ein paar Eckdaten zu dem Motorrad? Leistung, Drehmoment, Gewicht?“ Mercy platzte fast vor Neugierde.

„Der Motor von TWEESS, so heißt das Bike …“

„Wie?“

„TWEESS – Two Wheels Electric Energy System Study, also der Motor von TWEESS ist eine Vier-Pol-Drei-Phasen-Asynchron-Maschine und leistet ungefähr achtzig Kilowatt und hat ein maximales Drehmoment von zirka neunzig Newtonmeter. Es wiegt zweihundertzwanzig Kilogramm, wird gespeist von siebenhundertfünfzig von uns neu entwickelten Lithiumionenbatterien, womit es eine Reichweite von zweihundertfünfzig Kilometern besitzt. Es ist zudem ausgestattet mit einem Kinetic Energy Recovery System, einem regenerativen Brake-by-Wire-System.“

„Beschleunigung? Höchstgeschwindigkeit?“ Mercy bekam ganz feuchte Hände.

„Es beschleunigt in 3,8 Sekunden von Null auf Hundert. Bei einer Höchstgeschwindigkeit von zweihundert Stundenkilometern riegelt die Elektronik ab.“

„Schade“, meinte Mercy bestürzt.

„Ich finde, zweihundert Sachen sind genug“, verteidigte Annabel das Konzept. „Es soll ein sexy Sportler werden mit sattem Drehmoment und einer fetzigen Leistungscharakteristik, aber auch ein ökologisch sinnvolles Fahrzeug. Dazu gehört der an- und abstellbare Sound, dazu gehört der abgasfreie und nahezu wartungsfreie und effiziente Motor, dazu gehört eine unseren Verkehrsaufkommen angepasste Höchstgeschwindigkeit.“

Julian klatschte Beifall. „Ladys, wir sollten zurück ins Hotel. Es ist schon zwei Uhr. Ich, beziehungsweise wir, Mercy und ich, müssen noch eine ganze Menge vorbereiten für heute Abend."

„Was ist heute Abend?", fragte Mercy bestürzt.

„Heute Abend ist der große Showdown, die Enthüllung des Mörders. Ich habe extra den Konferenzraum gebucht. Um neunzehn Uhr wird es dort ein kleines Buffet geben. Und alle kommen, unsere Gäste, außerdem Schorlau und Nowak..."

„Muss ich als Go-go-Girl auftreten?", fragte Mercy.

Julian lachte. „Wenn du möchtest."

„Ihr wisst, wer der Mörder ist?", fragte Annabel.

„Ich schon", antwortete Mercy.

„Ich auch", schloss sich Julian an.

„Dann bin ich ja mal gespannt", meinte Annabel und behielt ausnahmsweise das letzte Wort – auch in Sachen TWEESS, denn trotz aller Drängelei von Mercy ließ sie sich nicht dazu überreden, für die Rückfahrt die Maschinen zu tauschen.

34.

Der restliche Tag gestaltete sich ausgesprochen hektisch. Nachdem die drei ins Hotel zurückgekommen waren und Julian Mercy in das abendliche Programm eingeweiht hatte, mussten sie einige Vorbereitungen treffen. Mercy schaffte es gerade noch rechtzeitig, vor Beginn um neunzehn Uhr unter die Dusche zu hüpfen und sich ein Kleid überzuziehen.

Als sie in den Konferenzsaal kam, fanden sich gerade Schorlau und Nowak ein, die auf Wunsch von Julian Sam mitgebracht hatten.

„Das ist ja mal eine interessante Idee", zwinkerte Schorlau Mercy zu, „eine Mörderpräsentation. Wenn mir die Show gefällt, dann engagiere ich Sie vielleicht bei meinem nächsten Fall."

Nowak wirkte weniger begeistert. Wahrscheinlich hätte er

gern selbst den Mörder gefunden. Oder aber er war kein Freund von solch pompösen Veranstaltungen. Mercy ja eigentlich auch nicht. Dennoch musste sie eins Julian lassen, organisieren konnte er und gute Ideen hatte er auch.

Sie sah ihn ganz vorn unter der Leinwand stehen und ihr zuwinken. Sie ging an dem Tisch vorbei, wo ihre Tourengäste sich hingesetzt hatten. Natürlich waren alle gekommen, Wolfgang und Jasmin, die extra einen Babysitter engagiert hatten, Annabel und Blondie, die beiden Frauen des ersten Opfers, Birgit, die auf die Story ihres Lebens hoffte, Kevin, den Mercy die letzten Stunden etwas aus den Augen verloren hatte und Freddie, der nie wirklich in ihren Wahrnehmungsbereich gelangt war.

Ein bisschen zu groß war der Konferenzraum schon, fand Mercy, denn wenn sie alle zusammenzählte, waren es gerade zehn Personen, die sich hier versammelt hatten. Aber was wäre die Alternative gewesen, hatte Julian sie gefragt. Beim Abendessen im Restaurant die einzelnen Geschichten erzählen, um anschließend den Mörder aus dem Dessert zu zaubern und auf „Schnipp" Schorlau und Nowak hinter der Tür hervorspringen und die Verhaftung vorzunehmen zu lassen? Welchen Eindruck würden ihre Gäste von Bikinger & Motorowski bekommen? Zwei Morde waren nicht gerade die beste Publicity, die konnten sie nur durch eine perfekt inszenierte Aufdeckung wiedergutmachen.

„Alles klar?", fragte sie Julian.

Er nickte.

„Die Technik im Griff?"

Er nickte wieder.

„Dann fangen wir an?"

Julian trug ein helles Hemd über sauberen Jeans, Mercy war froh, dass er sich nicht allzu aufgebrezelt hatte. Sonst wäre sie mit ihrem geblümten Kleid sich nur komisch vorgekommen.

„Guten Abend", begann er. „Ich möchte zuerst alle Gäste von Bikinger & Motorowski willkommen heißen. Wir als Tourenveranstalter bedauern sehr, dass wir euch diese Woche nicht das Programm bieten konnten, das ihr normalerweise von uns gewohnt seid." Er blickte auf Mercy.

„Darum haben wir uns zu ungewöhnlichen Maßnahmen entschlossen", fuhr sie fort. „Es gibt heute Abend nicht nur ein Vorspeisenbuffet, das auf Kosten von unserer Agentur geht. Es gibt auch die Entlarvung des Mörders, auf dass wir die letzten Tage doch noch unbelastet Touren fahren können." Letzteres bezweifelte Mercy zwar, gesagt haben wollte sie es trotzdem. Sie eröffnete das Buffet. Als alle Gäste einen vollen Teller vor sich stehen hatte, zog sie die Vorhänge vor den Fenstern zu und bat Julian, mit der Aufklärung anzufangen.

„Beginnen wollen wir mit einer kurzen Chronologie der Ereignisse", Julian hatte ein Notebook auf einem Tischchen stehen und drückte eine Taste. Auf der Leinwand erschien das Foto einer Kawasaki Z1. „Am Montagmorgen, als ich auf dem Weg hierher über das Hahnentennjoch fuhr, stürzte ich mit dem Motorrad und fiel in einen Bach. Später fanden die Kriminaltechniker diese Kugel in meiner Felge." Auf der Leinwand erschien das Bild einer Gewehrkugel, Mercy glaubte kaum, dass es sich um das Exemplar aus Julians Z1 handelte, dennoch war die Inszenierung gelungen und erreichte die gewünschte Wirkung.

„Ein paar Stunden später, gegen zwölf Uhr dreißig, wurde Robert Baldau", Robert lächelte von einer K 1200 S auf die Zuschauer herab, „mit einem Franzosen genannten Rollgabelschlüssel erschlagen und von Mercy und Kevin neben der Reifenmontiermaschine gefunden."

„Am Dienstagmorgen vermisste die Schauspielerin Sophie Sonntag eine DKW SS 600, auf der sie für Dreharbeiten zu einer Biografie der Rennfahrlegende Ilse Thouret trainieren sollte." Die Zuschauer konnten die DKW bewundern, auf die Mercy mit der rechten Hand deutete.

„Am Nachmittag, nach der Fotosession, vermissten wir hier eine unserer Gäste, die Journalistin Birgit Röhrich. Wir, Mercy und ich, fanden sie in einem verschlafenen Viertel im Garten eines Bungalows. Ihre F 650 war ebenfalls von der Straße abgekommen und den Hang hinuntergestürzt. Zum Glück ist ihr außer einer leichten Gehirnerschütterung nichts passiert. Dank Mercy", Julian machte eine Handbewegung zu Mercy hin, „die in der folgenden Nacht einen Eindringlich aus Birgits Hotelzimmer verjagen konnte." In schneller Folge tauchte Birgit am Swimmingpool – mit Julians Handy aufgenommen –, ihr Motorrad im Wasser und Mercys frisches Veilchen als Bilder auf der Leinwand auf.

„Am Mittwoch", nun war Mercy wieder mit Erzählen an der Reihe, „konnten wir in der Garage ein Ölfußbad nehmen, denn jemand hatte aus vier der Motorräder das Motoröl abgelassen. Kein gutes Omen für das Stilfser Joch, das wir euch nicht vorenthalten wollten, doch nachträglich betrachtet, vielleicht doch genau das hätten tun sollten, denn Sophie Sonntag fand – abgestürzt an der Tibethütte – auf einem Felsvorsprung den Tod." Noch lächelte Sophie in ihrem roten Einteiler, keine fünf Minuten vor ihrer Ermordung von Julian fotografiert.

„Der letzte Anschlag geschah am selben Nachmittag. Mercy wurde in ihrer Werkstatt niedergeschlagen, gefesselt und geknebelt und fast durch eine Kohlendioxid..."

„Monoxid", verbesserte Mercy, während sie ein Bild von sich betrachtete, wie sie neben einer Ducati Monster kniete. Nur mit Mühe hatte sie Julian abhalten können, für das Foto den Überfall nachzustellen.

„Wie bitte?" Julian war aus dem Konzept gebracht.

„Es war Kohlenmonoxid. An Kohlendioxid stirbt man nicht", erklärte Mercy.

„Danke. Zum Glück bist du nicht gestorben", setzte Julian seine Rede fort. „Dass all diese Verbrechen nicht auf das Konto eines einzelnen Täters gehen konnten, das war uns bald klar. Schließlich nahm die Kripo bald Wolfgang Biedermann fest, der sich während Sophies Absturz in Polizeigewahrsam aufhielt."

„Ja, wir mussten feststellen, dass in unserer Tourengruppe sich ganz schön viel kriminelle Energie versammelt hat", ergänzte Mercy. „Nun gut, wir sind alle keine Heiligen, und bei Wolfgang, muss ich gestehen, kann ich sogar nachvollziehen, was er getan hat. Er hat zwei Kinder, die er ernähren muss, sein Job ist in Gefahr, und so eine kleine Kamera in Roberts Hotelzimmer zu installieren, damit er an dessen Geheimnis um die Separatoren der Lithiumionenbatterien herankommt – solange keine Menschen Schaden nehmen, von mir aus: Geschenkt!"

„Ich gehe davon aus, die Polizei wird das etwas anders sehen", lenkte Julian ein und zwinkert Schorlau zu, der sogar ein wenig lächelte. „Nach dem Anschlag auf Mercy haben wir dem Täter eine Falle gestellt. Mercy kämpfte sich trotz massiver Übelkeit noch einmal abends in die Bar, um den Tourengästen die Spurensicherung anzukündigen, die angeblich die Werkstatt untersuchen wollte. Nachts haben wir uns hinter der Hebebühne versteckt und gewartet. Um halb drei kam Sam Weller, der als Fotograf mit Birgit Röhrich hier ist, um eine Reisereportage zu machen. Sam ist auch Mitglied in einer Organisation, die für die Sperrung der Alpen für Motorradfahrer kämpft."

Auf der Leinwand erschien das Logo von „Motorradfreie Alpen": ein Motorradfahrerpiktogramm mit rotem Rand und rotem Balken von links unten nach rechts vor hochragenden schwarzen Bergen.

„Leider ist der Kampf gegen den Ansturm der Motorradfahrer auf die Alpen, ein Anliegen, für das ich in Grenzen ebenfalls Verständnis habe, etwas aus dem Ruder gelaufen. Teile dieser Organisation, wie Sam hier, haben sich radikalisiert. Er hat zugegeben, dass er auf Julians Z1 geschossen hat, genauso wie er für die Ölpest in der Werkstatt verantwortlich ist und mich niedergeschlagen hat."

„Sam kann allerdings nicht für den Anschlag auf Birgit verantwortlich sein", schloss Julian an, „denn zu diesem Zeitpunkt stand er in unserer Fotokurve und hat Bilder geschossen. Aber er hat uns ein wichtiges Mittel gegeben, auf den Täter zu kommen: Seine Fotos."

„Doch bevor wir zur Analyse dieser Aufnahmen kommen, wollen wir euch zeigen, worum es in dieser Verbrechensserie eigentlich geht", Mercy deutete auf die Tür und rief: „Annabel, bitte!"

Geräuschlos fuhr Annabel auf der TWEESS in den Raum. Ein Raunen ging durchs Publikum. Annabel lenkte die Maschine nach vorn bis zu Julian und Mercy, wo sie den Seitenständer ausklappte und das Motorrad zur Seite kippen ließ. Das Surren erstarb.

„Zum Beispiel sind wir uns ziemlich sicher", sagte Julian, „dass die DKW nur Opfer einer Verwechslung geworden ist. Der Dieb dachte, unter der Verpackung schlummert dieses wunderbare Bike ..."

„Aber der Dieb hat keine Ahnung von motorisierten Zweirädern", Mercy konnte sich ein Grinsen nicht verkneifen, „sonst hätte er kaum ein supermodernes Elektromotorrad mit einem Oldtimer aus den dreißiger Jahren verwechselt."

„Du verdammter Idiot!", keifte ein weibliche Stimme.

„Tja, Blondie, wenn frau sich auf die Männer verlässt", kommentierte Mercy Blondies Ausbruch. Und sie sah mit Freuden, dass mittlerweile Nowak neben der Tür Stellung bezogen hatte. Die Polizei nahm ihre Vorstellung hier ernst. „Dieser Prototyp ist, was meinst du, Annabel, wie viel wert ist dieser Erlkönig?"

„Das lässt sich nicht beziffern", antwortete Annabel. „Wenn das Motorrad in Kleinserie geht, soll es so um die fünfzigtausend Euro kosten. Bis jetzt gibt es nur zwei Exemplare davon auf der ganzen Welt. TWEESS 1 wird gerade in den Staaten getestet, diese hier kommt aus Italien und sollte ..." Annabel brach ab.

„Dieses Motorrad entstammt der Kooperation eines amerikanischen Elektromotorbauers, eines italienischen Fahrwerkherstellers und Robert Baldau, der die Akkus entwickelte. Am Montagmorgen wurde es geliefert. Robert ließ es sofort in einer Garage, die etwas entfernt vom Hotel liegt, bringen. Er wusste, dass er seiner Geliebten nicht trauen konnte, deshalb schickte er sie zum Radfahren, doch der Mörder ist ein anderer." Mercy machte Julian ein Zeichen, der auf eine Taste seines Notebooks drückte. Auf der Leinwand erschien eine Frau, die an einem Schreibtisch saß.

„Wir schalten nun Lara zu", erklärte Julian. „Lara sitzt bei uns in der Zentrale und ist unsere Fachfrau für alle technischen Fragen. Sie hat die Fotos von Sam ausgewertet. Guten Abend, Lara!"

Auf der Leinwand erschien eine Frau. „Guten Abend, Julian", sagte sie. „Ich habe die Fahrfotos von Fotograf Weller in einer chronologischen Reihenfolge hintereinandergestellt. Anschließend", sie machte eine kleine Pause, in der sie eine mittelblonde Haarsträhne, die sich gelöst hatte, hinter ihr rechtes Ohr klemmte, „habe ich die Ankunfts- und Abfahrtszeiten der Einzelnen mit den Vernehmungsterminen von Inspektor Schorlau abgeglichen. Wenn ihr genau hinschaut, erkennt ihr, wer grundlos fehlt. Film ab!"

Lara verschwand und Musik begann. Nacheinander wurden die Teilnehmer der Fotosession vorgestellt: der jeweilige Name erschien, dann ein Porträt und anschließend eine Fahraufnahme. Im Rhythmus der Melodie entstanden die Ziffern der Uhrzeit, zu der die Fahrer in Gruppen oder einzeln in der Kurve lagen – schnell hintereinander montiert, so dass bei den Zuschauern das Gefühl entstand, die Bilder würden sich bewegen, die Motorräder fahren. Immer, wenn ein Vernehmungstermin eingeblendet wurde, kam eine Sequenz mit beispielsweise „Jasmin weg" und Jasmin verschwand. Mit „Jasmin kommt" fuhr Jasmin wieder mit. Nachdem „Birgit weg" auf der Leinwand erschienen war, schrumpfte die Gruppe nicht nur um Birgit, sondern ein weiterer Fahrer fehlte, der kurze Zeit später auftauchte.

Der Film endete, die Musik klang aus.

Alle schauten auf Kevin.

„Das war ich nicht“, rief er und sprang auf. „Ich war doch nur kurz pinkeln. Und Sophie konnte ich nicht ermordet haben, ich war im Schwimmbad, du hast mich doch gesehen, Mercy! Sag doch was!“

„Sicher“, bestätigte Mercy, „ich habe dich gesehen. Du hast Sophie nicht gestoßen, das warst du nicht. Aber du hast die DKW geklaut. Und auf dein Konto geht Birgits Sturz. Nur was hast du getan? Es gab dort keine Ölspur, keinen Rollsplitt. Nicht einmal Sturzspuren. Es scheint, als sei Birgit einfach geradeaus gefahren. Dann hat die Kripo gegenüber der Stelle, an der Birgit die Straße verlassen hat, Reste eines zerbrochenen Spiegels gefunden. Du hast sie geblendet, nicht wahr? Ihr gebündelte Sonnenstrahlen in die Augen gejagt, sie war wie blind und stürzte den Hang hinunter. Was sollte dieser Angriff? Ihr wolltet wohl ein wenig Verwirrung stiften, was? Die ganze Birgitattacke war eine reine Finte, um von den eigentlichen Mordmotiven abzulenken. Und nachts im Hotelzimmer noch ein wenig Martial Arts zu spielen – welch eine dumme Idee!“

„Ich habe damit nichts zu tun“, jetzt war auch Blondie aufgesprungen. „Ich hatte keine Ahnung, dass er …“

„Nein“, stimmte ihr Julian zu. „Du hattest keine Ahnung. Du wolltest nur die TWEESS. Wie konnte Robert bloß glauben, er könne dieses Motorrad vor dir geheim halten? Als seine Sekretärin hattest du Zugang zu seinem Büro. Hast du dir Zweitschlüssel anfertigen lassen? Hast du den Aktenvernichter mit einem Scanner ausgestattet? Wie auch immer, du hast auf jeden Fall herausbekommen, dass die TWEESS hierher geliefert wird. Und dann hast du angefangen, im Hintergrund die Strippen zu ziehen. Du hast Kevin auf das Motorrad angesetzt, was nicht deine beste Idee war, denn er kann eine TWEESS nicht von einer DKW unterscheiden. Aber du hast noch etwas anderes getan, stimmt's? Lara, könntest du noch einmal, bitte?“

Laras Kopf erschien ein zweites Mal auf der Leinwand. „Gerne“, sagte sie. „Hier kommt noch ein zweites Filmchen, bitte schön.“

Diesmal war eine Rennstrecke zu sehen, Mercy erkannte Hockenheim, Fahrer im Hanging Off zirkelten durch den Parcours, kämpften um die Führung. Plötzlich rutschte einer der Fahrer in der Sachskurve weg, stürzte und schlidderte ins Kiesbett. Die Kamera blieb einen kurzen Moment auf der Person, man konnte beobachten, wie der Fahrer sich aufrappelte. Noch mit Helm auf dem Kopf ging er zu einem Streckenposten, der ihm den Weg durch den Absperrzaun freimachte. Es gab einen Schnitt in die Boxengasse. Der Fahrer stand nun ohne Helm neben seiner zerstörten Rennmaschine. Er drehte den Kopf in Richtung Kamera und machte ein zerknirschtes Gesicht.

Es war der Mann, von dem alle angenommen hatten, er könne nicht Motorrad fahren. Der behauptet hatte, seinen bunten Einteiler bei eBay ersteigert zu haben. Der die Honda Shadow pilotierte, als wäre sie ein störrischer Esel.

Freddie.

Er flog von seinem Stuhl hoch, schoss zu einem der Fenster und mit einem Satz war er durch den zugezogenen Vorhang verschwunden.

35.

Einen Augenblick lang erwartete Julian ein Klirren wie von zerberstendem Glas, doch alle Fenster standen wegen der sommerlichen Hitze offen, nichts zerbarst, als Freddie sich durchs Fenster stürzte. Julian fackelte nicht lange, rannte an den Rand des Raums und sprang ebenfalls hinaus.

Freddie hatte ein paar Meter Vorsprung. Er lief durch den Hotelgarten vorbei an dem kleinen Teich in Richtung Zaun, der das Hotelgelände von dem Nachbarbesitz trennte. Intuitiv nahm Julian an, dass Freddie irgendwo ein Fluchtfahrzeug geparkt hatte, ansonsten hätte dieser Ausflug wenig Sinn. So richtig verstand er den Zeitpunkt von Freddies Flucht nicht. Sie hatten noch nicht einmal enthüllt, wie sie glaubten, dass er Robert Baldau erschlagen haben konnte, obwohl er am Sicherheitstraining teilgenommen hatte. Und diesen Spaß gedachte sich Julian nicht nehmen zu lassen.

Er legte einen Zahn zu. Irgendwann musste sich die morgendliche Joggerei auszahlen, die unzähligen Kilometer, die er fast täglich absolvierte. Freddie war am Zaun angelangt. Er griff an einen Metallpfahl, setzte seinen Fuß in den Maschendraht und hob das andere Bein. Als Julian den Zaun erreichte, ließ er sich auf der anderen Seite auf den Boden fallen. Doch auch für Julian war der Maschendraht kein wirkliches Hindernis, Sekunden später setzte er sich wieder an Freddies Fersen.

Sie rannten um das Nachbargebäude herum zur Straße, auf der das erwartete Motorrad stand, eine Honda CBR 1000 RR. Julian wusste, würde Freddie die Fireblade erreichen, dann hätte er keine Chance mehr, ihn zu fassen. Aber Julian wusste auch, Freddie würde die CBR nicht erreichen. Er machte drei lange Schritte, riss den Flüchtigen an der Schulter herum und zog ihm einen rechten Schwinger aufs Kinn. Freddie fiel um, der Ausreißversuch war zu Ende.

Ein paar Wimpernschläge später, Julian versuchte gerade, zu Luft zu kommen, kam Nowak angesprintet. Er zog Handschellen vom Hosengurt, zog Freddies Arme auf den Rücken und ließ die Fesseln mit unbewegter Miene um die Handgelenke des am Boden Liegenden schnappen.

„Gibt es eigentlich jemanden aus Ihrer Touristengruppe, der keinen Dreck am Stecken hat?", fragte Nowak Julian. „Wenn ich jetzt alle festnehme, kann ich damit etwas falsch machen?"

Julian zuckte nur mit den Schultern. Gemeinsam hoben sie Freddie vom Boden auf und gingen schweigend zurück ins Hotel. Im Konferenzraum standen die Menschen in kleinen Grüppchen beisammen und unterhielten sich leise. Mercy stand immer noch vorn und sprach in ihr Handy.

Nowak schob Freddie auf einen Stuhl, setzte sich daneben, während Schorlau sich zu ihm herüberbeugte und eine Frage stellte. Julian begab sich zu Mercy. Sie klappte ihr Mobiltelefon zu.

„Endspurt?“, fragte sie.

„Ja, bringen wir's zu Ende“, antwortete er.

„Nach dieser kurzen Pause würde ich euch bitten, wieder Platz zu nehmen“, rief Mercy.

„Wir werden eure Zeit nicht mehr lange in Anspruch nehmen. Wir wollen jetzt noch aufklären, welche Rolle Freddie bei diesem Mordkomplott zugedacht war und wie es ihm und seinen Komplizen gelang, Robert und Sophie auszuschalten.“

„Dazu hat Lara noch einmal die Fotos von Sam analysiert, Lara, bitte!“ Mercy schaltete zu Lara, deren Konterfei auf der Leinwand erschien.

„Als ich die Fotos von Sam Weller aussortierte, fiel mir bei den Aufnahmen des Sicherheitstrainings etwas auf. Sehen Sie selbst!“ In schneller Abfolge erschienen Fotos von den Beteiligten, wie sie Handling, Balance und Lenktechnik übten. Eine Aufnahme von Freddie in der bunten Kombi blieb stehen, wanderte nach links, während rechts ein zweites Bild platziert wurde, auf dem Freddie durch die Pylone fuhr. Nun erschien auf dem linken Foto ein Rechteck genau um Freddies Oberkörper, der Ausschnitt vergrößert, das gleiche Prozedere geschah mit Bild zwei. Und jetzt konnten alle sehen, was Lara gemeint hatte: Die Haltung der beiden Fahrer unterschied sich deutlich.

„Wie Sie sehen konnen, stecken hier zwei verschiedene Fahrer in ein und derselben Kombi. Ich nehme an, dass Fahrer Nummer eins zu einer Pinkelpause verschwand und Fahrer Nummer zwei anschließend ins bunte Leder schlüpfte. Hier“, auf der Leinwand entstand ein Foto eines Helms mit dunklem Visier, Freddies Helm, „habe ich versucht, die wenigen Pixel, die unter dem getönten Polycarbonat zu sehen sind, etwas zu verstärken, damit auch zu sehen ist, wer hier durch die Pylone zirkelt.“

Hinter dem Visier erschien der Augenausschnitt von niemand anderem als Kevin.

„Danke, Lara, du hast uns sehr weitergeholfen“, sagte Julian. „Damit steht zweifelsfrei fest: Kevin, der immer sehr damit kokettiert hatte, dass er für die Tatzeit an seinem Chef, Robert Baldau, kein Alibi besitzt, war bei dem Sicherheitstraining, während Freddie sich sehr wahrscheinlich im Hotel mit Baldau getroffen hat."

„Wir denken uns das Szenario so: Robert hat Freddie als Testfahrer für die TWEESS engagiert. Warum gerade Freddie wissen wir nicht sicher, aber wir gehen davon aus, dass Blondie ihre Finger mit im Spiel hatte. Freddie und Blondie kennen sich aus der Schulzeit, das hat Freddie zugegeben."

„Bin ich denn nur von Idioten umgeben?", zischte Blondie zu Freddie.

„Wie sie Freddie nun Robert als Testfahrer untergejubelt hat, ohne gleichzeitig preiszugeben, dass sie von der TWEESS wusste, das wird wohl höhere weibliche Intrigenkunst gewesen sein", erklärte Julian. „Auf jeden Fall sind wir sicher und wir denken, bei Überprüfung von Roberts Handy wird sich herausstellen, dass er, nachdem die TWEESS angekommen war, Freddie zu sich beordert hat, weil er die erste Testfahrt nicht abwarten konnte. Freddie wiederum dachte, dass Kevin schon die TWEESS gestohlen hatte, wie dieser ihm wahrscheinlich per SMS mitgeteilt hatte, das aber noch nicht von Robert entdeckt worden war. Also fand er es sicherer, sein Alibi zu erhalten. Er ließ Kevin kommen, sie tauschten die Rollen. Kevin nahm widerwillig am Sicherheitstraining teil, Freddie fuhr mit dem Auto zum Hotel zurück. Dort erklärte er Robert, er sei im Besitz der TWEESS und würde sie für einen bestimmten Preis wieder herausrücken, sonst könnte er das Motorrad auch an einen Konkurrenten wie BMW verkaufen."

„Aber Robert lachte ihn aus", fuhr Mercy fort. „Er war sich hundertprozentig sicher, dass die TWEESS in der Garage stand, wo er sie eingeschlossen hatte. Es kam zum Streit, Freddie, total gefrustet, erschlug Baldau und floh zurück zum Sicherheitstraining. Dort tauschten er und Kevin noch einmal die Rollen. Freddie schickte Kevin zurück, den Garagenschlüssel in

Roberts Kleidung zu suchen, um doch noch an die TWEESS zu kommen. Da traf er allerdings auf mich und aus dem Schlüssel wurde wieder nichts."

„Warum nun musste Sophie Sonntag sterben?", nahm Julian den zweiten Mord auf. „Zuerst dachten wir, Sophie hätte vielleicht ein Gespräch belauscht zwischen Kevin und Freddie, das irgendetwas mit ihrer DKW zu tun hatte. Doch als diese wieder aufgetaucht war, konnte es nicht dem Oldtimer zu tun haben. Dann kam uns noch einmal Lara zu Hilfe, Lara!"

„Freddie ist übrigens damals nach seinem Sturz in Hockenheim, das war vor zwei Jahren, wegen Erfolglosigkeit aus seinem Rennstall geflogen. Er arbeitet heute als Testfahrer wie für Robert Baldau oder als Instruktor bei offenen Rennstreckentrainings oder auch als Stuntman in Filmen. Und bei einem dieser Streifen", das Bild eines Filmplakats *Die Gang und das Mädchen* erschien auf der Leinwand mit dem Namen Sophie Sonntag, „sind sich Sophie und Freddie begegnet."

„Danke, Lara", sagte Mercy. „Wir nehmen an, dass Sophie erst am Mittwoch auf dem Stilfser Joch Freddie darauf ansprach. Er bekam Angst, seine ganze Tarnung würde auffliegen und schubste sie von der Terrasse der Tibethütte."

„So weit unsere Recherchen. Das von uns entdeckte Material stellen wir gern den österreichischen und italienischen Behörden zur Verfügung. Das Füllen der noch vorhandenen Lücken überlassen wir nun gern der Polizei."

Julian drückte ein Knöpfchen. Die Leinwand wurde dunkel, während Mercy gleichzeitig den ersten Vorhang aufzog.

36.

Am Freitagmorgen in der Hotellobby trafen sich selbstverständlich nicht die übriggebliebenen Gäste zu einer letzten Ausfahrt. Jasmin, Wolfgang und die Kleinen wollten zurück ins Ruhrgebiet, sich zu Hause wappnen gegen die beruflichen Probleme, die unweigerlich auf Wolfgang zukommen würden. Birgit war ganz begierig darauf, ihren Artikel „Mord am Stilfser Joch" zu schreiben und sich ein neues Leben als ernst zu nehmende Journalistin aufzubauen. Annabel musste ebenfalls heimfahren, um den Nachlass von Robert zu ordnen. Zu ihrem großen Bedauern hatte die Kripo die TWEESS erst einmal beschlagnahmt, um die genauen Besitzverhältnisse zu klären.

Alle anderen Gäste waren entweder tot oder verbrachten den Tag in Polizeigewahrsam, um ihre Aussagen zu Protokoll zu geben. Da allgemeine Fluchtgefahr bestand, würden Sam, Blondie, Kevin und Freddie noch ein paar Tage auf Staatskosten logieren, bis ihre Anwälte sie freigekauft hatten.

Mercy und Julian standen vor dem Hotel und winkten Birgit, die als Letzte den Parkplatz verließ.

„Und was machen wir jetzt mit der angebrochenen Woche?", fragte Julian Mercy. „Wir haben erst am Sonntag die nächsten Gäste."

„Ich weiß nicht, was du tust", antwortete Mercy, „ich muss die Motorräder warten, damit sie in einem vernünftigen Zustand zur Leihfirma zurückkommen. Vor allem der gewässerten F 650 geht es nicht wirklich gut."

„Gönn' dir doch einen Tag Pause, Mercy, du siehst schrecklich aus. Du hast immer noch ein blaues Auge, die Farbe in deinem Gesicht ist eher grün statt weiß und deine Arme haben Muster, als hätte sich ein untalentierter Aquarellmaler ausgetobt."

„Und du meinst, mit derlei Komplimenten könntest du mich – zu was eigentlich? – ködern?"

Sie drehten um und strebten gemeinsam dem Hoteleingang zu.

„Motorradausflug, Kuchen in der Sonne …"

„Aber nicht Stilfser Joch!"

„Nie wieder Stilfser Joch, versprochen."

Karin Schickinger

Karin Schickinger kam 1957 in Baden-Baden zur Welt. Nach der Schulzeit fühlte sie sich zur Wissenschaftlerin berufen und studierte Chemie in Freiburg. Diese Berufung teilten ihre Professoren wenig, gaben ihr trotzdem das Diplom, allerdings unter der strengen Auflage, sich besser einem Handwerk zu widmen. Also schulte sie zur KFZ-Mechanikerin, Schwerpunkt Motorradinstandsetzung, um. Sofort nach Erhalt des Gesellinnenbriefs heuerte sie beim Motorradmagazin *MO* als Volontärin an. Dort testete sie jahrelang in Duschen und Badewannen Bikerbekleidung auf Dichtigkeit. Derart mit allen Wassern gewaschen, brachte sie drei Ausgaben lang ein eigenes Magazin heraus, die Motorradzeitschrift für Frauen *Weib on Bike*. Anschließend war sie Redakteurin bei *MOTORRAD* und schrieb Essays für *motorrad, reisen & sport*.

Karin Schickinger lebt heute in Freiburg und arbeitet als freie Journalistin und Autorin. 2007 erschien ihr erster Krimi mit dem Titel *Blaues Gold* im Grafit-Verlag.

www.karinschickinger.de